Paola Zannoner

A PIEDI NUDI A CUORE APERTO

romanzo

SUPER TEENS

FANUCCI EDITORE

Della stessa autrice abbiamo pubblicato:

La settima strega
Matilde la ribelle
Il confine d'Ambra

Prima edizione in questa collana: aprile 2011

via delle Fornaci, 66 – 00165 Roma
tel. 06.39366384 – email: info@fanucci.it
Indirizzo internet: www.fanucci.it

Stampato in Italia – Printed in Italy

Progetto grafico: Grafica Effe

Paola Zannoner

A PIEDI NUDI
A CUORE APERTO

Per Benedetta Ciaccia

A piedi nudi

Per me il dialogo tra culture non è uno scambio tra gruppi, ma uno scambio tra individui. Le culture non sono entità distinte, esistono attraverso le persone che le rappresentano, che non sono mai identiche: in un paese individui portatori di varie culture spesso coabitano in una stessa città, in un quartiere, in una scuola, in un'azienda. È nella loro capacità di convivere, ascoltarsi reciprocamente, influenzarsi che risiede il dialogo delle culture.

Amin Maalouf

1

È finita. È andata male, per me intendo. Lui mi ha appena detto: «Senti, non stiamo più insieme.» Lapidario, proprio come una pietra che ti arriva in testa, non ha proferito una parola in più, lui ha il dono dell'essenzialità. Sicuro di sé, del tutto indifferente alla ferita che mi stava infliggendo: a me sola resta la commozione, l'incredulità e il lamento, non a lui che indossa quello sguardo ironico, persino allegro. Sbatto un po' le ciglia, balbettando: «Va bene.» Lui sembra sollevato, solo ora mi concede un sorriso un po' mesto come forse si deve in un momento così solenne, e pronuncia la frase fatidica: «Allora, amici.»

Annuisco, ma mi volto in fretta, senza prendere la mano tesa che mi offre. Amici un accidente. Io ero la tua ragazza, non vedo perché cadere nel patetico ruolo di quella che si è rassegnata a essere l'amica comprensiva e un po' tonta, pur di starti accanto e sperare in un ripensamento, nell'accensione di una nuova scintilla.

Invece, ecco la storica decisione: mi prendo un anno sabbatico dai ragazzi. Prima che mi scorrano le lacrime di umiliazione sulle guance infuocate, ho deciso che per quest'anno chiudo il cuore. Come mi ha detto, lui, prima delle cinque fatali parole? Che sono troppo buona, troppo semplice: acqua fresca. Le lacrime scendono giù a rivoli, mi inondano il mento, mi bagnano la gola: come si fa a dire che il tuo problema è quello di essere buona, un'anima candida? Gli auguro di trovarsi presto una sadica che lo tormenti con tutte le pene d'amore possibili, ma mentre spedisco con rabbia questo pensiero al suo indirizzo, le lacrime diventano un fiume in piena e sono scossa da singhiozzi: perché non sono stata all'altezza? Perché non sono stata abbastanza spavalda, misteriosa e cattiva da tenerlo legato a me? Mi precipito da Erica, perché in queste condizioni, così stravolta, non posso tornare a casa: rischierei l'interrogatorio.

Lei trova tutti gli epiteti peggiori per definirlo, furiosa. Ma lei è la mia migliore amica: non potrebbe che giudicare un verme chi mi fa soffrire. Poggia con delicatezza la sua testa accanto alla mia, dopo che mi sono soffiata vigorosamente il naso e mi sono data una ripulita al viso bagnato. Sento che tutti quegli improperi che io non avrei avuto il coraggio di pensare mi hanno fatto bene.

«Non devi partire in quarta, perché sbatti la testa: è matematico.»

Mi sembra di sentire le parole criptiche di un oracolo. Emetto un sospiro, e lei prosegue con una specie di analisi del mio caso disperato: «Te la prendi troppo a cuore, ti butti subito a corpo morto con un ragazzo e quello se ne approfitta, ti tratta come uno zerbino.»

Mi vedo schiacciata sul pavimento, e lui che mi passa sopra con quelle scarpe da ginnastica abbastanza luride: un'immagine che mi disgusta. «Io sono fatta così» mi difendo, debolmente.

«Ma non per tutto, a scuola non ti fai mettere i piedi in testa.» Si è scostata un po', mi guarda. Le ciglia aggrottate le increspano l'alta fronte: «Solo con questi tipi. Con quelli particolarmente vermosi. Ma che aveva poi, di carino?»

Lo vedo come in un'istantanea sfocata. A dir la verità non riesco a evidenziare che dei particolari: i capelli biondi inanellati di cui va così fiero, il naso piccolo come quello di una ragazza, i jeans con il risvolto, le scarpe sempre sporche, infangate, come se emergesse ogni giorno da una palude. Nell'insieme, lo trovavo molto carino. Ci siamo baciati tre volte.

«Ho deciso che mi prendo un anno sabbatico» rivelo, con gravità. La fronte di Erica si spiana, le sopracciglia schizzano in alto: «Che cosa?»

«Un anno sabbatico, si chiama così un anno di pausa.»

Lei mi guarda preoccupata, si porta una mano sulla guancia: «Orca! A quattordici anni hai già deciso di andare in pensione.»

Sì, ritirarmi. Sono già stufa, sembra che le questioni d'amore siano battaglie, bisogna inventare strategie, sapersi difendere, attaccare quando è il momento, sferrare il colpo finale e conquistare il campo. È un po' presto per tirare le somme, ma gli ultimi due anni sono stati segnati da una triste sequenza di sconfitte.

Non sono brava a fingere. Il mio primo tentativo, quel tizio nervoso dello scorso anno, mi ha detto papale che avevo troppo la faccia da brava ragazza, e lui voleva solo storie di sesso. Erica scoppiò a ridere, anche se io ero mortificata: «Quel buffone! Ma è pazzo? Nessuno l'ha avvertito che non siamo in una fiction americana? E che lui non è un modello che vive a Manhattan?»

Il secondo tentativo era quel ragazzo al mare, con cui camminavo sulla riva mano nella mano come si vede nei film romantici. Era più grande di me, e mi trattava come si può trattare un cucciolo, con quella delicatezza che hai per gli animaletti cui lisci il pelo, carezzi piano le orecchie e bisbigli nomignoli graziosi. Pensavo che fosse il tipo giusto, così attento e dolce, ma è sparito appena se n'è andato dal campeggio: ti chiamo, mi aveva promesso tutto suadente, ma non ha mai chiamato né risposto ai miei messaggi. Qualcuno mi ha raccontato che aveva una ragazza e mi ha fatto capire che io ero quella con cui uscire giusto quei quindici giorni di villeggiatura. L'animaletto che si lascia sui bordi dell'autostrada, insomma.

Il terzo è quello per cui sto frignando come una stupida: quello con la erre moscia, che ho conosciuto a una cena da amici dei miei. Una serata che si prospettava una gran barba. Invece, era apparso lui, con quelle scarpe infangate sul bel tappeto persiano di sua madre, con quei jeans sporchi che strofinava con gusto sul divano damascato, con quell'aria strafottente in casa sua, come fosse stato nel covo di acerrimi nemici e volesse dargli fuoco.

Mi ha rapita: vieni, mi ha bisbigliato, strizzandomi l'occhio e indirizzandomi un sorriso assassino, la mano tesa verso di me che me ne stavo seduta sulla poltroncina di vimini sul terrazzo, impacciata dalla maglia troppo stretta che pareva stritolarmi in vita e la gonna che non voleva saperne di rimanere incollata sui fianchi e saliva verso la pancia, costringendomi a tirare in continuazione la stoffa verso il basso. Perché avevo indossato la gonna? Colpa di mia madre, che aveva tanto insistito, ma io avrei preferito un paio di jeans sdruciti come quelli di Jacopo, il pirata che mi stava tendendo la mano e mi cingeva la vita, strappandomi da quella stupida poltrona mentre furtivamente mi davo un'aggiustata alla gonna.

Corriamo nel giardino della villa, ridendo per il buio, l'eccitazione della fuga, la complicità. Mi sussurra cose che non ricordo, perché l'euforia si è impossessata di me. Rido di tutto quel che mi dice: alla poca luce riflessa dalla villa, scorgo i suoi occhi che scintillano per la fierezza di essere brillo. Quando mi bacia, sa di fumo e di vino, un sapore amaro che cerco di ignorare, mentre mi stringo con tenerezza a lui. «Stiamo insieme?» chiedo puerilmente, e lui scoppia a ridere.

Quando l'ho chiamato la mattina dopo, pareva confuso, ma ha accettato di vedermi dopo qualche giorno. Io ero già infatuata, ne ho parlato a tutte le mie amiche, gli inviavo messaggini e squilli, ma Jacopo rispondeva raramente. Ai nostri appuntamenti arrivava visibilmente seccato, e per i primi dieci minuti quasi non proferiva parola. Camminavamo accanto, per strada, io ridevo per qualunque cosa dicesse, come la prima volta, alla fine lui è sbottato: «Non sai far altro che ridere?» Alla mia espressione sconcertata e delusa, mi ha detto, calmandosi: «Senti Rachele, io non sono quello che ti aspetti.»

Siamo usciti tre volte in tutto, lo ammetto che è un po' poco per definire qualcosa tra due persone. Però ci sono stati dei baci, la mia testa poggiata sulla sua spalla, le mani allacciate. La meravigliosa sensazione di una persona vicina, che per un prezioso istante è tutta per te, rivolta a te. Poi quell'attimo svanisce di colpo, e lui mi guarda come soppesandomi e mi domanda, in tono infastidito: «Ma tu in che mondo vivi?»

Solo ora capisco che ho rappresentato giusto un breve diversivo, una piccola occasione dentro quella festa a cui era obbligato a partecipare dai suoi detestati genitori. Ero l'occasione più a portata di mano: le altre ragazze erano più grandi e più scintillanti di me, ci voleva molto più che una mano tesa e una strizzata d'occhio per farle correre come lepri. Ma io non lo sapevo, forse venivo dal paese delle fiabe dove succede sempre che il principe tenda una mano, fissi i tuoi occhi, e quando ti bacia è amore eterno.

Ho bisogno di svegliarmi in fretta da queste fantasticherie: un anno sabbatico è proprio quello che ci vuole per traslocare dal mondo delle illusioni e mettere su casa, con calma, su questa terra.

2

Percorro la carrozza verso l'uscita: stiamo arrivando alla stazione, le ruote sibilano e le pareti del vagone scricchiolano. Questo treno sembra una creatura viva che stringe i denti. La gente s'è alzata in silenzio. Facce tirate, occhi spenti per la fatica emergono da giacconi sporchi, jeans macchiati, scarpe grosse da lavoro. Immagino che siano operai, muratori che rientrano a casa. Io questo treno lo avevo visto strapieno di studenti alle sette del mattino e alle due del pomeriggio, quando anch'io partivo da casa di mia zia per venire a scuola e rientravo per l'ora di pranzo. Due settimane di viaggi quotidiani che non mi pesavano perché sembrava sempre una gita, e in gruppo arrivavamo a scuola quasi volando, tra chiacchiere, risate, scherzi, non mi ricordavo neanche la strada che percorrevo in mezzo agli altri, tutti ammucchiati giù dal treno lungo la stazione e poi verso la metropolitana e in tre fermate eri arrivato, una scala mobile ed eri già sul portone. Ma quella è stata la breve parentesi di quando ho abitato da mia zia, un mese fa. Poi, sono tornata a casa: niente più treno, esco di casa da sola, prendo il tram, arrivo in classe e devo mandare uno squillo a mia madre perché altrimenti sta in ansia. Più volte le ho ripetuto, esasperata: «Cosa vuoi che mi succeda?»

«Abbi pazienza, amore, voglio solo essere sicura che è tutto a posto.»

«Tutto a posto *cosa*?»

Non spiega, invece mette le mani unite, in preghiera: «Ti chiedo solo questo piccolo favore.»

Qualche volta, però, mi scordo. E allora succede che lei mi chiami. E succede che io abbia spento il telefono, perché la professoressa, prima di iniziare la lezione, esordisce come la registrazione che ti fanno sentire al cinema o sull'aereo: «Siete pregati di spegnere il cellulare, grazie.» Se non lo facciamo, lei ci sequestra il telefono per l'intera mattinata. Dunque io stacco la comunicazione senza aver mandato lo squillo d'obbligo a casa e mamma mi chiama. Sente che non sono raggiungibile e dà di matto: nella sua fervida immaginazione io sono stata rapita da un commando terrorista che ha sequestrato i passeggeri del tram oppure sono stata investita da un'auto pirata che si è catapultata sul marciapiede o ancora ho avuto un infarto sul portone della scuola e sono rimasta lì a terra, inerte, senza che nessuno se ne sia accorto. Allora, telefona a scuola, chiede affannosamente al bidello se può controllare che io sia in classe, abbia pazienza ma è molto importante. Così, il bidello bussa alla porta, tuffa dentro la testa calva e chiede, nel silenzio attentissimo che si crea ogni volta che si apre la porta, se in classe c'è Rachele Segni. Alzo la mano, in mezzo alle teste che si voltano tutte, ma proprio tutte, di scatto.

«È desiderata in presidenza?» chiede la professoressa, accigliata.

La testa calva mi ha puntato, poi si volta verso l'insegnante: «No, è sua madre che voleva essere sicura fosse arrivata in classe.» La testa si ritira svelta, come una tartaruga nel guscio.

Se avessi mamma qui sottomano sarei capace di strozzarla. Aleggia una domanda collettiva, ma la professoressa, temendo qualche oscuro problema familiare, zittisce i bisbigli e prosegue la lezione.

Erica, seduta dietro di me, mi poggia una mano sulla spalla, solidale, mentre Ludovica, accanto a me, unisce le dita a carciofo. Mi volto di tre quarti verso di lei, piego le labbra verso il basso, alzo le spalle. Tutto è rimandato alla fine dell'ora, quando mi saltano addosso per chiedermi che succede. Non bastano i miei compagni a cui è facile raccontare la faccenda spiegando che mia madre è una pazza isterica, c'è la curiosità della professoressa da saziare. M'invento rapidamente qualcosa, mentre lei mi fissa preoccupata, gli occhi che sporgono dall'orlo delle lenti da presbite.

«Mia mamma è... all'estero... sa, s'impensierisce...»

«All'estero per lavoro?» l'insegnante mi guarda perplessa. Dietro la fronte corrugata vedo passare allarmate fantasie: mia madre malata, operata di cuore a Houston, che s'attacca al telefono satellitare... Scaccio questo pensiero fulminante altrimenti potrei scoppiare a ridere in faccia a questa donna solerte, un po' troppo impicciona.

«Una conferenza internazionale» invento. «A Helsinki. C'è una differenza di fuso, mi pare un'ora. Di solito mi chiama alle sette, a casa. Dev'essersi sbagliata, non ha trovato nessuno in casa, poi ha voluto rassicurarsi...» Non so se tutta la mia favoletta sarebbe credibile se mamma non fosse assessore regionale. Ma con questo, la professoressa annuisce soddisfatta: sa come vanno le cose, anche lei ha figli, e quando si è lontani da casa sembra tutto inspiegabilmente minaccioso. Ma mia madre è a poche centinaia di metri da qui, tranquillamente seduta alla scrivania del suo ufficio con l'orecchio incollato al telefono, perché passa quasi tutto il suo tempo alla cornetta.

Non so perché esca la mattina, passi tre quarti d'ora in auto per chiudersi in ufficio dove si attacca al telefono. Anche con la segretaria, parla al telefono.

Accendo in fretta il cellulare, la chiamo sul telefonino privato e come sento la sua voce che vibra: «Rachele?» mi sfogo: «Potevi anche evitare! Sei scema?»

Mamma rimane in silenzio per un istante, il tono si indurisce: «Non ti permetto di offendermi: sai benissimo che c'è questo patto. Se non mi avverti, sono autorizzata a pensare il peggio. Ne riparliamo dopo.»

Alzo gli occhi al cielo, lancerei il cellulare contro il muro. Il patto: cioè posso andare a scuola da sola, invece che farmi portare fin sul portone in auto da lei, che nel frattempo parla nel Bluetooth come una marziana in collegamento diretto con la base, cui riferisce misteriose cifre e percentuali.

È stata una durissima contrattazione, ma l'ho spuntata soprattutto dopo il periodo da zia, quando mi ero abituata a fare la pendolare. Naturalmente, zia aveva garantito che mi avrebbe accompagnato ogni mattina a scuola con l'auto, ma fin dal primo giorno mi ha portato in stazione, mi ha mostrato come fare e mi ha abbandonato al mio destino. Nel giro di due giorni mi ero già adattata, e inserita in un gruppetto fisso di studenti che ogni giorno vanno su e giù dal paese in città. Quanto li invidio. Una di loro, Fabiola, mi è diventata amica e oggi sono andata a casa sua a pranzo, arrivando con il treno delle due, giù dal vagone con gli zaini in spalla come due montanare, su per la salita che porta nella sua villetta, a poche centinaia di metri da casa di mia zia. Mi è venuta la nostalgia delle due settimane: perché non vivere anch'io qui? Con i miei, lo so già, non se ne parla. Mamma sgranerebbe tanto d'occhi, scandalizzata: «In un paesino? Non hai idea! Non c'è niente per i ragazzi.»

A me pare che a Fabiola non manchi nulla, anzi: scuola, ginnastica ritmica, e in più ha un giardino con due cani. Se vuole farsi una pizza con i compagni di classe, può sempre prendere il treno. Ma lei non ama uscire la sera, è un tipo casalingo. Ha i suoi cani e una collezione sterminata di DVD, e alla fine passa le serate esattamente come me, nella stimolante, strabiliante città: davanti al video.

Sono ripartita da casa di Fabiola d'umore pessimo, in treno credo di avere la faccia tirata come le persone che mi circondano, abbandonate su quei sedili di legno, contro i vetri un po' sporchi. Non avevo fatto caso prima d'ora a come le carrozze siano luride e raffazzonate, come sia assordante il rumore di questo treno scalcagnato. Forse perché ho una nube nerissima nella testa che irradia tristezza anche alle cose.

Sul metallo della porta del vagone vi sono grandi scritte incomprensibili, fatte con le bombolette spray. Scendo in stazione, in mezzo a questa folla che si disperde: dove sono andate a lavorare, queste persone, in paese? E tornano in città? Non dovrebbe essere il contrario? Ho la mente confusa, un senso di malinconia mi ha catturato, come se fossi arrivata in un paese sconosciuto dove tutto mi è estraneo. Sarà per via di questa stazione nera e grigia come un monumento funebre, dove l'aria umida odora di marcio. La gente mi passa accanto svelta, fatta di ombre che turbinano nella leggera nebbia che ristagna tra i binari.

Mi sembra di essere alla fine di qualche viaggio che mi ha portato via da casa, quando mi ricordo del solito squillo per avvertire che sono sopravvissuta, nel percorso in treno. Estraggo il telefono dalla tasca del giaccone, mi chino a digitare svelta. Qualcuno mi urta passandomi accanto con un grosso involucro: è colpa sua, ma chissà perché mi sto per scusare.

Osservo il tipo che mi procede davanti, poco più alto di me: è una specie di rapper, pantaloni larghissimi, cappuccio della felpa sulla testa. Non credo senta nulla del rumore che lo circonda né avrebbe potuto cogliere il mio mormorio di scusa, perché dal cappuccio escono i fili di una cuffia. La testa dev'essere immersa in una musica estraniante, che gli dà il ritmo del passo un po' ciondolante. Il braccio destro tiene saldamente una tavola, quella con cui mi ha colpito leggermente. Appena sorpassa l'uscita della stazione, con un unico gesto elegante, la lancia a terra e mi accorgo che è uno skateboard. Vi salta sopra, scivolando via rapido, come volasse rasoterra.

Lo seguo perché mi sorprende quel gesto, perché non capisco dove si sia gettato, perché immagino che si esponga al pericolo delle auto e in uno slancio inconsulto tremo per la sua incolumità. Lo seguo perché in vita mia non ho mai visto una cosa del genere: uno skater che sfrontatamente esibisce una tale disinvoltura in mezzo alla folla, evitando con maestria il flusso della gente, serpeggiando tra le gambe che, rispetto a lui e al suo movimento dinoccolato, sembrano pesanti e lente come organi fossilizzati.

Fuori della stazione, la solita piazza circondata dai lunghi corpi tremolanti del traffico mi si spalanca davanti come un'immensa sala da ballo. Sul pavimento, scintillante per quelle pozze che effondono luce da terra, volteggiano decine di skaters: quello che ho seguito, cappuccio-in-testa, è laggiù che si torce in aria, le gambe ripiegate fin sulla pancia in un salto formidabile. È appena un attimo, poi ricade elastico a terra, la tavola incollata ai piedi, con un tonfo sordo come un tuffo precisissimo nell'acqua.

3

Seppellita nel sedile posteriore giuro a me stessa che non seguirò mai più i miei genitori. Ci siamo fermati di nuovo, e mamma scruta la cartina, mentre papà osserva fuori dal finestrino. Evidentemente ci siamo persi ancora una volta. Chiudo gli occhi, fingendo di dormire. Appena in tempo, perché papà si volta verso di me, forse con l'intenzione di chiedermi se ho fame o freddo o sonno. Anche se me lo chiedesse non sentirei, perché ho la testa annegata nella mia musica, le cuffie ben ficcate nelle orecchie. Riapro gli occhi quando l'auto riparte e guardo nel finestrino di fronte il riverbero dell'illuminazione stradale che si proietta sul riquadro scuro del cielo.

Sono le sei di una domenica spossante come possono esserlo le giornate umide e grigie di scirocco a novembre. L'unico modo intelligente per sopravvivere a una domenica monocolore e piovigginosa è alzarsi tardi, immergersi in un bagno caldo e farsi un impacco di mezz'ora ai capelli, poi indossare roba molto colorata e ascoltare musica molto ritmata per risollevare lo spirito in vista del pranzo con gli zii o anche solo con i genitori. Dopo, ci si può sempre chiudere a bozzolo nel divano, a leggere un libro o vedere un film in DVD; ma se Erica insiste (e lei insiste sempre, la domenica) si può sfidare l'uggia e andare a pattinare o al bowling o in una multisala a vedere, uno dopo l'altro, due film al costo di uno (Erica ha un sistema infallibile con cui riesce a passare da una sala all'altra).

Fin qui ho accennato a modi intelligenti; poi ce n'è uno molto stupido ed è quello di passare la domenica con i propri genitori in qualche luogo ignoto, che spesso è un piccolo borgo medievale in cima al mondo, irraggiungibile. Ma è piuttosto difficile sfuggire a un'occasione del genere quando si ha un padre poeta, perché il borgo medievale in cima al mondo è la sede di un'onorificenza letteraria e l'uggiosa domenica di novembre è il giorno in cui si celebra il Venticinquesimo Premio di Poesia il cui vincitore, udite udite, è mio papà.

Impossibile sottrarsi, mio padre ne sarebbe addolorato e mia madre offesa: entrambi si mostrano fieri di questi riconoscimenti, quasi fossero delle anticamere al premio Nobel. Mentre io, sinceramente, mi chiedo come possano essere capite e apprezzate, addirittura premiate le opere di papà, che per lo più sono di difficilissima comprensione. Perché papà è un poeta *dialettale*. Scrive in un'oscura lingua che io stessa non posso intendere perché sono nata e cresciuta in città e ho sempre sentito i miei parlare in italiano. Ma anche altrove, anche nei paesi dove si organizzano questi premi, spesso quei versi sono incomprensibili e devono essere tradotti, perché il dialetto funziona così: a pochi chilometri di distanza si parlano lingue diverse e ci si guarda con tanto d'occhi per certe parole, certe frasi.

Lo vedo benissimo che quando papà legge tutto infervorato le sue poesie, l'uditorio lo fissa con aria interrogativa, aspettando con sollievo la traduzione. Ma se lo dico a mio padre, lui sorride benevolo: «Non è importante il significato, ma il suono, il ritmo.»

Fosse così, si potrebbero scrivere solo poesie fonetiche, come quelle che componevo da piccola, alla scuola elementare, sui versi degli animali.

Ma niente, quei due sono invasati, i miei genitori voglio dire: mio padre con le sue composizioni criptiche, mia madre con l'ammirazione per la grande sensibilità di suo marito 'nel recuperare le radici tradizionali e nel valorizzare l'aspetto popolare della poesia'. Chiacchiere, chiacchiere. I miei genitori amano cianciare, passare il tempo in lunghi dibattiti. Non si può mai dire nulla in casa che diventa spunto per una discussione politica o sociale o filosofica o morale.

Quanto invidio le famiglie in cui si cena in santa pace guardando la televisione. Invece noi, niente televisione a cena, che orrore! E davanti alla tv, anche lì, gran cicaleccio e commenti ironici, non si può vedere nulla senza che sia postillato, neanche un banalissimo telefilm.

«Rachele?» papà mi mette una mano sulla spalla. Mi riscuoto dall'intorpidimento. La musica è finita e io forse mi sono addormentata davvero. Fuori è buio pesto.

Mi esce una voce roca, di quelle da fumatrici incallite: «Dove siamo?»

«Non siamo lontani. Vuoi che ci fermiamo?»

Ci penso un istante: «Sì.»

Papà si gira di nuovo, lo sento parlare con mia madre, poi mi arriva la voce di lei: «Tutto bene?»

So che sta guardando lo specchietto, frugando con lo sguardo il seggiolino posteriore dove sono rannicchiata. Non rispondo, e lei insiste, con un tono alto, squillante, dal posto di guida: «Coraggio, siamo quasi arrivati. Ti vuoi proprio fermare?»

Ho un moto di rabbia: mia madre deve sempre ricevere una doppia conferma. Esplodo in un esasperato: «Ho detto di sì!»

Al primo autogrill, mia madre parcheggia e mentre gira la chiave per spegnere il motore attacca con: «Tesoro...» ma io sono già scesa.

Papà mi segue dentro la stazione, mi coglie mentre mi guardo attorno nel salone. Mi poggia con leggerezza una mano sulla spalla: «Il bagno è laggiù.»

Mi guardo allo specchio e mi pare d'essere invecchiata di mille anni, mi sembra di somigliare a Yoda di *Guerre stellari*. Dev'essere l'effetto della giornata: a stare con tutti questi vecchi, per contaminazione ti si stampano delle rughe addosso. Non c'era un ragazzo della mia età, neanche a pagarlo; invece gironzolavano per la sala bambinetti, forse figli di poetesse e poeti, per non parlare dei poeti stessi che non scendono mai sotto i trent'anni e hanno comunque l'aspetto di centenari.

È sempre così: ogni volta, in un paese diverso, ritrovi il vecchio poeta che non si perde un concorso, gli esordienti che si atteggiano a letterati e si pavoneggiano per un libretto pubblicato in proprio, per una recensione sul giornale locale. Tutti a citare quell'autore o quell'altro, un *grande*, un *eccelso*, anche se non pubblica perché, si sa, gli editori sono bottegai che badano solo a libri commerciali e per pubblicare bisogna essere raccomandatissimi.

Ma papà si sente completamente a suo agio, lì in mezzo. E se qualcuno gli chiede: «Non hai ancora pubblicato?» lui sorride con una certa modestia: «A suo tempo, a suo tempo.»

Chissà quale tempo, tra cento anni? Come Emily Dickinson che non pubblicò mai nulla in vita e divenne un faro dopo morta? Ma lei almeno non scriveva in dialetto.

Che nausea. Odio andare in macchina la domenica, dopo questi pranzi ufficiali di paese, dove l'assessore alla cultura è anche l'albergatore e il farmacista è l'assessore all'istruzione. E a tavola, in quei lugubri ristoranti tutti vetri e tendine gialle, si parla di come ormai questo premio sia diventato famoso: ne hanno parlato la gazzetta della provincia, la televisione locale e Radio Vattelappesca, era presente uno studioso russo, e persino una giornalista olandese.

«E tu che fai... non mi ricordo il tuo nome, che è?» Mi chiede il farmacista. «Rachele» interviene mia madre perché io sono ammutolita. Così prosegue lei, per me: «Fa il liceo.»

Insiste, il farmacista: «Intendevo dire, scrivi poesie anche tu?»

«No.»

«Ma le leggi, ti piacciono?»

«No.»

Il farmacista non demorde, e tenta l'affondo maligno: «Neanche quelle di tuo papà?»

Alzo le spalle, mentre mia madre si sente in dovere di rispondere al mio posto, tutta un sorriso: «Sì, le legge e le piacciono molto. Ma legge anche altri poeti, solo che... capisce...» E qui alza in aria il mento, chiudendo per un attimo gli occhi. Un gesto che il farmacista coglie in pieno, perché annuisce benevolo: «È l'età, si sa.»

L'età, si sa. Solito ritornello.

«Pensavo fossimo in un posto sufficientemente colto da evitare triti luoghi comuni.» Ecco, mi sono espressa, scegliendo con molta cura ogni parola. Il farmacista incassa, mamma sorride compiaciuta. Le piace moltissimo quando tiro fuori la mia grinta, anche se la contraddico. Ma è il solito giochino di casa: di' la tua che dico la mia, l'importante è *comunicare*.

Esco dal bagno e papà è lì che mi aspetta, premuroso. «Scusa, amore, ti sei stancata?»

«Insomma. Più che altro noia, papà.» Sfioro con le dita le confezioni di biscotti esposti negli scaffali, mentre ci dirigiamo verso l'uscita. Mi fermo a gingillarmi con un peluche, come fossi interessata a comprarlo.

«Lo capisco. Queste cerimonie vanno per le lunghe, gli organizzatori ci tengono a fare bella figura.»

«Anche tu ci tieni, no? A questi premi, voglio dire.»

Alza le spalle: «Be', ho un cassetto pieno di targhe, lo sai. Ciascuna nella sua brava scatola di velluto blu o rosso. Rigorosamente blu o rosso.»

Lascio perdere il peluche, lo guardo: «Che te ne fai, allora, se le chiudi in un cassetto?»

Inarca le sopracciglia, esclamando in tono ironico: «Sono per te, no? L'eredità» mi passa un braccio intorno alla spalla. «Puoi sempre mettere un banchetto al mercatino e rivendere le scatole blu e rosse.»

«Buona idea. Lo farò, garantito.»

Mia madre getta il mozzicone della sigaretta nel cestino dell'immondizia. Mentre mi avvicino all'auto sento che i muscoli del viso mi si irrigidiscono: non voglio che mamma mi veda più allegra, risollevata. Voglio invece che sappia quanto sono annoiata e piena di collera, che si stampi bene in mente la mia espressione insofferente e che ricordi come sono stata irritata e irritante, in modo che questa sia davvero l'ultima volta che mi obbligano a seguirli.

4

Scelgo una poltroncina nell'ala sinistra, nel settore centrale, trascinando con me le mie amiche. Erica si siede accanto a me, Ludovica dall'altra parte, Gabriella vicina a Ludovica. Ci sprofondiamo nelle poltrone, in modo che le teste non svettino. Le gambe toccano la poltroncina d'avanti, dov'è seduto il gruppo di Simona. Badiamo di non toccare le spalliere: *loro* sono tipi suscettibili, soprattutto Manfredo che sta sempre attaccato a Simona e ride di tutto quello che lei proferisce. Difatti appena Ludovica tocca inavvertitamente la spalliera davanti con la punta del piede, Manfredo si volta come punto da una vipera: «E stai attenta villana!»

Solo uno del gruppo di Simona potrebbe usare una parola del genere: villana, ma dove l'ha tirata fuori? Ludovica alza gli occhi al cielo mormorando: «Scusa.» Manfredo lancia uno sguardo di riprovazione a tutte noi che abbiamo osato sederci dietro il suo gruppo, l'*élite* della prima B. Loro sono quelli bravissimi, viaggiano tutti oltre l'otto e cadono in depressione se prendono un misero sette; il che capita raramente perché sono sempre preparati, imparano tutto a memoria e alle interrogazioni parlano a raffica, ripetendo parola per parola le frasi del testo o quelle dei professori, prese dai loro scrupolosissimi appunti. Noi invece non facciamo parte di questa aristocrazia. Noi e cioè io, Erica, Gabriella, Ludovica, galleggiamo intorno al sei, e festeggiamo se ci arriva un insperato sette, e invece degli appunti spesso ci scriviamo commenti o pettegolezzi o opinioni che spaziano in tutt'altro argomento rispetto a quello che in quel momento si celebra in classe. All'apparenza, siamo chine a scrivere furiosamente, proprio come il gruppetto degli eletti: in realtà, nei nostri quaderni ci sono notazioni personalissime, commenti su attori e ragazzi, riassunti della giornata precedente, osservazioni sulla noia mortale che c'investe in quel preciso istante della nostra vita, le schiene curve su banchi scrostati, come gli schiavi delle galere che remavano a ritmo di tamburo. Noi, qui, ci lasciamo trascinare nel fondo della nostra noia a ritmo delle coniugazioni latine.

Naturalmente, c'è di peggio. Ci sono gli irriducibili dell'insufficienza, come Federico e Gian Maria, che esibiscono lo stesso snobismo degli eletti: incassano i quattro con un sorriso strafottente e ci passano accanto con il compito svolazzante tra le mani per buttarsi sulla sedia di legno, dove riescono a stare semisdraiati come su un lettino in spiaggia. In questo momento, loro si sono assiepati sulle poltroncine dell'ultima fila, conquistandole a spintoni e calci agli altri irriducibili o indifferenti o annoiati di altre classi che, come la mia, sono radunate nell'auditorium della scuola.

Gli insegnanti rimangono in piedi, qualcuno ne approfitta per uscire. Sulla pedana di fronte a noi sono state sistemate tre sedie da regista. Su quella di destra è seduta una signora, e legge alcuni appunti: dev'essere lei, *l'esperta*. La vicepreside la raggiunge, sistemandosi nella sedia centrale, e a sinistra si accomoda il professore di storia e filosofia degli ultimi anni, quello che ha fama di massima severità.

La vicepreside parla nel microfono, chiede silenzio e nell'aula scende un silenzio così denso da poterlo toccare. La vicepreside presenta l'esperta con un gran giro di parole, rammentandoci che quest'incontro è stato programmato molti mesi fa e noi dovremmo esserci preparati, ma a ogni buon conto l'esperta è qui proprio per illustrarci l'argomento in tutti gli aspetti meno conosciuti e quindi siamo pregati di stare attenti e di sfruttare al meglio questa occasione.

Dopo questo edificante discorsetto, attacca a parlare il professore di storia e a me si rizzano i capelli, perché tra due anni, se tutto va bene, lo avrò come insegnante e da quell'espressione arcigna e dal tono con cui parla non mi dice niente di buono. Così ho la chiara preveggenza del mio futuro: sempre questa fatica, questa noia, una strada tutta in salita che non finirà mai.

Con questo scoramento accolgo infine le parole dell'esperta: la sua voce mi sembra fredda, una lama che prova a fendere quel silente torpore scivolato su tutto l'uditorio come uno sciroppo calmante.

Non so quanto ho recepito di questa lezione. Alcuni esempi, forse: quelli che si sono concretizzati in immagini precise in mezzo alla nebbia fluttuante del cervello.

Ho preso pochissimi appunti sul foglio su cui avevo diligentemente scritto il tema di questo intervento: *Che cos'è l'ebraismo?* Ma la pagina è per lo più riempita di margherite e spirali e ghirigori che ho iniziato nell'angolo destro in alto e presto si sono ramificati lungo tutto il bordo e poi per metà foglio, come un bassorilievo indiano.

Non potevo scambiare due chiacchiere con le amiche, perché proprio accanto a noi si è seduta la professoressa d'italiano, inforcando un braccio dentro l'altro sopra lo stomaco, con aria bellicosa. In queste condizioni non puoi neppure chinarti verso l'orecchio della più vicina e soffiarci dentro due parole. Ti rimane solo il foglio su cui sfogarti, mentre il corpo cambia posizione quasi meccanicamente, per non lasciar intorpidire una gamba o un braccio o una mano.

La professoressa, mantenendo sempre le braccia serrate sullo stomaco, annuiva vigorosamente alle parole dell'esperta e a quelle del professore di storia che a un certo punto si è messo a fare una specie d'intervista, un po' tipo show televisivo. Ma un conto è in televisione dove le domande sono sempre brillanti e le risposte brevi, e quando sono troppo lunghe di solito il presentatore interrompe quello che parla senza pietà; un conto era qui, con il professore che ci metteva una vita a fare la domanda e già la domanda era complicatissima, e io mi perdevo. L'esperta, che aveva fin lì mosso appena la testa in direzione del professore di storia, iniziava una lunga considerazione che all'apparenza sembrava non c'entrasse nulla con quello che aveva detto lui, e in queste chiacchiere infinite non c'era niente che accendesse una scintilla sotto la cenere in cui si era polverizzata la mia attenzione.

Finché arriva come una sassata quella voce, solitaria. Proviene dalle ultime file. Mi volto, come tutti, verso quel punto, ma non vedo niente per via della selva di teste e corpi che addirittura si alzano un poco per individuare quello che sta parlano.

«Vorrei fare una domanda.»

La voce è ferma, per niente emozionata, malgrado tutta questa folla che ascolta, piove giù dritta senza incrinature, e persino chiara in quello spazio troppo grande dove qualsiasi voce potrebbe svanire, diventare un sussurro appena percepibile. Ma questa è sufficientemente potente da farsi ascoltare, eppure l'impressione è che chi parla non urli, non forzi il tono, ma lasci che la voce scivoli giù sospinta dalla pura forza delle parole.

La vicepreside sta cercando di mettere a fuoco chi ha parlato, allungando la testa verso la sala, mentre il professore si è voltato rapidamente e si alza: «Prego, vieni qui e parla al microfono, così ti sentiamo meglio.»

«Preferirei parlare da qui, se non le spiace.»

L'esperta si allunga sul suo, di microfono, interrompendo il professore di storia che sta per dire qualcosa, forse vorrebbe insistere per stanare la voce testarda che preferisce piovere da lontano, da lassù in alto, come un falchetto.

«Come vuoi, fai pure la domanda.»

La voce si prende qualche istante di tempo: «Lei ha parlato di diaspora e ha accennato allo Stato ebraico nato dopo la Shoah.» L'esperta sta fissando con grande attenzione il punto da cui proviene la voce, che va avanti come un treno in corsa: «Non ha parlato di un'altra diaspora, di un altro esilio che lo stesso Stato d'Israele ha creato. Non ha parlato dei palestinesi che da sessant'anni vivono come schiavi nella loro terra.»

Un brusio accompagna la voce che si è librata sulle nostre teste come una nube che viaggia veloce e che nel tragitto si carica di rabbia, in realtà appena percepibile nel tono pacato, più simile alla disapprovazione nelle parole scandite con calma, con precisione. Quella calma: sembra che questo intervento sia preparato con estrema cura, perché la voce non ha stridori come quando s'interviene di botto, e il tono s'incrina, le parole inciampano, e s'insinua persino un po' di tosse. Niente di tutto questo: la voce sembra sia stata lì fin dall'inizio per questo preciso istante, per queste parole.

In un mormorio convulso in cui molti approfittano per

ridere e darsi di gomito e sfogarsi del silenzio obbligato, tutte le teste si voltano verso il palco, verso la sedia dove l'esperta ha accusato il colpo con placida compostezza, anzi, persino con un sorriso.

«Non ne ho parlato» risponde un po' freddamente «perché l'attuale situazione politica del Medio Oriente non era l'argomento principale.»

Ora il brusio si solleva come un'onda, ma l'esperta prosegue con un altro tono, velato di rammarico: «Ogni esilio è un dolore, ogni allontanamento una tragedia. La sofferenza di un popolo non giustifica assolutamente le pene di altri, su questo io voglio essere chiara.» L'onda si abbassa, forse anche per l'agitazione degli insegnanti che sibilano: «Silenzio, ascoltate!»

L'esperta guarda in alto, verso il punto in cui il falchetto se ne sta appollaiato, e tende persino una mano avanti, come volesse sfiorarlo: «Ma la Shoah di cui ho solo accennato stamani è stato un crimine spaventoso senza paragoni, perpetrato per odio razzista, per odio contro gli ebrei. Milioni di persone inermi che provenivano da paesi diversi, cittadini di nazioni differenti, sterminati in quanto ebrei. Vorrei riuscire a toccare la tua sensibilità su questo punto, vorrei che non mi considerassi qualcuno da sfidare. La mia posizione è a favore del dialogo, della comprensione reciproca per il superamento pacifico dei conflitti.»

Ma la voce colpisce ancora, e stavolta il tono è apertamente ironico: «È comodo dirlo da lì dove si trova ora. La sua posizione è su un palco, con un microfono. La sua posizione è dominante.»

A questo punto, scoppiamo a ridere. E credo che nessuno sappia neppure che cosa ci sia da ridere. Ma non siamo un consesso di filosofi o storici e finalmente la voce ci ha dato modo di dar libero sfogo al corpo costretto all'immobilità per un'ora e mezza buona.

«Non c'è niente da ridere» strilla il professore di storia, dentro il microfono. «Cercate di essere un po' più maturi, non siamo al bar.»

La vicepreside si affanna subito dopo: «E soprattutto chi vuole intervenire lo faccia con pertinenza. La nostra ospite non è qui per farsi aggredire, è venuta su nostra richiesta e ha avuto la gentilezza...»

Non so chi la sta ascoltando, io no. Io provo a spencolarmi dalla poltroncina e poi a rizzarmi, poggiando un ginocchio sul sedile, per vedere chi ha parlato. Ma la faccenda è confusa: sono in molti ad agitarsi, là dietro. Anche perché proprio adesso suona la campanella nel corridoio, e tutti si alzano senza tanti complimenti, senza neppure aspettare un cenno da parte della vicepreside, che si attacca al microfono invelenita: «Un momento! Un po' di educazione! Almeno salutate la nostra ospite con un applauso.»

Ormai in piedi, scoppiamo in un applauso fragoroso accompagnato persino da urla, come in uno stadio. Il professore di storia mantiene un'espressione rabbiosamente impietrita, tamburellando con le dita sul tavolo, ma la vicepreside sembra rincuorata da tanto entusiasmo, si piega verso l'esperta con un gran sorriso e le dice qualcosa che l'altra accoglie con un'espressione soddisfatta.

Mi volto di nuovo, un po' in ansia all'idea di non trovare più la voce insolente, scatto in piedi.

«Lo vedi?» mi chiede Erica, e mette la tempia vicino alla mia, come se con due teste e quattro occhi potessimo raddoppiare la vista.

«No, forse è quello, non so.»

Poi, d'un tratto lo individuo e sono trafitta da quella visione. Si è alzato e guarda avanti a sé con aria sfrontata, le mani tuffate nelle tasche dei pantaloni larghi, la maglia lunghissima sollevata sui fianchi per far passare le mani. Indossa un cappello a punta come un folletto, che gli copre quasi tutta la fronte. Ma anche con quel buffo cappello che ricorda un po' un elmo medievale lo riconosco. È lo skater. Che ci fa, lui, qui?

5

Erica mi è alle costole mentre salgo le scale, facendomi largo senza complimenti tra braccia, gambe e capelli che sembrano accatastati alla rinfusa sui gradini, perché, appena finita l'ora, tutti siamo scattati dalle poltroncine e ci siamo assiepati tra i gradini e il corridoio, ma senza alcuna voglia di uscire dalla sala, anzi. Andarcene di lì significa tornare troppo presto in aula, dove ci aspetta il seguito della mattinata, quasi certamente un'immediata verifica di quello che abbiamo sentito prima dalla bocca dell'esperta.

Erica mi chiede concitata: «Ma dove vai? Ma sei matta? Ma che fai?» Non le rispondo, continuo a guardare in su, verso il cappello a punta che è rimasto al suo posto, in piedi, al centro di un'attenzione eccitata di compagni che gli sorridono e gli poggiano una mano sulla spalla, e fingono di sferrargli scherzosamente un pugno sul braccio, e gli parlano come si fa con una specie di eroe, uno che ha appena risolto una partita noiosa e prevedibilmente persa con il guizzo di fantasia di un gol insperato.

Sono quasi a pochi passi da lui, il cuore prende ad accelerare perché d'un tratto ho la coscienza di essere in mezzo a troppe persone per potergli parlare, e tutto il percorso di guerra che ho fatto fin qui, insinuandomi tra corpi, scivolando quasi a terra, salendo in ginocchio gli ultimi due gradini, l'ho fatto d'impulso, per accertarmi che sia proprio lui, lo skater della stazione e non qualcuno che gli somiglia. E l'ho fatto sospinta da quella sensazione di brivido che la sua spavalderia ha trasmesso a tutta la platea, tra ammirazione e invidia per quella gran faccia tosta. Ma se mi sono precipitata avanti senza pensarci troppo è perché la sua voce mi ha ammaliato, come il canto di una irresistibile sirena.

Ora che sono vicinissima a lui, e sfioro quel gruppo di ragazzi più grandi, di colpo tutta la mia sfrontatezza si sgonfia e mi attacco al braccio di Erica perché mi sembra di precipitare a terra. Allora scoppiamo a ridere per sfuggire alla vergogna e alla timidezza: nessuno lì accanto sembra farci caso, perché i ragazzi più grandi al solito non ci vedono neppure, concentrati su di loro, i loro discorsi, e le loro ragazze.

Quando sto per buttarmi di nuovo avanti, in mezzo al cerchio dove lui troneggia come un eroe, qualcuno mi precede, addirittura mi scansa per avvicinarsi a lui e gridare, con una certa foga: «Quello che hai detto è un'ingiuria. È vittimismo per manipolare l'assemblea.»

Cappello a punta si acciglia, osserva per qualche istante l'altro e alza il mento, con un mezzo sorriso: «Il vittimismo è quello che usate voi da mezzo secolo per giustificare l'espansionismo sionista.»

L'altro ragazzo fa un passo avanti, abbassa il tono trattenendo a stento la rabbia: «Con questi slogan si fa saltare in aria la gente. Sono discorsi antisemiti e da terrorista, Taisir.»

Un paio di ragazzi hanno raggiunto con una certa fatica il nostro capannello, facendosi strada per mettersi accanto a quello che ha appena parlato. Sembra che ora siamo tutti qui raggruppati come sardine, lasciando un unico spazio aperto tra cappello a punta e il suo avversario. Cappello a punta ha tolto lentamente le mani dalle tasche, l'altro tiene le sue sui fianchi e ho l'improvvisa visione di due cowboy pronti a estrarre le pistole. Ma gli altri due appena accorsi gettano subito acqua sul fuoco.

«Lascialo perdere, Simone» dice uno, che porta uno zucchetto nero sulla sommità della testa. Lo stesso zucchetto copre la nuca dell'altro compagno, un tipo robusto che si piazza tra Simone e cappello a punta, invadendo il campo di battaglia. «Non ne vale la pena» sta dicendo, placido. «È una provocazione inutile.»

Cappello a punta tuffa di nuovo le mani in tasca, e i muscoli del viso si rilassano. Nessuno, dalla sua parte, gli si è messo accanto per calmarlo o spalleggiarlo. I suoi compagni hanno assistito alla scena con sguardi accesi di eccitazione e divertimento, e ora sembrano delusi dalla mancata battaglia tra galli, mentre i tre ragazzi si allontanano e cappello a punta rimane a fissarli, con il mezzo sorriso a fior di labbra.

«Che succede? Chi sono?» sussurro a Erica. Mi risponde una ragazza che non conosco, vicinissima: «Sono ebrei.» Mi rimprovero in un lampo che avrei dovuto capirlo subito da quel segno d'appartenenza, lo zucchetto sulla sommità del capo. E cappello a punta, invece? Non indossa nulla che indichi una qualche appartenenza, anche se ha parlato dei palestinesi e stava per menarsi con un ragazzo ebreo che a quanto pare lo conosce, perché lo ha chiamato per nome: Taisir.

Il gruppo si sta disperdendo, i professori ci richiamano fuori dall'aula. Rimango qualche istante a guardarlo.

«Taisir» il nome mi scappa di bocca, mentre lo sto assaporando. Lui sposta lo sguardo verso il punto da cui si è sentito chiamare, posandosi su di me, interrogativo. «Tu sei Taisir» ripeto confusa e per qualche miracolo riesco a non avvampare. I suoi occhi mi scrutano, indagatori, in silenzio. Allora prendo coraggio, divento audace, parlo come se ci conoscessimo da sempre, con una disinvoltura che non ho mai avuto: «Ci siamo visti in stazione, qualche giorno fa.»

Lui mi guarda ancora per qualche istante, poi sorride: «Sei una skater?»

Ha abbassato la voce, chinandosi un poco verso di me. Quel tono di avvolgente complicità s'insinua dentro di me pizzicando corde sconosciute che sento vibrare lungo tutto il corpo. Stavolta arrossisco, mentre mento: «Be'... sì.»

Lui annuisce, si volta rapidamente perché qualcuno lo sta chiamando: la sua classe sta sfociando dalla porta.

«Ci vediamo, allora» mi dice, e prima di voltare definitivamente le spalle estrae una mano dalla tasca e mi saluta con il pugno chiuso e il pollice alzato.

Quando giro i tacchi, m'imbatto nell'espressione interrogativa e un po' sconsolata di Erica. Sta scuotendo la testa.

«Che c'è?» le chiedo con un tono di voce beata, ancora circonfusa dall'alone che Taisir mi ha trasmesso con quel saluto speciale, indirizzato a me sola in mezzo a questa folla ignara del nostro segreto di skater.

«Sei già partita, eh?»

D'un tratto trovo detestabile questo tono saccente, da vecchia saggia seduta sulla montagna a meditare sugli errori umani. Ho la sensazione che quest'osservazione abbia malignamente interrotto quella specie di scia magica che Taisir ha lasciato dietro di sé, attaccata a me. Ho un gesto d'insofferenza verso la mia amica: «Scema.»

Lei sgrana gli occhi, incredula davanti alla mia espressione che è passata dalla radiosità all'ira: «Ma che ti prende?»

«Niente, è che sono stufa di avere sempre sulle spalle un gufo.»

«Un... gufo?» Sbatte le ciglia, mi accorgo che è sul punto di mettersi a piangere, ma proseguo come uno schiacciasassi: «Sì, tu stai lì a gufare... Con quell'aria triste, che hai fatto? Hai spiato avidamente tutto quello che ci siamo detti?»

«Oh, Rachele...» La voce le trema, poi erompe in uno strillo esasperato: «Sei orrenda!» Si volta appena in tempo per non mostrarmi le lacrime e si allontana in fretta, verso l'uscita.

Cretina, penso subito. Ma lo sto dicendo a me stessa, mentre guardo la mia amica che esce dal salone e si dirige fuori. Il cuore prende a battermi forte mentre mi chiedo che cosa mi è preso: sono ammattita?

Salgo svelta gli ultimi due gradini, mi precipito fuori. Erica è scomparsa, ma so dove trovarla: in classe in queste condizioni non ci può tornare. Corro verso il bagno e lo trovo pieno di gente, sembra che nessuno abbia più voglia di rientrare nelle aule e cerchi ogni scusa per pascolare ancora per i corridoi.

Un paio di ragazze si stanno ritoccando il trucco davanti allo specchio sbrecciato, qualcuna si aggiusta la maglia sul seno, sui fianchi, altre fumano senza ritegno vicino alla finestra spalancata, discutendo tra loro del prossimo sabato sera. Erica non c'è, mi metto ad aspettare in un angolo, invisibile a queste tizie più grandi che si atteggiano a donne vissute, con le sigarette che svolazzano tra le dita e la domanda di rito di quella che passa e s'infila nel gabinetto: «Mi fai fare un tiro?»

Le piastrelle sono gelide e un po' umide, quando vi poggio le mani provo un senso di disgusto che mi fa rapidamente scostare dalla parete. Estraggo un fazzoletto di carta dalla tasca e mi pulisco in fretta, con l'occhio alle porte dei gabinetti.

Finalmente le fumatrici tolgono il disturbo, mentre le altre hanno finito il restauro di occhi e labbra, pronte per le ultime ore della mattinata come a un ballo in maschera. Balzo al lavandino e mi sciacquo in fretta le mani, quando una porta si apre ed esce Erica con il naso rosso e l'espressione furiosa. Non mi ha neppure visto quando le arrivo di lato, e appena le sfioro un braccio con le mani bagnate, sussulta portandosi una mano al petto.

«Scusami, sono stata una bestia» dico in fretta.

«Vai all'inferno» mi risponde, con un fil di voce carica di rabbia. Ha il naso rosso, gli occhi lucidi. Abbasso lo sguardo: «Va bene, scusami. Ti prego.» Sento il naso che mi prude, quando alzo lo sguardo ho la vista annebbiata. Lei allora mi abbraccia, e chissà che effetto facciamo a quella che sta uscendo ora dal gabinetto e si trova davanti la scena pietosa di due amiche che ridono con i visi bagnati di lacrime, una tra le braccia dell'altra.

Ci ricomponiamo in fretta, scoccandoci occhiate complici nello specchio. «Che diremo alla prof?»

«Mi sono sentita male, è chiaro» dico subito. «E tu mi hai accompagnato in bagno.»

«Sarà meglio che dica che sono stata male io,» fa lei «guarda che naso rosso.»

«Solito mal di pancia?» propongo, lei annuisce: «Ci sta.»

Poco prima di superare la porta del bagno mi chiede: «E l'anno sabbatico?»

Cado dalle nuvole: «Quale anno sabbatico?»

«Che fai, ricominci? Quel tizio, quello che hai agganciato prima. Non avevi giurato che ti mettevi a riposo?»

«Si chiama Taisir» riprendo l'aria sognante. «Ma l'hai visto? L'hai sentito?»

«Credo di non essere stata la sola. Ha parlato di fronte a tutta la scuola, mi pare.»

Come potrei dirle che è proprio la sua voce che mi ha spinto a conoscerlo, a rompere il giuramento? Ci si può innamorare dell'energia di una voce, del modo in cui fa trapelare l'indignazione, con calma e senza punte isteriche? Del calore che riesce a promanare, malgrado le parole provocatorie e oltre l'ironia?

«Io starei attenta» mi sta dicendo Erica, che a ogni buon conto ama il suo ruolo di grillo parlante. «Mi sembra proprio un osso duro.»

Quello che mi piace di Erica è che ha l'aria di saperla lunga, le basta un colpo d'occhio per capire le cose. Non ho sbagliato a dirle che è un gufo, se si considera quest'animale in senso positivo e quasi magico, con quegli occhi spalancati nell'oscurità a percepire segnali impercettibili ad altri.

Ma io non ascolto i buoni consigli.

Sta di fatto che sto seguendo Taisir a distanza ravvicinata, con un metodo da investigatore principiante. Quando lui si volta, per motivi che pungono la mia gelosia e cioè per guardare qualche ragazza, mi nascondo rapida dietro un'edicola oppure giro le spalle, fingendo di fissare una vetrina. L'ultima volta, ho scoperto che era la vetrina di un lavacani: interessante davvero. Lui comunque non può avermi notato, perché cammina velocissimo, le cuffie sulle orecchie. Non può immaginare di essere addirittura pedinato.

Saliamo sul tram, lui si mette davanti, guarda fuori dal finestrino con aria visibilmente assente. Io, dietro, tuffo la faccia dentro una rivista e a ogni fermata alzo gli occhi preoccupata che lui scenda. Ma viaggiamo viaggiamo e lui non si muove dalla sbarra su cui si è poggiato come un immenso rapace appollaiato su un ramo.

Finché il tram era pieno di gente, potevo anche starmene discosta, ma a poco a poco la folla si dirada: scendono tutti meno che lui. Ma dove stiamo andando? Guardo fuori e con una punta di spavento mi accorgo che non riesco a orientarmi, è come se fossi capitata altrove, in un luogo sconosciuto. E comunque: dove finisce questa mia città? È quasi un'ora che il tram circola per viali trafficati, oltrepassa piazze, s'arrampica per sopraelevate, scende in vie oscurate da palazzi altissimi e anneriti dallo smog. Più il tram va avanti, più la città anziché trapassare nella campagna sembra allungarsi a dismisura, non finire mai.

Ho il terrore che Taisir si ridesti da quella sorta di dormiveglia in cui pare caduto, una mano attaccata a una sbarra verticale, il corpo adagiato mollemente sulla sbarra orizzontale che separa i seggiolini. Ora che il tram è mezzo vuoto, potrebbe sedersi, ma lui probabilmente non presta alcuna attenzione intorno a sé.

Come vorrei conoscere il pensiero che l'ha catturato, come vorrei potermi avvicinare e riportarlo giù, da me. Invece mi riparo dietro questa ridicola rivista, badando di essere coperta anche dalla macchinetta che convalida i biglietti, e da qui gli lancio occhiate ansiose, spero che presto scenda, perché non ho più tanto tempo a disposizione, io. Dovrò prendere un tram per tornare indietro, e a occhio e croce impiegherò un'altra ora. Sono sicura che tra pochi minuti mi arriverà lo squillo allarmato di mia madre in attesa in piazza Edison, dove le ho dato appuntamento con un messaggio abbastanza verosimile (esco un'ora dopo, ci vediamo in piazza Edison all'edicola).

Proprio mentre sto perdendo le speranze di concludere questo viaggio infinito, Taisir si riscuote. Il tram è già fermo, a porte aperte, quando lui balza giù come un puma, e in tre passi è fuori. Mi affretto a seguirlo dalla porta posteriore, ma il tram è già ripartito, così sono costretta a scendere alla fermata successiva.

Mi sento ingannata come il cattivo detective che ha perso il suo obiettivo, oltre al fatto che mi trovo chissà dove, in una strada costeggiata da palazzi sporchi e scrostati: dai terrazzini arrugginiti pendono antenne o motori di condizionatori, e da qualche finestra si spencolano panni stesi come volessero buttarsi giù.

Mi arriva lo squillo d'ordinanza, la voce di mamma mi riporta indietro, all'altra città dove lei mi sta aspettando, già in ansia.

«Dove sei?»

«Non lo so. Ho sbagliato tram.»

Mamma si ammutolisce per un istante: «Rachele, stai scherzando? Che vuoi dirmi?»

«Ti giuro mamma, non so. Ho preso un tram per fare prima e ho sbagliato direzione.»

«Leggimi un nome, ci sarà una targa, qualcosa.»

Non vedo targhe, ma se anche leggessi qualcosa, forse le verrebbe un colpo. Perciò provo a rassicurarla: «C'è un bar, vado a chiedere.»

«Chiama un taxi» ordina mia madre. «Fatti portare a casa e chiamami subito, appena hai trovato il taxi, mi raccomando.»

Entro nel bar e la mia entrata dev'essere sensazionale perché molti si voltano a guardarmi, neanche fossi un animale raro. A colpo d'occhio mi accorgo che il bar è popolato di uomini, alcuni appoggiati al bancone, altri seduti al tavolo. Anche il barista è un uomo, e mi guarda accigliato senza neppure chiedermi che cosa desidero.

«Scusi, mi può dire il nome di questa strada, per favore?» Le mie parole hanno un effetto catalizzante su un paio di tizi appoggiati al banco, perché si mettono a fissarmi apertamente, mentre il barista sembra invece stupefatto dalla mia richiesta: «Il nome della strada?»

«Sì.»

«Di questa strada dov'è il bar?»

Ho trovato un tipo svelto, penso. Annuisco con convinzione, per incoraggiarlo. Ma lui si volta e attacca a parlare in una lingua sconosciuta con qualcuno che fino a quel momento non avevo notato, un altro uomo seduto dietro al bancone, seminascosto dalla macchinetta del lotto e dalla vetrina dove giacciono un paio di brutte paste. È un uomo robusto, con due gran baffi scuri e l'aria ancor più accigliata del barista. Direi proprio che è un gran brutto ceffo, a giudicare dall'espressione incattivita con cui mi squadra. Gli sorrido educatamente sperando di guadagnarmi la sua simpatia, ma quello si ritira nel suo posto senza farmi neanche un cenno garbato, un mezzo saluto. Per fortuna proferisce le due parole che mi aspettavo: «Via Corelli.»

Mi esce un «Grazie!» che sembra un grido. Il clima nel bar è tale che non vedo l'ora di essere fuori.

Mentre esco in fretta, mi sento tutti gli occhi puntati addosso. Mi basta premere un tasto del cellulare per chiamare il radiotaxi, perché mia madre mi ha fatto martire con questi numeri d'emergenza e li ho tutti in memoria: taxi, ambulanze, carabinieri, persino i vigili del fuoco.

Mi metto ad aspettare all'angolo, al microfono mi hanno annunciato che l'auto arriverà tra un quarto d'ora. Sarà il freddo, sarà l'ora, ma mi pare non ci sia in giro nessuno e mi sento crescere dentro un senso di imprecisato allarme. Così mando messaggi alle mie amiche, scrivendo loro dove sono e che poi le chiamerò più tardi per raccontare tutti i particolari. Scrivo giusto per rimanere impegnata in quei minuti infiniti, soprattutto per essere collegata con il mondo. Qui, mi sembra di essere sulla Luna.

Quando vedo arrivare l'auto, ho la sensazione che sia arrivata l'astronave di soccorso e saluto il tassista quasi festeggiandolo. Per fortuna è un uomo dall'espressione bonaria e mi rivolge un mezzo sorriso: «Dove andiamo, figliola?»

Gli dico il mio indirizzo, e lui, prima di ingranare la marcia, commenta: «Un po' fuori zona, eh?»

«Ho sbagliato a prendere il tram» spiego, tante volte mia madre si prendesse la briga di interrogare anche lui. Ho come l'impressione di essere una specie di Cappuccetto Rosso che per un pelo ha evitato l'incontro con il lupo.

6

La discussione sta prendendo la solita piega. Lo sa anche mia madre che è quella che si definisce una *consumata* politica. Trent'anni buoni di carriera l'hanno allenata a comporre i muscoli facciali in una maschera imperturbabile di fronte a quello che considera il proprio avversario. Nel caso specifico, si tratta della mia prozia che sta sproloquiando su qualche oscura minaccia che attenta alla vita di tutti.

«Io non so come ragionate, *voi*» la sta pungolando la zia. Quel *voi* chissà se è diretto ai miei genitori o più in generale alla parte politica cui appartiene mia madre. «Ma ve ne accorgerete. Questa gente non ha riconoscenza, anzi. Vengono qua e vogliono dettar legge a noialtri, non vedete cosa sta succedendo in giro?»

«Su, non mi pare che siamo arrivati a tanto» mamma sta usando un tono di voce ancor più basso, per esibire la propria sicurezza. In fondo, zia è la sorella di sua suocera, è una donna anziana perciò le rivolge un sorriso condiscendente che ha come risultato di far andare zia ancor più su tutte le furie. Il collo avvizzito avvampa e il rossore le sale dal mento verso le guance scavate, mentre gli occhi mandano lampi dietro le lenti: «Le cose non le volete vedere! Anzi, peggio: è colpa vostra se stiamo andando tutti in malora. Ci stiamo islamizzando proprio grazie a voi!»

«Ma come, ci stiamo *islamizzando*?» Mamma alza le sopracciglia, l'espressione perplessa: «Stiamo parlando del permesso di costruire una moschea, non dell'obbligo di convertirci tutti all'Islam.»

A questo punto, mio zio che se ne sta seduto a capotavola, alza lo sguardo dal piatto in cui pareva completamente assorbito e sbotta: «Coi nostri *sghei* si costruisce la moschea, per quelli là.»

Finora non stavo ascoltando. Di solito questi pranzi familiari sono organizzati in modo che gli adulti se ne stiano seduti al tavolo del salotto e i bambini siano sistemati in un piccolo tavolo poco lontano: in questo modo si evita che i ragazzi infastidiscano le importanti disquisizioni tenute al desco maggiore. I 'bambini' siamo io e i miei tre biscugini: due ragazze di undici e dodici anni che mi stanno attaccate come due zecche e un bambino di otto anni che sta facendo un macello sulla tovaglia, immagino per farsi notare, se non da noi, da sua madre seduta in punta di sedia al tavolo dei vecchi.

Finora, sono stata distratta dalla tempesta delle domande delle cugine: «E com'è il liceo? Sai, mamma mi vuol mandare al Dante dov'è stata anche lei, sai nulla del Dante? È vero che nella tua scuola ci sono professori terribili?» Nel frattempo, la minore distribuisce un paio di pacche sul braccio e sulla spalla di suo fratello: «E smetti di darmi i calci, stupido!» Lui, che finora l'ha toccata inavvertitamente, scuotendo le gambe sotto il tavolo, a quel punto mira ad arte i polpacci della sorella: «Brutta vipera, scema!» Il padre allunga la testa e lancia un'occhiata di rimprovero a tutti e tre. «Costanza mi dà noia!» accusa il cuginetto, in tono belante. «Basta!» intima suo padre da lì e minaccia: «Non mi fate alzare.»

Chissà se è sempre questo l'andamento, con questi tre fratelli rissosi. Le due ragazze, che mi stanno alle costole e sembra bevano ogni mia parola, sono in aperto contrasto tra loro: la piccola è gelosa di tutto, si vede da come cura sua sorella; l'altra ha un'aria da prima della classe che te la raccomando; il fratellino continua a martoriare una o l'altra, per imporre la sua presenza. Una gran fatica, vivere così. Chissà se ne sono soddisfatti i loro genitori, e cioè i cugini di papà: mio padre ha sempre preso in giro suo cugino per quell'aria perfettina, da avvocato di successo con tutti gli annessi e connessi, e cioè sua moglie così fine, senza mai un capello fuori posto, malgrado le mattinate al tennis e il pomeriggio sul fuoristrada a scarrozzare i figli nelle varie scuole private dove imparano l'inglese che nella scuola pubblica è un disastro, e poi danza per la postura e ad andare a cavallo, perché non si sa mai nella vita: com'è noto saper andare a cavallo può sempre tornar utile.

Mi domando perché i miei genitori subiscano questi pranzi domenicali dai vecchi zii, in compagnia dei cugini con la puzza sotto il naso e soprattutto perché sottopongano me a questo stress. Quando l'ho chiesto di nuovo a papà, e cioè stamani prima di venire qui, mi ha detto che si tratta pur sempre della sorella di sua madre, e degli unici parenti che ha vicino. Lo ha detto sospirando, come se andare a trovare gli zii fosse un rito cui non può sottrarsi, pena qualche terribile disgrazia che si abbatterebbe sul suo capo.

Così, eccoci alla domenica del sacrificio, catturati dentro il salotto di zia strapieno di ninnoli scintillanti, il tavolo apparecchiato con la tovaglia di pizzo su cui troneggia un pesante piatto d'argento carico di fiori secchi e frutta finta, e tutto intorno i piatti di porcellana bordati di blu e oro, le posate d'argento, i tovaglioli immacolati che sembrano appena usciti dal negozio. Più in là c'è il nostro tavolo apparecchiato in sbarazzino color giallo, con una tovaglia a fiorellini color canarino e al centro un vaso di primule gialle, piatti bianchi e spiritosi bicchieri inevitabilmente gialli.

Immagino che zia impegni tutte le sue facoltà artistiche nella composizione di queste tavole, dove è convinta di mettere in evidenza tutto il suo buon gusto. Del resto, proprio di buon gusto parla sempre, come fosse una qualità fondamentale. E anche ora sta dicendo: «È anche una questione di buon gusto: una moschea proprio accanto alla sede della Morazzoni.»

«Dove dovrebbe essere costruita, invece?» chiede mamma, in tono interessato.

Ma zia dribbla la risposta: «Vorrei proprio vedere se noi andassimo nei loro paesi a pretendere una cattedrale, sì.»

«Nei loro paesi *quali*?» interviene mio padre, che a differenza di mamma ha un tono di voce più battagliero.

«Le persone di religione islamica provengono da paesi molto diversi, mi pare. Scusa, zia, ma da come parli sembra che debbano fare la moschea proprio qui, dentro casa tua.»

«Ma è esattamente così.» La vocetta della moglie del cugino svetta improvvisa: «La moschea è in casa nostra, nella nostra città. Chi va a vivere in un altro paese, dovrebbe adeguarsi alle leggi, alle regole che vi sono, non vi pare?» Sta girando la testa in modo che l'ascoltino tutti i commensali. Il marito tace, mentre lo zio, che di solito non dimostra grande simpatia per lei, stavolta l'appoggia in pieno: «Brava. Ha ragione mia nuora.»

Al mio tavolo le cose sono degenerate, ormai il fratello e la sorella minore sono alle mani, mentre la più grande finge distacco da quelle diatribe rivolgendosi a me con aria saputa: «Hai un ragazzo? Perché, sai, io ce l'ho.»

Non ho più voglia di perder il mio tempo con questi mostriciattoli, e mi avvicino al tavolo dei grandi, dove mamma ha deciso di non essere più indulgente: «Il problema è cercare di vedere le cose da una prospettiva di *avere* e non di *perdere*. Avete paura che vi sia tolto qualcosa, invece avrete qualcosa in più. Avremo una comunità araba ben integrata, con i suoi rappresentanti, dunque un maggiore controllo sociale che impedisce quello che temete: il proliferare di spinte eversive, che nascono nell'emarginazione, nell'esclusione. Stiamo parlando di luoghi di culto, di preghiera, di dare il sacrosanto diritto a chi appartiene a una religione diversa di esercitare la propria libertà religiosa.»

Zio la interrompe scuotendo la testa convinto: «Coi nostri *sghei*, però.»

Mamma si volta, gli occhi le lampeggiano nella maschera di olimpica serenità: «Con i soldi di tutti, dunque anche quelli degli immigrati che pagano regolarmente le tasse e che hanno diritti pari a ogni altro cittadino.»

Sulla tavola scende un silenzio pesante e teso. Io mi sono avvicinata a mia madre, le metto una mano sulla spalla e lei prende quella mano, la stringe a sé: «Per come la penso io, la società è come una famiglia dove cerchiamo di capirci, aiutarci e non di farci la guerra. Noi dobbiamo prenderci cura di chi è più debole, e mi pare sia anche un messaggio cristiano.»

«Pensavo non fossi credente» ribatte acida zia e prosegue, con sarcasmo. «Mi fa piacere che tu ritorni agli insegnamenti della Chiesa.»

Mia madre non batte ciglio, mantiene quel sorriso distaccato che l'aiuta a non cadere nella trappola della polemica: «La solidarietà è un patrimonio comune. E comunque io ho sempre un grande rispetto per la religione...»

«Tu hai rispetto per la religione, cara mia, ma questa gente qui non ce l'ha affatto, il rispetto per la nostra religione e nemmeno per il paese che li ospita» tuona mio zio, ormai sul piede di guerra. «Hai visto come vivono? Come mandano in giro le donne, tutte intabarrate? Che diresti se tua figlia qua ti portasse a casa uno di questi, eh?» Ma le domande non aspettano alcuna risposta, perché zio sembra un fiume in piena: «Uno di questi musulmani che vengono a casa nostra e pretendono di vivere come fossero da loro! E voglio vedere se tua figlia si mette il chador per farlo contento, cosa dici tu che sei una *femminista*!» Quest'ultima parola la pronuncia come fosse un'oscenità, anziché un valore da contrapporre alla chiusura mentale dell'entità islamica, minacciosa della libertà delle donne.

A questo punto, il simpatico cugino decide d'interrompere la discussione che sta diventando imbarazzante con qualche argomento frivolo che riporti la conversazione su un tono mondano: «A proposito, avete visto la trasmissione di ieri sera?» Papà e mamma scuotono la testa, avviliti dalla veemenza dello zio. Non so neppure se stanno ascoltando le ciance del brillante cugino che racconta di qualche personaggio famoso e delle sue battute irresistibilmente cretine.

Mi sono seduta sulle ginocchia di mamma come non facevo più da tempo, il braccio intorno alla sua spalla. Mi rivolgo allo zio che è seduto alla sinistra di mamma: «Sta' tranquillo zio, tanto non mi sposo.»

«Figurati, cara. Alla tua età si dice sempre così.»

«No, no. Te lo posso garantire. A me piacciono le donne.»

Allora anche il cugino smette di parlare, e tutti si voltano verso di me: «Cos'ha detto la bambina?» chiede sua moglie, serafica. Finalmente, mia madre scoppia in una risata di cuore, e papà fa altrettanto. Nel frattempo, è entrata la cameriera filippina che toglie i piatti sporchi scivolando silenziosa alle nostre spalle, come un fantasma. La cameriera di zia indossa un grembiule bianco e una cuffia, come il personaggio di una recita scolastica.

«Jenny, si ricordi, prima il dessert.»

«Sì signora.»

Osservo mia zia, che detta gli ordini come una contessa d'altri tempi e mio zio che è rimasto accigliato, in attesa che la cameriera esca e che possa dire qualcosa sul genere: 'non c'è più religione, i giovani non sanno stare al loro posto, dove andremo a finire, non c'è fine al peggio'. Osservo i cugini di papà strizzati nei loro abiti firmati e agghindati con una chincaglieria costosa e di marca, orologi e collane e orecchini e persino fermacravatte, orpelli che dimostrano il loro moderato lusso e il loro stare al passo con i nostri tempi perfidamente vanesi. Tutto il contrario dei miei genitori: papà è fedele a una moda che resiste da trent'anni con i soliti pantaloni di velluto a coste e il maglioncino beige; mamma ha scritto in fronte il fatto di essere un'intellettuale impegnata con quella tintura fatta in casa un po' troppo virante al mogano e quella giacca indiana di velluto bordeaux. È ovvio che la loro figlia, cioè io, mostri già un irritante atteggiamento provocatorio e si presenti con un aspetto troppo sciatto per essere considerato un gradevole finto trasandato. Capisco in un lampo che ci giudicano quanto meno estemporanei perché non siamo simpatici, anzi pericolosamente inclini alla polemica, visto che i discorsi degli zii sono sulla bocca di tutti, perché se c'è una cosa che attecchisce e si diffonde rapidamente come un'erba maligna è il pregiudizio.

E mentre Jenny esce dalla sala con la pila dei piatti, quei discorsi di prima mi sembrano folli, pronunciati da gente ricca e viziata che si fa servire da una donna arrivata nel nostro paese appositamente per questo: per servire una famiglia facoltosa e razzista.

7

L'umido mi mangia le mani e la parte di viso che lascio scoperto, naso e guance, insinuandosi nei pertugi della sciarpa per sbavarmi sul collo. Incasso la testa nelle spalle, per allontanare il brivido, ma di qui non mi muovo. Non dopo tutta la fatica che ho fatto per arrivare fino a questo parco di periferia.

Gli skaters sono peggio di una setta segreta. Non sai dove trovarli, non c'è un'associazione come per tutti gli sport, non c'è un luogo di ritrovo preciso, non credo ci sia neppure qualcuno che decide: semplicemente tutti sanno dove andare, e oggi si trovano qui, nella pista dei minigokart, a roteare sulle loro tavole e a comporre acrobazie fulminanti solo per se stessi, perché il pubblico è formato da quattro persone: oltre me, c'è una ragazza a cui uno degli skater ogni tanto lancia saluti, un ragazzino che forse è un fratello minore che si beve le evoluzioni con lo sguardo e un barbone accoccolato sui gradini che ogni tanto lancia un grido come partecipasse a un'immaginaria ola. Quello è Taisir. L'ho riconosciuto dal giubbotto e dai soliti jeans, perché oggi ha il volto coperto da un passamontagna. Non so se mi ha visto, in ogni caso è bravissimo a ignorarmi persino quando passa vicinissimo alla gradinata della pista e per forza deve notarmi, seduta sul terzo e ultimo gradone, sola.

Parco Pasolini, alle tre. La notizia l'ho avuta poco prima di uscire da scuola, dopo una febbrile opera di ricerca, sguinzagliando Erica, Ludovica e Gabriella in tutte le classi superiori dove vi sono agganci: conoscenti, parenti o amici che si prestano a riferire. È stata dura perché Taisir parla poco, e nella sua classe è persino temuto. Ma frequenta un piccolo gruppo che proviene da classi diverse, con cui sembra in gran sintonia perché sono tutti un po' simili nel vestire, nel muoversi e nel lanciarsi strani segnali a distanza, seguendo un codice tutto loro. È così che la spia personale di Ludovica è riuscita a captare la comunicazione tra Taisir e uno dei suoi, in corridoio durante la ricreazione. Il gruppetto era appoggiato con aria annoiata fuori dal bagno dei ragazzi e la conversazione era questa: «Senti, tipo, oggi siamo al Makeeba.»

«No, tipo: oggi skatero.»

«Non dire cavolate. Dalla stazione ci metti tre secondi.»

«Sono al Pasolini. Neanche se volo vi raggiungo.»

«Non rompere. Ce la fai.»

«Non te lo assicuro, tipo. Con gli altri è alle tre, con voi?»

«Stessa ora. Che palla sei, tipo.»

La spia di Ludovica è suo cugino Raimondo, che frequenta la classe di uno degli amici di Taisir. Ma Raimondo sembra viva lontano anni luce da Taisir e i suoi: è un ragazzo dall'aria impacciata, ha il fisico di un dodicenne, si veste come neanche un anziano, con pantaloni di lana e maglioni, e si pettina i capelli lisci con la riga da una parte. Sembra già pronto per fare il prete, ma grazie a quell'aria dimessa e timida è una spia perfetta, perché nessuno se lo fila. Invece, Raimondo è entusiasta di spiare il gruppo di Taisir, in realtà il gruppo di Alex, uno dei ragazzi dell'ultimo anno.

Dunque, Raimondo ripete parola per parola la conversazione che ha registrato su all'ultimo piano della scuola, gli occhi che luccicano per l'orgoglio di mostrare la sua formidabile memoria e l'incomparabile capacità di trasmettere informazioni preziose.

«*Tipo*?» sgrana gli occhi Ludovica. «Perché *tipo*, che vuol dire?»

Raimondo è al settimo cielo, al centro del nostro gruppetto di ragazze che lo ascoltano rapite. Abbassa la voce, le labbra che schiumano, mentre spiega in fretta: «Tra di loro si chiamano così: tipo, tipo.» Gli scappa un risolino: «Non è assurdo? Ridicolo, no?»

Spero di non avere mai Raimondo contro di me, perché ha tutta l'aria del maniaco. Mi auguro che da grande sia assoldato da qualche servizio segreto prima di degenerare in qualche modo, serial killer o vivisezionista di animali o capo del personale in un'azienda. Ma sul momento, mi rendo conto che mi è stato utilissimo, e decido di gratificarlo: «Grazie Raimondo, sei stato *meraviglioso*!»

Non mi spingo a baciarlo su una guancia perché l'idea mi disgusta, ma lui è già gonfio di soddisfazione per queste parole e soprattutto per il fatto che sua cugina gli ha permesso di prenderla sottobraccio. Sta gongolando all'idea di essere visto in mezzo a quattro ragazze dai suoi compagni che proprio in questo momento sciamano verso l'uscita. Ma i suoi compagni, a dir la verità, non fanno molto caso a quest'evento. Qualcuno salta su una moto, altri agguantano una ragazza dell'ultimo anno, altri discutono tra loro e Raimondo è costretto a chiamare: «Pietro, Pietro!»

Un tipo riccioluto si volta distrattamente, lo guarda interrogativo. Raimondo chiede timidamente: «Ti posso telefonare per i compiti?»

L'altro alza le spalle in un segno forse affermativo, poi si accorge del motivo per cui l'altro l'ha chiamato, quella novità assoluta di un Raimondo playboy in mezzo a quattro femmine. In un lampo, lo sguardo lancia un ammiccamento, mentre osserva con ironia: «Che hai fatto, razzia in prima?»

Ludovica sta tirando il braccio al cugino, e sussurra: «Presentami!» Ma l'altro si è già voltato e sta attraversando in fretta la strada, mentre Ludovica mi dice in un orecchio: «Non è stupendo?»

Infilo le mani protette dai guanti di pile tra le cosce e scuoto i piedi, per non congelare. Ci mancherebbe un raffreddore, stasera: come me lo sono preso, al museo di antropologia dove dovrei trovarmi secondo la versione ufficiale che ho dato a casa? Chissà quanto va avanti quest'esibizione, i rollatori non si fermano mai. Erica mi ha già mandato un messaggio per informarsi in tempo reale, ma non so bene cosa fare.

Sobbalzo quando lo skateboard frena a pochi centimetri da me. Con tutto che non l'ho perso di vista un secondo, mi sono distratta proprio nel momento in cui Taisir ha saltato i tre gradoni e mi è piombato praticamente alle spalle.

«Dov'è il tuo skate?» la voce arriva attutita dalla stoffa. Rapide nuvole di fiato si disperdono sopra il passamontagna.

«Mi sono fatta male a una caviglia stamani.» La mia capacità di mentire in modo tanto innocente è tale da immaginarmi in una perfetta recita, dove sì, io sono una skater azzoppata.

Taisir si porta una mano al collo e di colpo si toglie il passamontagna, come strappandoselo di dosso. E d'un tratto mi esplodono davanti i suoi capelli, una massa riccia e nera che urla gioiosamente ricadendo sulla fronte e le guance arrossate, e che io fisso incantata come la chioma della Medusa.

«Eri alla stazione qualche giorno fa» mi sta scrutando,

indifferente al mio incantamento. Credo di avere la bocca aperta e sbatto gli occhi, per riscuotermi, preferirei continuare a fissarlo, invece di essere costretta a rispondere un laconico: «Sì.»

«Con chi sei in contatto?»

«Con chi?» distolgo lo sguardo, cerco un appiglio, ma non so proprio cosa dire se non la verità: «Con nessuno. Stavo uscendo dalla stazione. Tu, voi, andavate così veloci, fantastici. Io sono quella che si può definire una principiante se non forse un disastro.»

Sorride e io ricomincio a fissarlo con quell'aria imbambolata che di sicuro non dovrei avere.

«Da quando vai sullo skate?» Si è seduto abbastanza vicino a me, finalmente posso rilassare il collo e parlare da una posizione più comoda: «Quest'estate.» M'invento in fretta una storia, perché mi lampeggia un frammento di ricordo, un parco attrezzato vicino al mare: «C'era questo parco per gli skateboard...»

M'interrompe, frettoloso: «Dove?»

«Grosseto.»

Lui approva, annuendo sempre con quell'espressione seria sul viso: «Ci sono raduni là, avrai visto qualcuno in gamba. Chi c'era?»

Scuoto la testa, ridendo: «Ah, non so, non me ne intendo, te l'ho detto. Solo che io e te andiamo nella stessa scuola, ti ho riconosciuto dopo che avevi parlato davanti a tutti.»

Poggia il mento su un pugno, il gomito puntato sul ginocchio. Guarda davanti a sé mentre mi chiede: «Sei una del primo anno?»

Gesticolo, lanciandomi in un tono più allegro: «Frequento la prima B, giù ai piani bassi. Tu invece stai all'ultimo piano, vero?»

Sembra che segua pensieri tutti suoi, perché non risponde

alla mia domanda, invece torna al mio discorso precedente. La voce è calma, certe parole vibrano come corde di contrabbasso: «Il mio intervento in aula... era doveroso. Quella donna mi aveva seccato, non può manipolare così una scuola intera, è facile parlare del passato in questi termini, ma c'è il presente che in questo modo viene occultato.»

«Credo che non fosse quella la sua intenzione» non capisco perché d'un tratto mi metto a difendere l'esperta: non la conosco, né dovrei polemizzare con lui, proprio ora che si è seduto accanto a me e stiamo parlando. Ma io sono fatta così: non resisto, non posso stare zitta, forse è colpa dei miei che m'incoraggiano sempre a dire la mia, in ogni occasione è importante tirar fuori la mia opinione, le mie idee. Così eccomi a prendere le parti di una perfetta sconosciuta davanti a Taisir che si capisce benissimo cerca complicità e non un contraddittorio: «Parlava della storia perché nessuno dimentichi la tragedia che è successa.»

Si volta come se l'avessi punto: «Hai idea di quello che sta succedendo, ora? Di quale tragedia?»

Gli occhi lampeggiano pieni d'ira: d'un tratto mi sono trasformata in una specie di nemico. Allora mi ritraggo: «Scusa. Volevo dire che quello che hai detto... come l'hai detto... era bello, era pieno di passione.»

«Anche i tuoi compagni la pensano così?» s'informa lui, come se io fossi diventata una specie di portavoce. Si è voltato di nuovo verso la pista.

«C'era entusiasmo, mi pare.»

Gira la testa di lato, mi scruta di nuovo: «Abiti qui vicino?»

«No.»

«Come sei arrivata?»

«Con il tram. Un bel viaggio, in effetti.»

«Non hai un motorino?»

«No.» Mi accorgo che mi sta sottoponendo a un vero e proprio interrogatorio. Chissà dove vuole andare a parare.

«E vuoi fare la skater.»

«Mi piacerebbe.»

«Come ti chiami?»

«Rachele.» Scosto i capelli dietro l'orecchio e mi accorgo che il suo sguardo segue la mia mano e si posa per qualche istante sul piccolo ciondolo d'oro che ho attaccato a un orecchino. È un regalo di mia zia, proviene da un viaggio che ha fatto da ragazza.

Taisir si acciglia e resta qualche istante in silenzio, poi la voce esce ancora più bassa: «Un nome ebraico, vero?»

«Sembri piuttosto informato» scherzo ancora, ma lui è serissimo, si solleva di scatto, incombendo su di me. «Perché mi hai seguito? Ti manda qualcuno?»

Devo avere un'espressione spaventata perché si ritrae: «Allora?»

«Nessuno mi manda, chi dovrebbe mandarmi? Io sono venuta per vederti, conoscerti: che c'è di male in questo?»

«Se non altro hai smesso di fare la recita» qui cambia tono, e cantilena come se m'imitasse, «sono una skater...» Ora mi fissa, duro: «Rachele. Sei ebrea?»

Resto in silenzio, attonita, gli occhi spalancati sul suo viso che si è irrigidito. S'infila svelto il passamontagna e salta sullo skateboard senza aspettare oltre, senza dirmi una parola. Io mi sollevo un po' tremante, perché quella voce e quello sguardo mi hanno messo paura. Le mie dita sfiorano il piccolo ciondolo, quella stella a sei punte che proviene da Israele.

Alla fine, vado davvero al museo di antropologia. Sono in lacrime perché mi è andato tutto storto, e perché quello che doveva essere nella mia fantasia un incontro romantico è stato nella piatta realtà un autentico fallimento. Nella migliore delle ipotesi, devo essere apparsa a Taisir come una ragazzetta cretina e bugiarda, nella peggiore l'emissaria di qualche gruppo che rappresenta per lui un'oscura minaccia.

Il museo è deserto, se si escludono i due o tre visitatori anziani che si aggirano per le sale. Vi troneggiano le solite teche con i manufatti preistorici dall'aspetto né più né meno di sassi appuntiti.

Una teca è illuminata dall'alto in modo da rendere suggestivo l'emergere dello scheletro rattrappito e del cranio su una vasca di terriccio. È una ragazza, una come me, di milioni di anni fa.

M'impressiona come gli antropologi calcolino l'età di uno scheletro sopravvissuto agli sconvolgimenti della natura e del tempo umano. Lei era già sepolta da milioni di anni, protetta dalla sabbia e dalla terra, quando i Faraoni calcavano il deserto, ed era ancora lì mille e mille anni dopo, quando le strade erano battute dai carrarmati. Sembra emersa per mostrare come saremo tra migliaia d'anni, quando tutto quello che siamo adesso non avrà più senso: noi, loro, io, tu, l'altro, quelli là come dice mio zio, l'ebrea come mi ha chiamato Taisir, e lui con i suoi tipi, saremo queste ossa dietro una teca, esibiremo quella specie di sorriso implacabile e macabro con cui la morte, alla fine, ci rende tutti uguali.

Il mio viso si riflette sulla teca in un'ovale pallido con le orbite scure, e sembro anch'io un cadavere. Allora scoppio a piangere senza una ragione precisa, di fronte a quella specie di antenata, come se fossi presente al suo o forse al mio funerale. Ma dopo questo pianto improvviso e apparentemente futile, mi sento risollevata, ho la coscienza che quello che è successo tra me e Taisir non è dipeso da quello che ho fatto o detto, ma da qualcosa che mi sfugge e che mi ha spaventato e che probabilmente ha spaventato anche lui. Simili a cane e gatto che non conoscono i reciproci segnali e li interpretano come gesti di minaccia. Ma prima si è seduto accanto a me, ha sorriso. Ha capito quando mentivo, ma anche quando ero sincera.

Mi siedo su una panca, in questa sala vuota e carica di un silenzio misterioso come quello di un tempio, apro il diario che porto sempre con me, vi scrivo sopra in fretta: hai gli occhi grigi, la voce di velluto.

8

«La voce è come un flusso, un'onda spinta dal respiro, che parte da qui, e si solleva fino alla bocca – il mio maestro di canto ha un'espressione ispirata mentre parla a occhi chiusi, una mano che rotea in fuori come se formasse l'immaginaria onda che attraversa il corpo, partendo dallo stomaco e montando su, su fino al palato. Ora mi apre la mano davanti al viso, all'altezza della mia bocca e intima dolcemente: «Devi aprire la bocca, far uscire quest'onda per non farla infrangere sui denti, schiacciarsi nel palato.»

Spalanco la bocca d'impulso. Il maestro socchiude gli occhi davanti allo spettacolo della mia faccia allungata in un grido muto e annuisce soddisfatto: «Bene. Ora respira dal naso e fai uscire tutta l'aria dalla bocca.» Mi mostra come fare, inspirando a pieni polmoni e buttando fuori l'aria con un rumoroso sospiro. Mi fa provare più volte finché non mi prende una specie di vertigine.

«È l'iperossigenazione» mi tranquillizza, e mi fa sedere per qualche istante sul panchetto del pianoforte. «Tutto bene, ora?»

«Sì.»

«Hai capito come inspirare allargando il diaframma?»

«Sì.» Mi rialzo, metto una mano sopra la pancia, mentre ispiro lentamente.

«Ricordati: il viso non deve assumere espressioni, allenta tutti i muscoli. Per cantare bene bisogna fare la faccia da scemo.» Assume un'aria vacua, la bocca spalancata in giù, come un mascherone. Scoppio a ridere, e lui mi dice: «Sono stato chiaro, vero?»

«Chiarissimo.»

«Puoi fare la faccia da scemo, per favore?»

Lascio cadere i lineamenti, aprendo al massimo la bocca, devo avere un aspetto ridicolo, ma il maestro mi guarda serissimo e commenta: «Bene così. Ricordatelo, e allenati allo specchio.»

«D'accordo.»

«Da capo.» Il maestro prende fiato, aprendo in fuori il petto, e lancia un acuto vibrante, anche se delicatamente trattenuto perché è solo un esempio: io invece dovrò sparare fuori l'acuto a piena voce. Mi concentro, prendo fiato, spalanco la bocca per intonare questo benedetto sol su cui stiamo lavorando da dieci minuti. La nota esce abbastanza precisa, ma è un suono senza eco di marea, senza vibrazione.

«Meno suono, più fiato» si raccomanda il maestro. «Sottovoce, non voglio sentire una vocale, voglio sentire solo il fiato, come se raspassi nella gola. Ci siamo?»

Provo a raspare nella gola, tossisco, riprovo, solo fiato niente vocali, una nota soffiata dentro una canna vuota. La bocca aperta, la schiena dritta, il collo rilassato. Sono stanca, non ne posso più.

«Non ci riesco.» Abbandono le braccia che cadono come fossero due pezzi di legno, sento il busto ingobbirsi per la sconfitta.

«Ci riesci invece» mi sta incoraggiando lui. Sorride con partecipazione mentre si complimenta di quello che per me era un insuccesso: «Va molto, molto bene. Abbiamo fatto esercizi difficili, oggi, di sostegno. Ti accorgi che stai cominciando a usare il diaframma in modo giusto, senti la tensione?»

Annuisco: di tensione ne sento, eccome. Il maestro mi poggia una mano sulla spalla, premuroso: «Con calma. La voce ha bisogno di tempo per svilupparsi e tu devi imparare a guidarne la potenza oltre che liberarla. Mi spiego?»

«Sì.» Alzo gli occhi verso di lui, che assume un'espressione soddisfatta. Finalmente si siede al pianoforte, per gli ultimi cinque minuti di lezione in cui davvero canterò. Le dita del maestro scorrono sulla tastiera, formando un accordo, mentre io gli sistemo davanti la partitura. Poi mi piazzo davanti al leggio e vi appoggio i miei fogli, con calma. Mi libero il viso dai ciuffi di capelli piovuti sulle guance e li sistemo di nuovo nella coda di cavallo, stringendo bene il nastro. Raddrizzo la schiena e allargo il busto in fuori, le braccia appena piegate e le mani che s'intrecciano all'altezza della pancia. Abbasso un poco il mento e faccio un respiro profondo, poi annuisco verso il maestro per indicargli che sono pronta. Allora lui inizia la serie di accordi; alla terza battuta mi fa il solito cenno con la testa perché io prenda aria, al cenno successivo affronto l'attacco. La musica s'interrompe, il maestro si batte entrambe le mani sulle cosce: «No. Più convinta, prendi bene la nota.»

Ricominciamo: stavolta l'attacco è buono e posso continuare senza altre interruzioni. Il maestro segue il mio canto a occhi chiusi, muovendo le mani a memoria sulla tastiera, finché finisco il pezzo e lui solleva la testa, riaprendo gli occhi: «Bene, Rachele. Brava.»

Si alza dal panchetto, apre la porta dello studio. Una zaffata che odora di broccoli c'investe come una raffica di tramontana, tanto che istintivamente socchiudo gli occhi. L'odore proviene dalla cucina, dove sua moglie è già ai fornelli. Il mio maestro s'affretta a chiudere la porta dello studio, per impedire che l'odore s'annidi di là, accompagnando la prossima lezione di canto. Ne approfitto per estrarre il portafogli dallo zaino e contare i soldi. Allungo le banconote ripiegate al maestro che, come sempre, le accetta come fosse una novità, quasi un premio per tutta la fatica che gli sono costata anche oggi: «Ah, sì, già. Grazie.»

Le banconote vengono stipate in una delle tasche dei suoi jeans striminziti, immagino che finiscano ad ammucchiarsi con quei foglietti e fazzoletti di carta che ogni tanto lui estrae, serpeggiando la mano. Chissà quando andavano di moda, i pantaloni così. Il mio maestro è più vecchio di mamma, ma non dev'essersi accorto che negli ultimi trent'anni la moda è cambiata e che ci sono pantaloni un bel po' più comodi, per esempio quelli multitasche, utilissimi per tutta la roba che vi può ficcare dentro.

«Arrivederci» parlo rivolta verso la porta della cucina, sperando che la moglie non senta o si accontenti di rispondermi a porte chiuse. Invece, l'uscio si apre sulla testa scarmigliata della moglie che si trascina appresso una nube odorosa di cavolo e di cipolla.

«Arrivederci, Rachele, buona serata» mi augura la moglie, tutta un sorriso. Mi fa sempre effetto vedere quanto è più giovane di lui, forse perché è così minuta, capelluta, sorridente, mentre lui è alto e robusto e stempiato e porta quegli inossidabili occhialetti tondi, che insieme ai jeans devono essere un reperto dei suoi vent'anni.

«Ci vediamo martedì, allora» mi dice, ma prima di farmi uscire tuffa la testa fuori della porta d'ingresso, come se si accertasse che la via è libera.

«Strano. Ginko non è ancora qui, è in ritardo.» Ginko è la soprano a cui fa lezione dopo di me, una ragazza giapponese che si sta preparando per un'audizione a teatro. Lei sì che sa cantare. Una volta che è venuta prima di me, l'ho sentita gorgheggiare come un rarissimo uccellino. Be', io non devo interpretare l'opera, mi sono detta per farmi coraggio.

Il canto ha un potere calmante ed euforizzante, così per la strada mi sembra di camminare su cuscinetti a sfera, e continuo a eseguire a fior di labbra il mio pezzo. D'un tratto, ho la sensazione magica che Taisir sia sull'autobus e mi stia guardando, che addirittura ascolti il mio mugolio: ma è un vaneggiamento che cerco di scuotermi di dosso perché la realtà è che lui non mi vuole vedere.

A scuola, stamani, sono salita ai piani superiori, naturalmente spalleggiata dalle mie amiche, perché un viaggio da sola nelle ultime classi sarebbe inconcepibile. Era lì con la sua banda di *tipi* a chiacchierare. Un paio di loro fumavano, e quando si è profilato un professore all'orizzonte si sono affrettati a spegnere le cicche e nasconderle sotto le suole delle scarpe. Sono passata lì davanti, con il cuore che batteva a mille, in mezzo a Gabriella e Ludovica, tenendo la mano di Ludovica stretta tanto da farle male. Lui non ha dato segni di riconoscermi, è rimasto impassibile, senza prendersi neppure la briga di voltarsi. Ha continuato a guardare nella mia direzione, come se io fossi trasparente e lui potesse attraversarmi con lo sguardo per fissare qualcos'altro, oltre me.

Un'esperienza *agghiacciante,* ha commentato Gabriella, agitatissima. Sia lei che Ludovica si sono attivate nel contenimento della mia terribile delusione, definendo Taisir un grandissimo cafone, perché un cenno di saluto è proprio il minimo e poi non costa nulla. Ma a lui, evidentemente, costa troppo.

L'unica notizia positiva è che, malgrado i suoi atteggiamenti da grand'uomo, Taisir ha solo un anno più di me. Si mescola ai tipi delle ultime classi e frequenta la terza, ma è semplicemente un anno avanti. Si vede che ha fretta di scavalcare gli anni, le classi, come se anche la scuola fosse uno skatepark.

Appena oltrepassata la soglia di casa, mi dirigo in fretta in camera, ma niente da fare: mia madre mi è subito addosso. Eppure ho dato segni evidenti di voler essere lasciata in santa pace: cosa bisogna fare più che attraversare il corridoio di volata e chiudersi accuratamente la porta alle spalle?

Invece, appena il tempo di accendere lo stereo e buttarmi sul letto, affondando sul piumone, che sento l'irritante, discreto bussare. La porta si apre a fessura: riesco giusto a sollevare la testa e le spalle, puntando i gomiti sul letto. La testa color mogano si è affacciata: «Posso?»

Mi pare evidente di no, ma alzo le spalle perché se dicessi di no, si aprirebbe una specie di sfibrante contenzioso: perché rispondi così, che cos'è successo, stai male, perché quest'umore e così via in un crescendo di domande che danno l'unico risultato di stordirmi, di lasciarmi senza fiato. Così, rispondo acida: «Certo. Ho chiuso la porta solo per bellezza.»

«Non voglio disturbarti» esordisce mia madre.

«No, figurati.»

«Tutto a posto? È andata bene la lezione?»

«Certo.»

«Sei stanca?»

«Abbastanza. Scusa, devo studiare.» Ma l'ho detto troppo in fretta o con un tono rabbioso, perché anziché ritrarsi, mia madre sguscia dentro la camera e mi si avvicina. Si siede sul bordo del letto, con un atteggiamento protettivo che m'infastidisce, mi scosta i capelli dalle spalle, lisciandomi la testa.

«Riposati un po'. Studierai più tardi.»

Mi scosto bruscamente: «E cioè, sentiamo? Quando decidi tu? Ti ho detto che ho da fare.»

«Rachele, via.» Ha l'aria un po' afflitta. «Che succede, tesoro?»

«Ma niente, uffa!» Ecco, mi metto a sbuffare come da piccolissima, questo è il risultato di averla addosso come un'aquila.

«Problemi a scuola?»

«Mamma, ti prego!»

«D'accordo, d'accordo.» Finalmente ha capito, alza entrambe le mani, scuotendo la testa. «Cose tue.»

«Appunto.»

Il problema è che mamma non si alza dal letto. Poggia le mani in grembo, osservandosele per qualche istante. Sta meditando. Devo prevenirla, prima che apra bocca e mi coinvolga in un'estenuante discussione, di quelle che a suo parere chiariscono i problemi, e che secondo me invece li creano.

«Avrò il diritto di volermene stare da sola, non ti pare?» sbotto.

«Ma certo.»

«No! Tu dici 'ma certo' e pensi il contrario. Tu e papà non fate altro che impicciarvi dei fatti miei, sembra che non abbiate di meglio da fare che starmi con gli occhi addosso.» Sono già senza fiato e ho ancor più rabbia in corpo di prima perché, ecco, ci sono cascata: *sto discutendo* con lei.

Sono pochi, eterni istanti di silenzio. Mamma continua a fissarsi le mani, come se potesse leggervi una frase risolutrice. Fatto sta che sembra incollata al mio letto, perché non se ne va.

«Mi dispiace.» Dio, ci siamo. «Noi non vogliamo impicciarci. Cerchiamo solo di essere interessati a te, e forse sbagliamo i modi, non so.» Alza gli occhi, mi guarda, ma io ho abbassato la testa, e muovo i piedi nervosamente su e giù. «Vedo che sei così suscettibile, in questo periodo, e sono preoccupata... no, non preoccupata, sono dispiaciuta. Una mamma vorrebbe che sua figlia fosse sempre soddisfatta, contenta.»

«Sì, come una scema.»

«Che dici? Noi ti vorremmo serena. Ma siamo noi che sbagliamo. I momenti un po' così li passiamo tutti.» Resta in silenzio per qualche istante: «Voglio solo dirti che io e papà siamo qui, per qualunque cosa.»

«Mamma, lo so.»

Mi sorride, incoraggiante e non si schioda. Scelgo le parole con cura, con calma: «Mamma, tu hai questo brutto vizio di voler gestire la vita degli altri. Ma questa casa non è una filiale dell'assessorato, né un comitato dove inserirmi, non puoi stare sempre lì a chiedermi una relazione sull'andamento della mia vita e magari farci una bella statistica sopra.»

Mamma sembra colpita dalle mie parole e d'un tratto mi rincresce di essere stata così dura, di averla ferita a tradimento: è venuta inconsapevole del mio malumore, piena di buone intenzioni. Aggrotta la fronte, si schiarisce la gola prima di parlare. «Non so che dire. Sei scioccante. Se hai avuto una brutta giornata, non è un buon motivo per prendertela con me.» Continuo a muovere i piedi frenetica, mentre lei prosegue, con quel tono rammaricato: «Ti giuro che l'ultima delle mie intenzioni è quella di infastidirti, ma non è facile essere partecipativi e insieme distaccati. Io non ti chiedo di relazionare sulla tua vita, ma la tua vita m'interessa più di tutto.»

Di nuovo quel silenzio che sembra durare troppo. Io rimango zitta, anche se provo un immenso disagio.

«Forse dovrei semplicemente imparare a lasciarti il tuo spazio» osserva, finalmente.

«È così.»

«Non ci sono ancora abituata. Sei cresciuta, amore mio.»

Allunga una mano un po' esitante verso la mia, l'accarezza. Io rimango immobile, ma quando esce rimpiango di non averla abbracciata, di non averle poggiato la testa sulla spalla e non aver aspirato quel suo buon profumo.

9

Avevo giurato che non lo avrei più seguito e così è stato. In effetti, l'incursione nel suo quartiere con Erica e Gabriella non è come l'inesperto inseguimento della volta precedente, ma somiglia più a un tentativo di imbattermi in lui casualmente, mentre compio un innocente giretto in compagnia. La spiegazione è convincente anche per le mie amiche che si rivelano entusiaste di unirsi alla mia perlustrazione. L'unica che si mangia le mani è Ludovica perché proprio stamani deve partire non so per dove per via di un matrimonio di parenti. Le prometto di raccontarle tutto, nei minimi particolari, ma anche così sospira, invidiandoci la mattinata d'avventure in quella periferia sconosciuta che io ho descritto come assolutamente *inquietante*.

Ripercorro il lunghissimo tragitto del tram, ma stavolta la meta mi sembra meno distante: sarà per via della mattinata piena di sole, sarà perché è festa, sarà perché chiacchieriamo ininterrottamente, io Gabri ed Erica, ma arriviamo alla svelta, tanto che per poco non perdiamo la fermata giusta e rischiamo di trovarci al capolinea.

Loro sono tutte in fibrillazione per il famoso bar pieno di tizi dall'aria quanto meno losca, e per le strade che ho descritto squallide e deserte, dall'atmosfera minacciosa. Perciò siamo sorprese dal gran traffico di auto e moto, dai marciapiedi affollati da donne che spingono carrettini o cariche di sacchi della spesa, e ragazzini che corrono, gente che cammina avanti e indietro tra i negozi aperti.

Ci guardiamo attorno un po' spaesate, senza una meta precisa. Abbiamo l'indirizzo che la nostra personale spia è riuscita a procurarsi scartabellando l'archivio della segreteria. Insisto a pensare che Raimondo, per quanto preziosissimo, sia altamente pericoloso: come fa un ragazzo a muoversi nell'ombra come fosse un autentico agente segreto, per di più di quelli temibilissimi, russi o israeliani? Come fa a insinuarsi in segreteria, consultare l'archivio e segnarsi l'indirizzo in questione senza destare il minimo sospetto? Gonfiandosi d'orgoglio per la sua abilità, Raimondo ha commentato che queste sono cose da principianti, quasi da manuale, facendo intendere che ha una certa consuetudine con pratiche che si prestano all'investigazione o allo scasso, dipende dal movente.

In ogni caso, Ludovica spera che non abbiamo più bisogno dei servizi segreti di suo cugino, perché lei si è già stufata di mostrarsi carina con lui, sorridergli, farsi accompagnare per il corridoio e farsi offrire il tè della macchinetta, che fra l'altro è imbevibile.

Dunque, stiamo voltando le teste cercando di orientarci per la strada. In un rapido colpo d'occhio, ci accorgiamo della differenza con la città che ci siamo lasciate alle spalle: i negozi hanno scritte arabe, moltissime donne sono abbigliate con cappotti lunghi fino ai piedi e fazzoletti scuri in testa, dalla strada proviene una musica orientale sparata dalle auto o lanciata dalle botteghe, suoni flautati e voci che compiono arditi vocalizzi.

Noi tre, piovute da un altro pianeta, ci fissiamo per un attimo in faccia.

«Sembra di essere in Egitto» osserva Gabri, spalancando gli occhi. «Vi giuro, ha l'aria di una strada del Cairo.» Le crediamo sulla parola: è l'unica che è stata in quel paese, la scorsa primavera.

«Siamo nel quartiere arabo, no?» alza le spalle Erica, con l'aria di una che dice un'ovvietà, perché si tratta di una realtà di cui lei è al corrente da molto tempo.

«Non so. È diverso dall'altra volta. Forse perché i negozi erano chiusi, non c'era un cane in giro» sto dicendo, mentre mi guardo intorno stupita.

«Ti credo: all'una e mezza questa gente sarà andata a pranzo.» Erica sta fissando l'angolo della strada. «Io proverei ad andare di là: c'è un certo via vai, dev'esserci un mercato. Guardate: la gente arriva con sacchi di roba, piante, io seguirei il flusso contromano.»

«Un mercato?» a Gabri s'illuminano gli occhi. «Andiamo subito a dare un'occhiata. Adoro i mercati.»

«E la casa di...» sto attaccando. Quelle due, già contagiate dalla febbre del mercato, mi tappano la bocca: «Dopo, dopo. C'è tempo.»

Questo è il mercatino del rione, ma potrebbe essere il suk di Marrakesh, tra spezie e stoffe stupende, venditori che lanciano richiami in arabo e in italiano, musiche sparate dagli altoparlanti sui carretti, grida e contrattazioni delle donne sulla verdura e la frutta, e un gran sciamare di gonnellone fino ai piedi ma anche di ragazze in jeans come noi, ferme ad ammirare i gioielli luccicanti e i pettinini d'osso di qualche venditore africano.

Le mie amiche si sono lanciate a capofitto tra i banchetti,

toccando e annusando, provandosi sciarpe, cappelli, orecchini. Ho il terribile sospetto che da qui non usciremo in tempo utile per passare sotto casa di Taisir e incontrarlo casualmente. Ma lui potrebbe aggirarsi qui per il mercato, confuso tra la folla. A questo pensiero fulminante, i miei sensi si allertano e scruto qua e là, sobbalzando: non è lui, quello? Ma no, è troppo alto. Non sarà quell'altro? Ogni volta mi tuffo dietro un vestito appeso o un telo, artigliando la manica di Gabri o di Erica: «È lui! No, aspetta, non è lui. Oddio che colpo...»

Alla fine, la smania del mercato sovrasta i miei penosi tentativi telepatici di rintracciare Taisir, e mi trovo in un turbine di orecchini con lunghi pendenti, borsette dai colori cangianti, calzini a righe, tutto pochi euro signorine bellissime, tutto regalato. Ci arrestiamo esauste davanti a un banco da cui proviene un profumo irresistibile e comperiamo tre pite farcite di verdure. Davanti al bancone, vi sono tre tavolinetti di plastica presi di forza dalla gente carica di sacchi, ma Gabri riesce a liberarne uno facendo alzare come molle due ragazzi dall'aria sfaccendata che rimangono lì in piedi, vicinissimi, a fissarci, tutti un sorriso.

«Credi che vogliano attaccare bottone?»

Alzo le spalle, commento: «Buona questa pita. Come si chiamano queste polpettine, dentro?»

«*Falafel*» risponde zelante uno dei due tizi. «Sono polpette di ceci tritati.»

«Grazie» sorrido educatamente, ma senza farmi vedere alzo gli occhi al cielo in direzione di Erica.

«Non siete del quartiere, vero?» chiede allora quello, sentendosi incoraggiato.

«No.» Erica scoppia a ridere.

«Siete venute per il mercato?» chiede l'altro, che dà man forte all'amico. Un pensiero mi trafigge, chiedo di botto: «Ci abita un nostro amico, qui.»

«Un amico?» Il primo ragazzo assume un'aria interessata, continuando a sorridere come se ci stessimo raccontando chissà quali cose divertenti. «Chi è il vostro amico? Magari lo conosciamo.» Ammicca verso l'altro, che insiste: «Sì, certo. Qui ci conosciamo tutti.»

«Ah, vi conoscete tutti» annuisce Erica, con serietà, come se fosse una rivelazione importantissima.

Gabriella è stata presa da un attacco di risa, quasi non riesce a deglutire, io le do di gomito, perché proprio ora la conversazione si fa interessante.

«Sì, più o meno» conferma il primo ragazzo, che ora ha deciso di poggiare i gomiti sul nostro tavolo. Non può sedersi perché le sedie sono tutte occupate, così si allunga verso noi tre che continuiamo a ridere un po' scioccamente, ma non c'è niente da fare: Gabriella non riesce a frenarsi e noi due le andiamo dietro. Il ragazzo sembra contagiato dalla nostra allegria, gli occhi gli brillano. «Allora, questo amico?»

«E diglielo» m'incoraggia Erica, con una pacca su un braccio. Aspetto che mi passi la ventata d'euforia, poi fisso il ragazzo e gli dico, come se rivelassi un nome irresistibilmente comico: «Taisir.»

Ma lui non scoppia a ridere, anzi: spalanca gli occhi, inarcando le sopracciglia fin quasi alla radice dei capelli. «Taisir?» Si solleva dal tavolo, per battersi una mano sulla fronte. «Taisir!»

Erica lo guarda: «Perché? Che ha di tanto strano?» Mi lancia un'occhiata e ridacchia. Ormai abbiamo finito le pite, rischiando di strangolarci per colpa della nostra ilarità. Il tizio scambia uno sguardo con l'amico: «Niente di strano. Ma che ci fanno tre ragazze simpatiche con Taisir?» Smetto di ridere, fissandolo, mentre prosegue, in tono fatuo: «Se è lo stesso che conosco io, è difficile pensarlo vostro amico.»

«Perché?» Fingo disinvoltura, rigirando tra le labbra la cannuccia infilata nella lattina. Il mio sguardo si attacca implacabilmente al viso di questo tipo, che alza una mano, come se cacciasse una mosca: «Ma sì, Taisir... il principe.»

«Il principe? Che vuoi dire?» Sento la mia voce vibrare d'ansia. Gabriella mi viene subito in soccorso, buttando lì in tono frivolo: «È così ricco?»

«Ricco?» Il ragazzo scambia un'altra occhiata con l'amico, ridendo: «Ah, no. Ma è come se viaggiasse a due metri da terra...»

«A due metri no, ma di sicuro viaggia a diversi centimetri, visto che fa lo skater!» Lo sto difendendo a spada tratta e quei due sembrano arretrare di fronte alla mia foga. Provano a riportare la conversazione su un tono frivolo, per tornare a farci ridere.

«Sì, proprio lo skater» dice l'altro, in tono ironico. «Tutto il giorno su e giù per quella tavola, è così impegnato.»

«E poi Taisir ha troppi pensieri» interviene il primo. «Deve cambiare il mondo, lui. Ve l'ho detto: è un principe.»

Ma io e le mie amiche non ridiamo più. «Abita vicino a voi?» s'informa Gabriella.

«No, a qualche isolato da qui. Ma è inutile che vai a suonargli il campanello, bella. A casa non c'è mai.»

«Bella dillo a tua zia!» ringhia Gabriella, ormai stufa di tanta attenzione. Si è alzata, e il ragazzo allarga le braccia: «Ehi, volevo farti un complimento, che ti prende?»

«Ci prende che ora ce ne andiamo e voi ve ne state qui, buoni. Se no lo diciamo a Taisir» intima Erica, strizzandomi l'occhio.

I due ragazzi rimangono sconcertati, si scambiano occhiate piene di sorpresa, poi uno dei due solleva una mano e la scuote in aria. Siamo già fuori della loro portata, e ci lanciano commenti offensivi, gridandoci dietro: «Cosa dici? Chi ti credi di essere? Ragazzina, torna qua, con chi pensi di parlare?» Volano parole grosse alternate a parole in arabo di cui possiamo immaginare il significato. Ci affrettiamo, trascinando Gabriella che vorrebbe voltarsi e rispondere a tono.

«Ma che vuoi fare, arrivare alle mani con quei due?» le dico, afferrandole un braccio.

«Non voglio fare la succube!» si scalda lei.

«Ma dai, li abbiamo presi in giro a sufficienza» sta dicendo Erica con la solita calma. Stiamo camminando in fretta verso una piazza, e le bancarelle in questo tratto di strada si diradano.

«Imbecilli, credono sempre di averti in pugno per quattro parolucce e due moine, e si permettono pure di sbavarti addosso: *bella, bella*» piega la bocca con disprezzo mentre ripete quel complimento mal accettato.

«Sei esagerata,» dico «hanno solo attaccato discorso, le solite cose.»

«Non mi sembravi così tranquilla quando hanno parlato di Taisir...»

Siamo arrivate alla piazzetta dove non vi sono bancarelle, ma qualche albero nudo, tristemente chiuso dentro asfittici cerchi di cemento. Al centro della piazza, il pavimento è liscio come una pista su cui sta rollando uno skater. Mi fermo di botto e Gabriella mi guarda: «Ehi, non si può nominarlo che reagisci in un modo...»

«Eccolo là.»

«Che dici?» Lei segue il mio sguardo che si è fissato in un punto poco distante. Erica muove la testa qua e là, cercando di mettere a fuoco lo sguardo miope: «Dov'è? Dov'è?»

Mi volto in fretta verso di loro, tremando per l'emozione: con tutto che speravo di imbattermi in lui e lo cercavo tra la folla, ora che si è materializzato davanti a me, vorrei scappare.

«Non posso indicarlo, mi vedrebbe. È quello sullo skateboard, proprio lì.»

Gabriella si porta una mano alla bocca, esclamando a bassa voce: «È lui! È proprio lui!»

Erica si sistema gli occhiali sul naso, per guardare meglio: «Chi? Quello con il cappuccio della felpa sulla testa? Siete sicure? Potrebbe essere qualcun altro.»

Stringo gli occhi, rimanendo voltata. Parlo in fretta, sottovoce: «È lui, sono sicura, l'ho riconosciuto subito. Lo riconoscerei anche se avesse il viso nascosto dentro un sacco.»

Erica mi sussurra: «Senti, stai calma, ma sta arrivando proprio qui. Voltati piano.»

Mi giro come se niente fosse, e me lo trovo davanti, che svetta sulla sua tavola, imponente come una statua. Ha l'aria corrucciata, sotto il cappuccio che gli copre la fronte, calato fin sugli occhi che con quell'ombra sembrano scuri.

«Ehi, ciao!» lo saluto, mostrandomi sorpresa in modo un po' troppo esagerato per essere spontaneo. Gabriella ed Erica si associano al mio saluto, come se fossimo tutti dei grandi amiconi. Ma lui rimane impassibile, infila le mani nelle tasche e poggia un piede a terra. Se non altro è sceso dal piedistallo.

«Perché continui a seguirmi?» Il tono non è di rimprovero, ma piuttosto di curiosità, così prendo coraggio: «Sono... siamo venute al mercato.»

Lui continua a fissarmi con il solito cipiglio, senza neppure degnare di uno sguardo le mie amiche. Mi consola il pensiero di avere con me qualche sacchetto con le compere della mattinata: quello che Raimondo definirebbe il nostro perfetto alibi.

Il suo silenzio mi spinge a parlare ancora: «È così bello questo mercato, abbiamo comprato un sacco di cose, vero Gabri?» Mi giro cercando un appiglio e Gabriella annuisce con foga, e visto che l'ho chiamata in causa, interviene: «È un mercato favoloso, ci siamo venute apposta anche se è lontano da casa, ma con questa bella giornata... Ci siamo un po' perse, perché qui non sappiamo neppure dove siamo!» A questo punto scoppia a ridere nervosamente. Invece, Erica decide di contrattaccare: «Scusa, e tu invece che ci fai qui?»

Lui alza le spalle: «Ci vivo.»

Non ha voltato gli occhi verso Erica, mentre rispondeva. Tira indietro il cappuccio, giusto per liberare la fronte: l'espressione si fa meno dura, sarà per via degli occhi di quel colore perlaceo, ma il sorriso che gli spunta sulle labbra è apertamente ironico: «Immagino che Rachele lo sappia, vero? Rachele è bravissima a trovarmi in giro per la città.»

Arrossisco e abbasso lo sguardo, ma subito un'onda di indignazione mi scuote e rialzo gli occhi, accigliata: «Hai un'opinione un po' troppo alta di te, se pensi che passi il mio tempo a rincorrerti. È stato un caso: se non ci credi, sono affari tuoi.»

«Ma io credo al caso, alla fatalità» continua lui, con lo stesso tono ironico, lo stesso sorriso che gli disegna sul viso un'espressione strafottente. Ha estratto una mano dalla tasca e se la porta al cuore: «Non lo sai? Sono un arabo: noi crediamo alla fatalità. E tu in cosa credi, Rachele? Nel destino o nella volontà?»

Le mie amiche si sono ammutolite. Io vorrei accettare questa sfida alla discussione, vorrei sedermi su una di queste panchine ammaccate e piene di scritte e parlare con lui in tutta sincerità e con calma: vorrei dirgli che sì, io credo nella volontà ma anche nel destino, se così possiamo definire il percorso che ognuno di noi traccia partendo dalle occasioni che la vita ci offre.

Vorrei guadagnarmi il suo rispetto, perché non merito niente di meno, di sicuro non quell'espressione sferzante, come se lo avessi ferito o offeso. Sto per aprire bocca quando da qualche parte proviene un lungo fischio, un richiamo che cattura l'attenzione di Taisir. Un colpo di tallone, come fosse un colpo d'ala ed è già lontano. Solleva una mano verso il cielo in un segno che potrebbe essere un saluto o una semplice spinta del braccio per tenersi in equilibrio.

Gabriella butta fuori aria dai polmoni di colpo, come se finora l'avesse trattenuta. Gli esce di bocca un commento sconfortante: «Dio, che tipo tremendo.»

«Che roba!» Ci si mette anche Erica, a girare il coltello nella piaga: «Ti guardava come se pesasse ogni parola che dicevi. Ma che ha? Perché ti tratta così?»

Scuoto la testa, desolata: «Non lo so. O forse sì: pensa che io sia ebrea.»

«E allora?» chiede ingenuamente Gabriella.

Erica si acciglia: «Bel razzista.»

Guardo per terra, dov'è finito il mio umore. Devo avere una grande espressione di dolore, mentre alzo gli occhi su di lei e le parlo con un tono pieno di amarezza: «Ti rendi conto? Si tratta del mio nome, che a lui suona come minaccioso, come se io appartenessi a qualche setta nemica. Se siamo arrivati a guardarci in cagnesco per via dei nomi, non c'è speranza di salvezza.»

Allora, Erica mi passa un braccio intorno alla spalla, per confortarmi. Sono sicura che nel profondo del suo cuore in questo momento detesti quel ragazzo dall'aria arrogante che mi sta umiliando, perché la voce le vibra di rabbia: «Se vuoi il mio parere, io ci metterei una pietra sopra, con quel Taisir. È un tipo strano. Hai sentito quei tizi, prima? Lo hanno chiamato il principe, uno che si crede chissà chi.»

Gabriella mi guarda con occhi pieni di comprensione: «È vero. Non puoi arrampicarti su una montagna a piedi nudi.»

La guardo sconcertata: «Come ti viene in mente un paragone del genere?»

Ma lei alza le spalle: «Niente, dai, è solo un modo di dire.» Sarà anche un modo di dire, ma io non l'ho mai sentito.

Così, non so se nella profondità del sonno o se la mattina poco prima di svegliarmi, mi sembra di camminare a piedi nudi sulla terra.

I piedi affondano nell'erba folta e morbida, dai lunghi steli che mi sfiorano le caviglie. Sotto la pianta sento la terra soffice come cotone ed è una sensazione così piacevole che ogni passo mi fa provare un brivido di gioia. L'erba ha un colore tenero di steli appena spuntati, freschi, così fitti che i piedi vi spariscono, inghiottiti dalla tenerezza.

D'un tratto, il mio sguardo che prima era in alto e vedeva solo fino alle caviglie, ora è sceso così in basso da vedere i miei piedi nudi, le dita che si posano sulla terra come lombrichi. Il mio sguardo ora è dentro l'erba, sulla superficie della terra molle e scura, sui miei piedi che vi camminano con fiducia, poggiandovi tutto il mio peso con sicurezza.

E mentre procedo in questo prato a piedi nudi, ho la sensazione chiara che vi sia un'insostituibile corrispondenza tra i miei piedi nudi e la morbidezza della terra, e sono grata a quella dolcezza che si trasmette a tutto il mio corpo. Cammino senza sosta su quest'erba, sospinta dal piacere. Potrei camminarvi all'infinito, più avanti e più in alto, scavalcando un'intera montagna, io da sola, sui miei piedi nudi, sulla nuda terra.

A capo scoperto

1

Sullo schermo scorrono le immagini in bianco e nero di un film vecchio, chissà di quali anni a giudicare dai movimenti accelerati e innaturali. Papà è sdraiato sul divano, intento a guardare il film, un braccio piegato sullo stomaco, l'altro poggiato sopra con la mano che arriva sul mento e un dito piegato a uncino sul labbro, gli occhi leggermente stretti dietro gli occhiali. In piena concentrazione.

«Cos'è, un documentario?» chiedo, piantandomi accanto a lui. Lui sembra ridestarsi da una specie di dormiveglia, risponde con una voce arrochita come da un sonno pesante: «No, un film. Ma è costruito come un documentario.»

Ai filmati in bianco e nero si alternano immagini a colori: si tratta di interviste a certe persone anziane, riprese in soggiorni o in qualche locale, che parlano di qualcuno che evidentemente è vissuto moltissimi anni prima, un tale Leonard Zelig.

È vero che papà ha avuto una giornata abbastanza faticosa, ma non capisco come possa rilassarsi con un film del genere. Invece, d'un tratto scoppia a ridere. A questo punto mi sistemo nel divano accanto al suo, assumendo una posizione comoda, perché questo dev'essere uno di quei film da sorbirsi in totale rilassamento.

«Papà, che film è?»

«*Zelig*, di Woody Allen.»

Ahi. Se ha tirato fuori nientemeno che Woody Allen, significa che l'umore è più scuro del previsto. E poi un film che io non ho mai visto, una specie di falso documentario che racconta le gesta di un pazzo dalla personalità fluttuante, chiamato il camaleonte per la capacità di mimetizzarsi fino a essere in tutto e per tutto identico alle persone di un preciso gruppo sociale o razziale.

Non so perché papà lo trovi così buffo, soprattutto quando appare la figuretta smarrita di Allen-Zelig sotto l'aspetto di un suonatore di blues o di un giocatore di baseball. So benissimo che i gusti dei miei genitori sono sofisticati e intellettuali: ridono di elzeviri sui giornali e di vignette di satira politica, e di film complicati come questo, una biografia fantastica ambientata alla fine degli anni '20, con spezzoni d'epoca.

Ogni tanto papà ha la bontà di spiegarmi: «La cosa geniale è che non cogli la differenza tra i filmati dell'epoca e quelli girati da Allen, guarda quello è il vero Chaplin.»

«Non è difficile, no? Sono ricostruzioni al computer.»

Papà si volta qualche attimo verso di me: «Non c'era una tecnica del genere nel 1982, quando lui ha girato il film. Ah, guarda! Questo è il vero Saul Bellow, il premio Nobel.»

Immagino sia un film per addetti ai lavori, questo: non so quanta gente possa sapere chi è Saul Bellow o quello che appare dopo e che mio padre mi indica quasi con reverenza, un certo Bruno Bettelheim, psichiatra famosissimo. Solo papà e i suoi colleghi professori possono godere nel riconoscere tutte queste belle menti, che fra l'altro da vent'anni probabilmente nessuno vede più in giro.

Per fargli piacere, annuisco, chiedo chi sono gli altri personaggi che di volta in volta appaiono. Allora papà si risolleva un po', perché si accende in lui la sua vocazione didattica. Finalmente mi spiega che più di vent'anni fa questo film è stato salutato come un capolavoro di cinema ma anche di comica metafora sull'esistenza umana, sviluppando il tema dell'integrazione come assimilazione e dell'annullamento della propria personalità per compiacere gli altri. Le mie antenne si ridestano: «Allora Woody Allen voleva parlare dell'identità? Del rispetto dell'unicità?»

«Anche questo. Lo fa con una commedia, così noi ridiamo e ridendo pensiamo, come diceva il grande Molière.»

Papà è partito in quarta, perché si mette anche a citare. La sua cuccia zeppa di libri e videocassette lo ha restituito a se stesso, dopo il pranzo di Natale che probabilmente gli ha fatto provare uno zelighiano senso di smarrimento. Non riesce ancora a rassegnarsi malgrado ogni volta mamma gli ricordi che è solo una specie di comparsata.

In realtà, mamma è felice di trovarsi con i suoi fratelli, gli zii che sono entrambi emigrati in città straniere e mia zia che vive in quel paese appena fuori città dove piacerebbe vivere anche a me.

Tutti i fratelli di mamma insegnano, per cui il Natale diventa una specie di consesso di professori di ogni ordine e grado: da zia che insegna al liceo a zio docente universitario a Lione all'altro zio ricercatore di chimica a Zurigo. In questo gotha della didattica, papà appare come una specie di nano, visto che è impegnato alle scuole medie. Un dettaglio su cui i nonni non esitano a tornare spesso, con osservazioni di questo genere: «Non potresti fare un concorso per accedere all'università? Per carità, insegnare alle medie è bellissimo, ma magari all'università avresti più soddisfazioni... Per un uomo, la carriera universitaria è molto più stimolante...»

Papà incassa con un sorriso educatamente mesto e mamma è costretta a intervenire: «Vorrei ricordarvi che mio marito ha scelto deliberatamente di insegnare in una scuola media a rischio, dove i bambini sono costretti dalle famiglie ad abbandonare gli studi.»

Al che, nonna, che è una sincera credente, congiunge le mani: «È una scelta ammirevole per il senso di carità...»

«Non è per questo» ribatte mamma e il tono di voce s'indurisce. Gli occhi chiari le scintillano, mentre si scalda: «La sua è una scelta d'impegno civile. In questo paese è difficilissimo da capire, il senso civico è quasi un enigma, ma ci sono anche persone che credono sia possibile cambiare le cose con un impegno concreto, quotidiano.»

«Ma certo, cara, siamo tutti d'accordo. Solo che ci si può impegnare anche senza trascurare la carriera. Guarda tuo padre che ha fatto l'ingegnere eppure ha sempre fatto del bene.»

Zia interviene con una frecciatina: «Come? Ristrutturando il castello dei conti o facendo la villa al mare della vostra amica?»

A questo punto, nonna si rannuvola: «Via, sempre questi discorsi da finti ribelli.»

D'un tratto, intorno alla tavola imbandita con la preziosa tovaglia della bisnonna e le porcellane finissime e l'argenteria di famiglia, provo a immaginare mia madre e i suoi fratelli quando erano giovani: non riesco a vederli nelle vesti di contestatori in questa villa di campagna arredata di mobili antichi e tappeti persiani.

Papà non ha battuto ciglio, perché la discussione ha preso un'altra direzione: non è più la sua carriera al centro del dibattito, ma la contrapposizione di vedute, ampie o ristrette, come sta notando la mia battagliera zia: «Se non altro cercavamo di allargare i nostri orizzonti, invece che starcene in questo posto asfittico.»

Lo zio svizzero cerca di placare sul nascere l'ira della sorella: «Via, sono cose del passato.» Ma zia risponde piccata: «Sì, lo dici proprio tu che sei scappato per primo, a diciott'anni.»

Nonna alza gli occhi al cielo: «Scappato! Ma come vedi le cose? Tuo fratello è andato a studiare all'estero con una borsa di studio, in un'università prestigiosa.»

Zio ha messo la mano su quella di sua sorella, piegando un po' la testa e indirizzandole uno sguardo che la invita a lasciar perdere, che non è il caso. Zia assume un'aria di sopportazione, scuotendo la testa, e borbotta: «Non vedevamo l'ora di andarcene da questo paese allucinante. Fare del bene, qui! Qui si può solo allinearsi, tacendo, chinando la testa.»

A questo punto, nonno decide d'intervenire con la sua autorità di capofamiglia, sentendosi direttamente chiamato in causa nella piccola schermaglia: «Io non ho mai chinato la testa davanti a nessuno.»

Lo credo sulla parola, perché nonno ha una di quelle figure imponenti che ti mettono subito in soggezione. Anche se è anziano, ha lo stesso sguardo brillante e fiero di mamma. Non a caso, alla sua uscita, tutti si ammutoliscono e finalmente la conversazione prende la piega mondana che nonna predilige: «Avete visto questo film? Io l'ho trovato molto interessante.»

Smetto di prestare orecchio a quello che dicono e torno a occuparmi del tavolo dei piccoli. Anche nonna mette in pratica la separazione delle tavolate, adulti e bambini, solo che qui io sono l'unica ragazza, perché gli altri miei cugini sono veramente piccoli e soprattutto parlano francese tra di loro. Sono i figli dello zio che vive a Lione e che solo di recente ha deciso di metter su famiglia. Lo zio svizzero, invece, vive con una psicanalista e due gatti; mentre zia è ufficialmente single, dopo un divorzio di dieci anni fa, causa di grandissima delusione e dolore nei miei nonni, che tuttora rappresenta una ferita aperta nella loro famiglia.

Quando nonno si alza per andare a fare il suo irrinunciabile pisolino e nonna lo accompagna, finalmente l'atmosfera si rilassa e volano risate, chiacchiere, pettegolezzi e domande rivolte soprattutto a mia zia: «Allora? C'è qualcuno all'orizzonte o sei sempre sola?»

«Libera, non sola» puntualizza zia, facendo intendere che non c'è nessuno neppure all'orizzonte.

Papà rimane mogio al suo posto, appallottolando le molliche di pane. Sembra ascoltare una voce interna, che lo separa dal resto e lo tiene occupato nell'immersione profonda dei suoi pensieri. Mamma se ne accorge e si alza dalla sua sedia, lontana da quella di papà perché come al solito nonna ha assegnato i posti in modo che nessuno sia seduto accanto al proprio consorte, tranne lei e nonno, vicini come due sovrani. Mamma poggia una mano sul braccio di papà, mentre gli si siede accanto in modo da trovarsi spalla a spalla come due giocatori in panchina. Allora papà si volta un po' verso di lei, grato di quella presenza confortante.

Zelig-Allen, sotto ipnosi, dichiara di mimetizzarsi perché vuole essere accettato. *Voglio piacere*, dice.

«Tutti abbiamo questo problema» dico, un po' amareggiata. Sto pensando a quanto è difficile essere presa in considerazione da Taisir.

Sono tornata altre volte nel suo quartiere come una spia, e poi ho il coraggio di criticare Raimondo con le sue manie! Mi sono comportata in modo stravagante, lo ammetto, mentre camminavo fingendo di passeggiare a casaccio nella sua strada: in quella via nessuno passeggia, tranne un tizio con un cane al guinzaglio, che infatti mi ha lanciato occhiate curiose perché camminavo su e giù con l'aria distratta. Ho finto di aspettare qualcuno, guardando l'orologio e poi il cellulare: ma io non abito lì, chi dovrei aspettare? A chi dovrei dare un appuntamento proprio in quel quartiere, e per di più in quella strada? Invece, volevo vedere la sua casa, il suo portone, e alla fine mi sono spinta fino a leggere le targhette sui campanelli per trovare il suo cognome, e già solo vederlo scritto lì sopra mi ha dato un tuffo al cuore.

Se qualcuno mi avesse fatto osservazione, sarei stata pronta con la scusa di compiere un'intervista porta a porta, per qualche abbonamento televisivo: a me capita spesso che qualche tizia suoni il campanello del portone per chiedere se siamo abbonati a certi canali satellitari. Ma da me è diverso: Jimmi, il portiere, allontana subito gli estranei, qualunque sia il motivo per cui suonano. Ma in questi palazzoni con i mattoncini a vista come costruzioni del Lego non ci sono portieri né telecamere. Se Taisir fosse uscito proprio mentre scrutavo il suo campanello o mentre bighellonavo lì intorno, non avrei avuto scampo: avrei dovuto ammettere che sì, in effetti, lo stavo seguendo e il perché sarebbe stato vagamente complicato da spiegare.

«È per questo che la storia è appassionante» commenta mio padre «perché estremizza un problema che abbiamo tutti, volgendolo nel grottesco. In questo modo ridiamo delle nostre paure.» Ma poi, d'un tratto, solleva lo sguardo sopra gli occhiali: «Qualche delusione?»

Alzo le spalle. «Lo sai: non è facile con i ragazzi. Non capisco mai che cosa vogliono, cosa pensano.»

«Non saranno tutti uguali, no? Tutti un'unica categoria misteriosa.»

«Be', parecchi.» Lo guardo, un po' esasperata: «Papà! Non è come alla tua epoca.»

«E com'era alla mia epoca? Sembra tu parli della preistoria.»

«Ma sì, l'ho sentito raccontare mille volte: tu e mamma vi siete conosciuti in una sezione di partito, avevate le stesse idee... Allora era più facile.»

«Eravamo anche più grandi di te.» Lo sguardo di papà si scurisce: «Alla tua età io vivevo ancora a Udine, andavo al liceo. Mamma l'ho conosciuta quando sono venuto a studiare all'università.»

«Sì. Aspetta e spera. Ho ancora quattro anni di calvario.»

Le sopracciglia di papà schizzano in alto: «Un calvario, addirittura! È così difficile? Non c'è modo di conoscervi, d'incontrarvi?» Ha compreso che sto parlando di uno in particolare. Forse pensa a qualcuno che abita lontano, magari un ragazzo conosciuto la scorsa estate. Acqua acqua, caro papà.

Il film sta continuando, papà non si è curato neppure di stoppare la cassetta: i miei travagli personali lo interessano assai di più. Ha un'espressione più vivace di prima, segno che il malumore lo ha abbandonato. Papà è come me: le nuvole nere stazionano pochissimo nel nostro cuore, subito diradate da venti d'ottimismo.

«Sai, papà, è un'impresa. Questo ragazzo è arabo.»

«Hai capito...» commenta lui, sollevando testa e spalle dal divano e mettendosi in una posizione più composta, quasi seduto.

Mi dà sui nervi questa sua gran sorpresa. Non si può conoscere un arabo in questa parte del mondo? «Voglio dire, lui è italiano, è nato e cresciuto qui...»

«Ma certo» sottolinea lui, con vigore. «E viene a scuola con te, immagino.»

«Sì, appunto, non è che ci siano tanti posti per incontrarsi oggi come oggi.»

«Be', c'è la scuola.»

«C'è sempre stata» attacco un po' polemicamente.

«Dipende. Alla mia epoca, come dici tu, al liceo andavano solo i ragazzi delle famiglie diciamo benestanti. In teoria, potevano andare tutti, in pratica i figli degli operai e dei proletari andavano negli istituti professionali o a imparare un mestiere.»

Lo interrompo prima che diventi una lezione di storia: «Non è che oggi sia molto diverso. In classe mia mi pare ci siano solo figli di professionisti, avvocati, dottori.»

Papà si mette una mano aperta sul petto: «Io sono un dipendente pubblico, e anche tua madre lo è.»

«Papà!» Alzo gli occhi al cielo, esasperata: «Mamma è assessore regionale! Tu sei professore e fai il poeta!»

«D'accordo, d'accordo, ho capito.» Alza le mani al cielo, come arrendendosi. «Si diceva di questo ragazzo. Dunque, è un tipo difficile.»

Annuisco. «Sai papà, credo che abbia dei pregiudizi nei miei confronti.»

«Davvero?» Se le solleva ancora un po', le sopracciglia gli scompaiono nell'attaccatura dei capelli. «Di che tipo?»

«Lui pensa che io sia ebrea.»

Papà rimane interdetto. Resta qualche secondo in silenzio, mi aspetto quasi che scoppi a ridere, invece resta serio: «Capisco. E cosa glielo fa credere?»

«Una scemenza: il nome. E poi il ciondolo con la stella di Davide, sai. Io non ho negato subito, così gli è rimasto il dubbio.»

«Confonde un po' troppo le acque, il tuo amico. Non è un problema di culture...» Lo interrompo di nuovo, perché immagino già dove va a parare: «Lo so, papà, lo so a memoria. Solo che per lui la faccenda rimane questa: io sono una nemica.»

«Be', trova il modo di dirglielo, che non sei ebrea e neppure cattolica.» Il tono si fa tagliente, perché il Natale è ancora lì in agguato nei suoi pensieri.

Di anno in anno, la tradizionale celebrazione dei nonni sembra un tuffo in ritualità antiche: nonno legge il brano della nascita di Gesù dal Vangelo e lo commenta con qualche frase esortativa a seguire la strada del Signore, poi nonna legge un brano tratto da qualche lettura edificante contemporanea, come la biografia di Madre Teresa di Calcutta o del papa.

Per loro sarebbe stata *una grande consolazione* che io da piccola partecipassi a questo momento emozionante con una preghierina o una poesia su Gesù, ma i miei genitori si sono sempre opposti. Con tutto, i nonni ci hanno sempre provato, perché il fatto che io non abbia ricevuto una sana educazione religiosa li atterrisce ancor più del divorzio di zia.

«Non so se è giusto. È un problema suo.»

«Anche tuo, a quanto dici.» Solleva una mano in aria e la fa ricadere su una coscia: «Per un nome! Ma pensa! Sapesse che è semplicemente quello di mia nonna, la tua bisnonna, una specie di eroina...»

L'ho sentito dire mille volte, per cui ripeto la lezione, in tono annoiato: «L'infermiera nella prima guerra mondiale.» Ma papà assume un'espressione beata: «È stata la mia fortuna aver vissuto con lei. Era sempre allegra, solare. Tutto il contrario di mia madre, con la sua aria funerea.»

Stavolta mi stupisco: «Papà, non parli quasi mai della nonna.»

Lui s'irrigidisce appena: «Non ne vale la pena. Direi cose sbagliate, perché credo abbia avuto una vita difficile.» Emette un sospiro rassegnato: «La famiglia di mamma è oro colato rispetto alla mia. I nonni sono tradizionalisti, ma tra tutti circola affetto, tra fratelli e tra genitori e figli. È una grande famiglia, c'è il calore meridionale, i sentimenti sono veri, superano i piccoli attriti.»

«Pensavo ti seccasse passare le feste in questo modo.»

«Ma no.»

«Anche il nonno ti sembra simpatico? Con quel modo di fare un po' strano?»

Papà sorride: «Strano... be' è un po' formale, cerimonioso. Si sente patriarca, sai. Se ti capita, se hai voglia, guarda *Il Gattopardo* di Visconti: nonno è identico a Burt Lancaster, l'interprete del principe.»

Questa parola mi solletica un punto di recente sensibilità: «Che principe?»

«Il Principe di Salina, il Gattopardo.»

Mi riprometto di guardarlo, questo film di Visconti, sono sicura che papà lo abbia nella sua videoteca. Nel frattempo, lui torna all'argomento principale:«Ma diglielo, che non sei ebrea, e chiudi il discorso.»

«Papà, è come in *Zelig*. Il problema non è mostrare quello che non sei, ma quello che sei.»

Lui mi guarda con grande tenerezza, mentre allunga una mano verso la mia perché gliela stringa.

«Ho una figlia molto saggia» mi dice, un po' commosso.

Speriamo.

2

Mio padre si ricrederebbe a proposito della mia saggezza se fosse al corrente del mio peregrinare nel quartiere di Taisir.

Se sapesse qual è stata la mia inutile meta nei pomeriggi bui di dicembre, quando alle cinque è già notte e i lampioni sembrano galleggiare tra vapori gelidi.

Se sapesse che la sua saggia figlia corre di filato per le strade di una periferia sconosciuta, per passare davanti al palazzo dove abita uno di cui non sa niente se non che frequenta il suo liceo e va in giro su una tavola con le rotelle. Uno che l'ha colpita la prima volta perché balzava nell'aria piovigginosa come se potesse abbandonare a suo piacere la forza di gravità e la seconda volta per quella voce morbida, una voce che ci giurerebbe ha sapore di cioccolato denso e zuccherato.

Dunque, la saggia Rachele diventa impavida mentre girella come un cane che fiuta la traccia nei pressi della casa di Taisir, e ormai conosce a memoria le pietre rotte del cortile davanti al portone, la vernice scrostata di quel portone e le targhette un po' arrugginite, perché qui non c'è il portiere che ogni mattina le lucida con il Sidol, lasciando quell'odore ferroso che s'impasta nel naso.

La folle Rachele, ammalata di un morbo che la spinge a rientrare in casa con l'espressione scura e la costringe a sentirsi una belva in gabbia nella sua camera, la fa esaltare quando vede da lontano Taisir a scuola, perché sapendo di preciso dove vive, in quale palazzo, in quale piano, è convinta di avere un piccolo vantaggio su di lui; Rachele matta come un cavallo, perché non ci guadagna nulla a comportarsi in questo modo, anzi, si troverà prima o poi a fare una figura persino peggiore di quella al mercato. Proprio se li va a cercare i guai, questa zucca dura.

Ma questa Rachele vagabonda si è lasciata alle spalle ogni briciolo di orgoglio, e non cerca neppure di giustificarsi con se stessa, mentre salta sul tram e va laggiù: cammina per un po', entra nel famoso bar della prima volta dove ormai la conoscono. Beve qualcosa, gli occhi incollati al bicchiere o alla tazzina, evitando di attaccare discorso, così gli sguardi dei tizi che ciondolano lì dentro si limitano a registrare la sua entrata e la sua uscita.

Alle amiche, Rachele stolta ha smesso di dire che continua le sue investigazioni, perché se all'inizio Erica si entusiasmava ai suoi racconti, poi ha iniziato a mostrarsi seccata e a guardarla con un'aria di aperta ironia mentre le chiede se davvero si diverte, a passare i pomeriggi in questo modo scemo.

«Non tutti i pomeriggi, solo quando mi viene l'ispirazione» dice Rachele l'invasata.

C'è quel pomeriggio che le pare proprio perfetto per andare giù al quartiere e farsi il solito giro di sbirciate appassionate.

È in uno di quei pomeriggi d'ispirazione che Rachele l'esaltata conosce Fatema.

Credo che fosse la terza o quarta volta che m'incrociava per strada e mi ha riconosciuto. Mi ha lanciato uno sguardo, un vago cenno di saluto con la testa.

Mi sono lanciata a capofitto, perché quella ragazza rappresentava un insperato appiglio, una mano tesa in mezzo a quel deserto immerso sempre in una foschia che scontorna le cose.

È buffo perché quando esco da casa mia quella nebbiolina non c'è e appena scendo alla fermata, sono avvolta in una specie di nube gelida, di microscopici cristalli di ghiaccio che s'addensano nell'aria. È anche un po' più buio, qui, e l'effetto del freddo aumenta.

Così, appena questa ragazza solitaria che mi veniva incontro sul marciapiedi ha sollevato appena il mento per un vago cenno di riconoscimento, un'ombra di sorriso, io mi sono subito voltata, le ho detto un caloroso: «Ciao!»

Ha avuto un lieve sobbalzo, ma si è fermata e mi ha guardata in faccia. Ha detto, quasi sottovoce: «Sei nuova di qui?»

Che potevo fare, se non mentirle?

«Sì, sono nuova, abito qui da pochissimo, non conosco nessuno ancora.» E poi, via, come un fiume in piena, parlando in fretta senza quasi darle il tempo di replicare, di chiedere. «Vado a scuola in centro, mi chiamo Rachele, ti ho visto altre volte, abiti qui vicino, come ti chiami?»

Lei abbassa gli occhi, sento a mala pena quello che dice: «Fatema. Abito in quel palazzo.» Si volta rapida verso l'edificio proprio accanto al mio, cioè a quello di Taisir.

Mi rendo conto che mentre parliamo, il gelo serpeggia dai piedi su fino alle spalle, e istintivamente mi metto a battere i piedi per terra. Lei invece non si è mossa, forse la sciarpa che le avvolge la testa e quel cappotto lungo fin quasi ai piedi la tengono al caldo come un bozzolo; io invece ho i capelli al vento e le orecchie praticamente congelate, perché mi sembra di non sentirle più.

«È proprio qui di fronte» osservo, e la voce mi trema.

«Sì» mi guarda per qualche istante. «Vuoi venire su? Sarà meglio bere qualcosa di caldo, non credi?»

«Sì, volentieri, sì. Grazie!»

Ci dirigiamo in fretta verso il palazzo, lei apre il portone con una lunga chiave e siamo subito dentro. Fatema sceglie un'altra chiave dal mazzo e la gira nella serratura accanto al pulsante dell'ascensore, e rimaniamo in attesa della cabina.

«Perché la chiave?» osservo, un po' ingenuamente.

«Perché? Nel tuo palazzo non ci vuole?» si stupisce lei, allora invento: «Non c'è l'ascensore. Non funziona.»

«Capisco» fa lei, aprendo la porta con un'altra chiave e poi le due porte di legno della cabina: è un trabiccolo piuttosto vecchio e malmesso, con una luce fioca che piove dal soffitto e restituisce ai nostri visi l'aspetto di due figure spettrali. Fatema preme un pulsante in alto, e la cabina parte cigolando. È la prima volta che provo un brivido di paura dentro un ascensore, ma lei pare del tutto tranquilla, anzi mi sorride, non so se imbarazzata o confusa, perché in effetti non sa neppure chi sono e mi ha invitata così sui due piedi a salire in casa sua. Devo avergli dato l'impressione di un cucciolo smarrito.

Altre due chiavi girano in due toppe, una superiore che sembra nuova di zecca, una inferiore un po' consumata e graffiata come se qualcuno ci avesse passato sopra una lima. Finalmente, dopo un certo numero di giri di chiave, la porta si apre.

Vista la chiusura quasi da cassaforte, immaginavo che la casa fosse vuota, invece pare sia piena di gente, perché arrivano voci da altre stanze, e suoni da un televisore acceso.

Fatema mi dice, quasi in un sussurro: «Aspetta qui» ed entra in una porta aperta, sulla destra, lasciandomi in quel piccolissimo ingresso, a guardarmi intorno.

In realtà c'è poco da guardare: un attaccapanni sulla sinistra, proprio vicinissimo alla porta, già zeppo di giacche e cappotti; la porta dov'è entrata Fatema, l'unica aperta perché nella parete di fronte vi è un'altra porta chiusa e a sinistra una terza porta, anche questa chiusa, da cui proviene l'inconfondibile rumore di un televisore sintonizzato su qualche spettacolo dai continui applausi. Immagino sia un salotto o una camera, mentre Fatema dev'essere andata in cucina: sento parlare con una donna, in una lingua incomprensibile che presumo sia arabo. Quanto alla porta di fronte a me, potrebbe anche essere quella di Alì Babà e nascondere una grotta con favolosi tesori.

Per fortuna Fatema torna presto: sono così a disagio, piantata nell'ingresso come un'intrusa a fantasticare sulle porte di un appartamento sconosciuto, che le sorrido come se fosse rientrata da qualche viaggio lontano.

«Se vuoi toglierti la giacca...» mi dice, educatamente. Io mi libero del giubbotto e scuoto i capelli rimasti soffocati sotto la sciarpa. Lei aspetta che abbia finito, appende il mio giubbotto a quell'attaccapanni già pieno e passa a sbottonarsi quel cappottone lungo. Forse non c'è più posto nell'attaccapanni, perché Fatema ripiega il cappotto e lo appoggia su un braccio, e mi fa strada verso la cucina, dove una donna dall'espressione molto cordiale mi accoglie festosamente, cercando le parole giuste: «Prego, comoda, prego, siedi.»

Fatema appoggia il cappotto sulla spalliera di una sedia, ma non si toglie quella che avevo preso per una sciarpa avvolta sulla testa ma che ora mi accorgo è un fazzoletto scuro annodato sotto il mento.

«È mia madre» mi presenta Fatema con quel tono di voce basso, quasi un soffio. In arabo si rivolge a sua madre dicendole come mi chiamo, poi si volta verso di me e mi punta i grandi occhi scuri sul viso: «Le ho detto che sei una mia compagna di scuola, è molto contenta di conoscerti.»

Si aspetta una reazione di sorpresa da parte mia, invece io annuisco comprensiva: si vede che le madri sono uguali in tutto il mondo, in tutte le culture. Probabilmente se Fatema dicesse di avermi raccolto per strada succederebbe un mezzo finimondo, invece con questa bugia innocente c'è una gran cerimonia per Rachele l'impostora: viene preparato un tè profumatissimo, mi sono offerti dolcetti speziati e molto zuccherati fatti dalla mamma di Fatema, e soprattutto è tutto un sorridere sia dalla madre che da una bambina piccola che si aggira per la cucina e mi guarda con grandissima curiosità, sia da quello che immagino sia un fratello piuttosto grande, che a un certo punto entra in cucina con piglio aggressivo, e che di fronte a me smorza quello che mi par di cogliere come un tono di comando e mi sorride, mentre sua sorella mi presenta: la magica compagna di classe.

Comincio a essere a disagio per essermi intrufolata in questa famiglia gentile, tra queste persone premurose che sembrano così felici della mia presenza. Non so bene cosa dire, ma non c'è bisogno di dire né fare niente, solo assaggiare i biscotti, sorseggiare il tè e complimentarsi con la mamma seduta su una sedia con la bambina sulle ginocchia, intenta a giocare con i cucchiai sul tavolo.

«Fatema, vorrei dirti una cosa» le dico. «Possiamo andare nella tua stanza?»

Le passa un velo d'imbarazzo nello sguardo: «Non ho una stanza mia. Scusa.»

Arrossisco: «Ti prego, scusami tu.»

Di colpo, le s'illumina lo sguardo. «Vieni» mormora, e si alza. Dice qualcosa a sua madre, e mi prende per mano.

Oltrepassiamo la porta misteriosa, di fronte a quella d'ingresso, ed entriamo in un secondo piccolissimo ingresso su cui si affacciano altre tre porte. Non ho mai fatto tanto caso alle porte come qui da Fatema. Forse perché a casa mia ve ne sono pochissime, giusto quelle del bagno e delle camere da letto, e negli appartamenti delle mie amiche è sempre tutto aperto. Ma qui gli spazi sono già angusti e le porte tutte sbarrate, come se dietro ognuna di esse vi fosse un mondo segreto, inviolabile. Fatema ne apre una che rivela un bagno stretto e lungo: «Qui possiamo stare qualche minuto in pace.»

Appena dentro, chiude a chiave con due mandate ed emette un sospiro di sollievo, come se finalmente fosse approdata in uno spazio speciale.

Mi siedo su un panchetto, perché il bagno è così piccolo che mi sento ingombrante. Lei si siede sul water, come se fosse una comodissima poltrona.

A questo punto, mi coglie il senso del ridicolo di questa situazione: tappate nel cesso per starcene lontano da orecchi e occhi curiosi, neanche fossimo a scuola! Allora mi prende un accesso irrefrenabile e mi porto una mano alla bocca per non ridere troppo forte. Anche Fatema scoppia a ridere, e gli occhi le si accendono. Ridiamo insieme come due matte, quasi fino alle lacrime e quando infine tutta l'ilarità è sgorgata fuori, mi sento così vicina a lei, come se la conoscessi da sempre, e posso dirle senza timore: «Io non abito qui. Vengo da queste parti per incontrare una persona.»

Lo sguardo le brilla di complicità: «Chi? Un ragazzo?»

«Forse lo conosci: Taisir.»

«Ah!» Si porta una mano alla bocca. «Perché proprio lui?»

Se mio padre sapesse che da quando conosco Fatema me ne sono andata allegramente in questo quartiere, chissà se mi considererebbe ancora la sua saggia bambina. Non ho mai incontrato le pattuglie della polizia, non ci ho mai fatto caso. Scuoto la testa, vergognandomi del mio candore. Non vi ho prestato attenzione, eppure giorno e notte girano le auto di carabinieri e polizia, perché questo è un quartiere dove abitano molti islamici, tutti considerati pericolosi, fanatici, amici di terroristi se non addirittura probabili terroristi.

«Nessuno ti ha detto nulla, vero? Nessuno ti ha infastidita?» domanda la mia amica, e al mio diniego prosegue, sarcastica: «Ci sono persone che non verrebbero qui neanche morte.»

«Mi spiace» dico, come se dipendesse da me, l'attribuire una fama così brutta a questo luogo.

«Hai visto mia madre com'era contenta? Perché qui nessuna mia compagna è mai venuta. Sei la prima.»

«Fatema, perché non vieni tu a casa mia?»

«Mio fratello non mi darebbe il permesso» abbassa gli occhi.

«Che c'entra tuo fratello?»

«Mio padre lavora lontano. È in Germania per un paio di mesi. Quando papà non c'è, è mio fratello il capofamiglia.»

«E decide che tu non puoi uscire.»

Aggrotta la fronte e dice con convinzione: «Non decide: è giusto così. Deve proteggere le sue sorelle, sua madre.»

Mi viene da sorridere: «In casa mia è un po' diverso. Credo che sia mia madre che protegge me e mio padre.»

«Sul serio?» Gli occhi le si accendono di curiosità. «Come sarebbe?»

«Mamma è una donna molto forte, decisa. Invece papà è un tipo molto mansueto, è anche timido. E lei sembra proprio che lo protegga, lo incoraggi, lo sostenga. Lui non ci pensa neppure a controllarmi, è lei che lo fa, anzi tra poco vedrai che mi squillerà il cellulare e lei mi chiederà dove sono. Sapesse che sono qui, chiusa in un bagno!»

«Prigioniera in un hammam islamico» suggerisce Fatema. «Che dirai a tua madre?»

Alzo le spalle: «Niente, che sono da *Coin* a fare un giro con qualche amica.»

«Se sapesse la verità, chiamerebbe l'esercito, per portarti via» mi prende in giro lei. Ma io ribatto con una punta di amarezza: «Molto peggio. Verrebbe lei di persona.»

Sono sicura che mia madre verrebbe di volata e intavolerebbe una di quelle 'discussioni democratiche tese a comprendere il punto di vista islamico sulla realtà cittadina'. Forse si accapiglierebbe con il fratello di Fatema che spadroneggia in casa come uno sceicco. Sicuramente si farebbe aprire tutte quelle stanze e scoprirebbe che nel salotto vivono gli zii di Fatema, appena sposati, in una camera dormono la madre con la bambina più piccola e Fatema, mentre nell'altra stanza dorme il fratello grande e un fratello più piccolo. Ma io non sono invasiva come mia madre, tutte queste cose le scopro con il tempo, dopo diverse volte che vado a casa di Fatema con i libri sotto il braccio, per studiare insieme sul tavolo di cucina. La madre lo sgombra amorevolmente per noi, ritirandosi svelta in camera con la piccola.

Lo stesso, tutto quello che ora so di Taisir l'ho appreso poco alla volta, nelle pause del nostro studio, io con i miei libri del liceo e lei con i suoi libri dell'istituto professionale per il commercio; parlando come due spie, sottovoce o chiudendoci nell'oasi del bagno.

Taisir, perché proprio lui?

Quella domanda mi ha fatto temere che anche Fatema ne fosse innamorata. Perché proprio lui? Perché non lui, invece? Che cos'ha di strano, non è un ragazzo come gli altri?

«Non lo è,» mi dice la prima volta Fatema «Taisir è impossibile.»

Resto di stucco, abbiamo pochi secondi ancora: non possiamo rimanere chiuse in bagno per tutta la sera.

«Perché impossibile?»

«Perché è complicato, te lo spiegherò un'altra volta.»

«Non puoi lasciarmi con questa curiosità, Fatema, dimmi che significa: è un tipo pericoloso?»

Lei scoppia a ridere: «No, no, non in quel senso. È complicato perché è a modo suo, è l'unico che studia al liceo e vuol fare l'università, e per la sua famiglia è un grosso impegno. I suoi non sono semplici immigrati, come i miei genitori e i miei zii: loro sono esuli politici.»

Fatema si è alzata, sta aprendo la porta, io vorrei sapere di più ma lei poggia l'indice sulla punta del naso, sussurra: «La prossima volta.»

3

La sala è inaspettatamente piena di gente che ha sfidato la gelida tramontana di questi giorni.

Volgo lo sguardo in giro, chiedendomi chi possano essere tutte queste persone che hanno risposto all'invito di mio padre con entusiasmo tale da costringere gli organizzatori ad aggiungere alcune sedie, giù in fondo. Eppure non è facilissimo trovare questo luogo, un vecchio palazzo in una stradina del centro. Io non ne conoscevo l'esistenza. Sono abituata a pensare alla mia città per grandi spazi, i viali, le piazze, i palazzi imponenti e non immaginavo che contenesse anche una dimensione quasi da paese, con viuzze, casette e una piccola chiesa romanica con tanto di selciato: il nucleo antico della città, rimasto come dietro le quinte dello scenario sfarzoso, il centro rutilante di grandi magazzini e immense vetrine.

Papà è stupito di avere un pubblico. Molti si avvicinano, lo salutano, e lui abbraccia, bacia, stringe mani, riconoscendo facce e ricordando in fretta, perché qualcuno emerge da un passato lontanissimo.

Io e mamma siamo sedute in prima fila, mentre papà si

muove nervosamente in mezzo a una piccola folla mutevole di gente che va a complimentarsi con lui, emettendo versi compiaciuti, sfiorandogli una spalla o la mano, per poi staccarsi e venirsi a posare su una delle sedie.

Mia madre è rimasta modestamente in disparte, si è limitata a scambiare quattro chiacchiere con un certo assessore comunale e qualche altro tizio che appartiene al suo mondo. Dopodiché si è defilata, perché è il momento di papà, il quale, prima di uscire di casa, si è seduto in poltrona, dicendo con aria preoccupata: «Non so se me la sento.»

«Stai scherzando» mia madre si è accigliata. «Ti aspettano tutti.»

«Non verrà nessuno. Figurati.»

«Tanto per cominciare ci siamo io e Rachele. E di sicuro la professoressa e l'assessore.»

Papà ha sospirato: «Sono molto agitato.»

Mamma ha sorriso, gli ha teso una mano: «Lo credo. Non capita tutti i giorni di presentare il proprio libro. È meraviglioso e io sono molto in soggezione di fronte a un poeta.»

Papà le ha preso la mano, ma anziché sollevarsi dalla poltrona, ha tirato a sé mamma che non se l'aspettava ed è caduta in avanti. Papà è scoppiato a ridere e l'ha afferrata con delicatezza, abbracciandola stretta. Ho alzato gli occhi al cielo, sbuffando: «Dio! Sempre queste scene!»

Ma quei due niente: ridevano e si sbaciucchiavano, ignorandomi. Allora ho intimato: «Avete finito? Guardate che facciamo tardi, io me ne vado.»

Mia madre si è divincolata e si è alzata un po' a fatica, facendo scricchiolare pericolosamente la poltrona mentre si aggrappava a un bracciolo come un'arrampicatrice su una roccia. Papà ne ha approfittato per assestarle una leggera pacca sul sedere.

«Villanzone!» ha riso lei.

«Non vedi? Ti do una spinta, non ce la fai.»

Mamma si è aggiustata i vestiti spiegazzati e papà si è sollevato d'un balzo, battendo entrambe le mani sui braccioli: «Andiamo, su» ha detto più allegro. «Leggerò le mie poesie alle sedie.»

Invece, come un flusso inarrestabile, si è creato un gran pienone di uomini intabarrati in strani cappotti di fogge antiche, giovani con barbette e occhialini, e soprattutto tante donne: signore anziane con acconciature uguali a nuvole, donne con cappelli rossi e rosse labbra malgrado le rughe, ma anche ragazze scalpate o al contrario con chiome fluenti. Come fa mio padre a conoscere tutte queste donne?

«Ne frequenta di gente, papà» commento all'orecchio di mia madre.

«Non sono tutti amici» mi spiega, inorgoglendosi. «È anche un pubblico di amanti della poesia, artisti, letterati. Papà è molto stimato in questo ambiente.»

Hai capito. Mia madre ha un'adorazione per la poesia di papà, anche se lui deve tradurgliela perché è scritta in un dialetto che lei non conosce: ma il suono, dice lei, parla da solo. E poi c'è il famoso impegno, perché queste poesie raccontano storie difficili, di emarginazione e violenza. Per mia madre questo è il più autentico senso dell'arte: dare voce all'umanità dimenticata.

Papà si siede dietro l'imponente tavolo scuro, e parla al microfono: «Sono commosso dal vostro calore. Confesso che mi aspettavo una sala vuota, visto il freddo e l'ora non proprio felice di un martedì pomeriggio. Invece siete impavidamente accorsi e io vi ringrazio perché siamo qui a presentare un libro di poesie, ed è questo che insieme celebriamo, non una persona o un libro, ma la poesia.»

Mentre tutti applaudono, papà si sistema gli occhiali sul naso per leggere un paio di sue composizioni. La voce è più ferma, dopo l'emozione iniziale, e mio padre leggendo acquista sicurezza, padronanza del suono, e libera le parole. Ho l'improvvisa sensazione che non legga semplicemente, né reciti, ma canti.

La poesia è di tutti, dice mio padre. La poesia salva la vita. Lo dice con un tono così profondo e sentito e commosso che mi salgono le lacrime agli occhi e non so se è per quello che ha detto o per come lo ha detto. Guardo papà e registro i suoi capelli radi scompigliati sulla testa, gli occhiali quasi sulla punta del naso, una mano che regge i fogli, l'altra abbandonata lungo il fianco. Per una volta, ha rinunciato ai maglioni e i pantaloni di velluto e si è messo la giacca e la cravatta.

Chi dice che è più facile per un uomo vestirsi, non ha mai assistito al rito dell'abbigliamento maschile. A differenza di quello femminile, è fatto di dettagli che sembrano del tutto insignificanti, invece risultano importantissimi: la scelta dei calzini, da accompagnare all'abito e alle scarpe; l'individuazione della camicia adatta tra tante bianche e azzurre che l'occhio di falco di mia madre scartava perché i bottoncini fanno sportivo, la tasca non va bene, le righe non si sposano neppure quelle sottilissime, meglio un colore unico, bianca fa troppo cerimonia e via disquisendo; fino alla fatidica, delicatissima operazione cravatta, da vagliare attentamente tra le poche in possesso di mio padre e poi da annodare sul colletto della camicia con pochi, esperti gesti compiuti da mia madre, come se fosse lei a farsi ogni giorno il nodo della cravatta.

Ecco lì il mio papà bello ed elegante che ci dice con trasporto che la poesia salva la vita, perché è voce profonda, eco del mondo. E io mi metto a piangere e anche mamma si commuove, si accorge delle mie lacrime e mi prende una mano, me la stringe.

Mentre papà dice che la poesia è profonda comprensione, posa il suo sguardo su di noi, che siamo lì ad ascoltarlo e piangiamo e sorridiamo perché capisca che queste nostre lacrime sono di gioia e di partecipazione. Lui sorride, gli trema un po' la voce mentre confessa pubblicamente che questo momento è molto toccante. Ripete che non è una frase d'effetto, è semplicemente un'esperienza reale: la poesia salva la vita perché ha salvato la sua.

Subito dopo abbassa la testa, inviando un cenno al percussionista che finora ha commentato sonoramente le sue poesie con cupi suoni sotterranei o frenetici ritmi, sciabolate d'acciaio e aerei timbri. Adesso, il musicista batte i palmi su un grosso tamburo e sembra scuotere la terra, risvegliando la profonda coscienza dell'anima, ma quando le bacchette passano sulle lamine d'acciaio del vibrafono, io sento distintamente come in questo istante noi tutti lì dentro siamo un'unica vibrazione, un unico sentimento.

Papà sfida il gelo serale, appoggiato alla balaustra del terrazzino. In questi momenti sembra tornar fuori la sua tempra nordica, perché è lì fermo, un'ombra scura contro le luci cittadine, con addosso nient'altro che la giacca e una sciarpa al collo.

M'infilo il giaccone e lo raggiungo. Sta fumando una sigaretta e lo rimprovero: «Papà!»

«Questa me la sono proprio meritata, no?»

Divento subito Rachele l'infermiera, preoccupata dello stato dei suoi polmoni: «Ma papà, sono mesi che hai smesso. Rischi di ricominciare.»

Lui alza una spalla, borbotta: «Per una sigaretta non succederà.»

Appoggio le mani guantate sulla balaustra di ferro: anche attraverso il pile i palmi si ghiacciano, così mi stacco in fretta e metto le mani in tasca, con la sensazione di aver toccato una lama d'acciaio.

Papà sembra insensibile all'aria pungente. È piegato un po' in avanti, un braccio poggiato sulla ringhiera, l'altro mollemente abbandonato in fuori, con la punta della sigaretta arroventata per il vento.

Alle nostre spalle, la cucina illuminata appare nitida, bianca: l'esposizione di un negozio di arredamenti. Mamma la tira a lucido tutte le volte, come se dovessimo chiudere casa e partire. Dalla fessura della porta finestra arriva il rassicurante ronzio della lavapiatti.

Io e papà siamo sospesi sul terrazzo, sopra la soglia della notte e aspettiamo. Aspettiamo in modo diverso: lui che la sigaretta finisca, io che lui dica qualcosa. Non oso interrompere il suo silenzio, immagino sia strettamente legato al piacere di fumare all'aperto l'unica sigaretta che si è concesso dopo mesi.

Vorrei chiedergli perché la poesia gli ha salvato la vita, che cosa significano quelle parole, dette di fronte a tanta gente, poi. D'un tratto mi accorgo di vivere accanto ai miei genitori e di non sapere niente della loro vita, della loro storia.

«Non hai freddo, papà?» chiedo premurosa. Lui si volta e alla luce proveniente dalla cucina vedo i lineamenti che si allargano in un sorriso: «Macché. Tu hai freddo, invece. Entra in casa.»

«Sto ancora un po'.»

Papà spegne il mozzicone della sigaretta e l'avvolge in un fazzoletto di carta. Ora si volta del tutto, mi dice: «Grazie.»

Spalanco gli occhi: «Di che, papà?»

«Della tua presenza, oggi. Tu e mamma mi avete dato molta forza. Sono un uomo fortunato.»

Allora colgo la palla al balzo: «Perché quella frase sulla poesia che ti ha salvato la vita?»

«Perché ci sono stati momenti difficili nella mia vita, come per tutti. Ma la letteratura, il cinema, mi hanno aperto la mente, per esempio mi hanno fatto capire che c'erano pensieri condivisi, esperienze umane simili alle mie.»

«Momenti difficili» rifletto qualche istante. «Da ragazzo?»

«Da giovane, sì. Allora vedevo le cose in modo estremo, ho covato molta rabbia dentro di me, parlavo di cambiare il mondo, ma come potevo pensare di cambiarlo, io con i miei compagni, quando non sapevo neppure che cosa volevo? La poesia mi ha salvato perché mi ha portato dentro me stesso e mi ha dato la forza per affrontare la mia aggressività e la mia paura, per scoprire le mie debolezze e le mie vigliaccherie e insieme la mia forza interiore.»

Sono sopraffatta dalla confessione di papà. Non riesco a immaginarlo un debole, un vigliacco. Ma d'improvviso mi rendo conto che sta parlando di una sensazione conosciuta: quel disagio che in certi momenti s'impossessa di me in modo inspiegabile, la rabbia che mi cattura per inezie, il tormento che mi porta pensieri nerissimi, fortunatamente fugaci, questo malessere che non so capire e poco comunicare, se non nascondendolo dentro l'ovatta di piccoli problemi di cui chiacchierare fino allo sfinimento con le amiche, discorrendo e discorrendo per far fluire con le parole, le frasi ripetute, la puntura dell'angoscia che mi ha catturato.

Pensando a quella sensazione di malessere temporaneo che ti fa scivolare verso insondabili tristezze, mormoro: «Crescere è dura.»

Papà mi passa un braccio sulle spalle: «Sì, crescere è difficile, ma si deve e si vuole crescere, vero?»

«Penso di sì.» Sentendolo così accanto mi stupisce il calore che emana con la sua semplice giacchetta di lana. «Era dura per te, con i tuoi, vero?»

«Abbastanza.»

«E il nonno?»

«Erano molto simili: come si dice? Chi si somiglia si piglia» cerca di scherzare, ma mi arriva distintamente la sua leggera tensione. Mi esce quasi un sussurro: «Non ti volevano bene, papà?»

«No» lo dice con calma, con sicurezza, come se parlasse di qualcun altro. «Forse non avrebbero dovuto avere figli. Vi sono persone così.»

Mi sembra una cosa di una crudeltà estrema, eppure papà ne parla con serenità: forse è questo che intendeva con la frase sulla poesia salvatrice, riuscire a sopravvivere alla mancanza d'amore, a un deserto affettivo.

«È per questo che hai vissuto con la bisnonna?»

Papà prosegue con tono piatto: «Mi hanno affidato alla bisnonna quando avevo dodici anni: sono partiti per l'Africa. Mio padre lavorava su una piattaforma nell'Oceano, di fronte alla costa d'Avorio. Hanno vissuto in Costa d'Avorio per diversi anni, quando sono rientrati io mi ero iscritto all'università e me n'ero andato.»

«Povero papà.»

«No, Rachele, non compiangermi» scoppia a ridere. «Tutto sommato è stata una fortuna. Della mia vita, i miei genitori si sono del tutto disinteressati, e poi io avevo idee politiche opposte alle loro. Ma soprattutto avevo qualcosa che non potevano capire.»

«La poesia, vero?»

«Non ancora, allora avevo un forte senso di libertà. Volevo studiare e cambiare le cose. Leggere e leggere: questo mi è servito tanto.»

Sono abbracciata a lui: credo di non averlo mai sentito tanto vicino da quando ero piccola e papà mi leggeva le fiabe prima di addormentarmi. C'era questo rituale meraviglioso: lui leggeva, poi mi abbracciava, mi baciava e mi rimboccava le coperte e io mi addormentavo istantaneamente, senza sognare. Forse avevo già sognato prima, mentre papà leggeva per me.

Mi accorgo di essere proprio ora caduta in una specie di torpore pieno di immagini: un ragazzo che è lui, ma che non ha volto perché non riesco a immaginare papà da giovanissimo, che legge, studia, e parte in treno, solo.

«Ti sei sentito solo?»

Papà mi stringe a sé: «No, amore mio, mai. Vedi, Natalia Ginzburg dice che ci si sente soli perché non si ha una vita interiore. Ma io, questa dimensione, l'ho sempre coltivata.»

«E quello che dicevi prima, la violenza, la paura?» domando, le labbra che mi tremano.

«È un'altra faccenda, era l'epoca. Eravamo tutti dei ribelli. Tesoro, stai tremando, rientriamo.»

«Come fai tu a non sentire freddo?»

«Perché provengo dal Polo Nord» scherza lui. Sta per aprire la portafinestra, quando ha una specie di ripensamento: «E con quel tuo amico, quel ragazzo arabo, com'è andata?»

«Niente papà» scuoto la testa. «Non ci siamo più visti.»

«Ma andate a scuola insieme, no?»

«Certo, ma lui mi evita e a questo punto anch'io.»

Papà apre la porta, una folata di aria calda m'investe rinfrancandomi. «Parlagli» mi dice, quasi sottovoce. «Cerca di chiarire.»

Vorrei dirgli che è proprio quello che sto tentando di fare, parlare con Taisir. Non posso farlo a scuola, in mezzo a mille orecchi e occhi curiosi, né aspettandolo all'uscita né allo skatepark o alla stazione, perché ci ho già provato.

Ma questa faccenda è solo mia, questa è la mia privatissima vita interiore.

4

Quando mi apre la porta il fratello di Fatema, provo sempre un brivido di disagio per quella sua aria imbronciata. Ho il sospetto che non approvi l'amicizia di sua sorella con me, perché mi guarda con quella fronte aggrottata, borbottando un saluto, e mi pianta gli occhi in faccia come in un muto interrogatorio. Ma io sostengo lo sguardo, cercando di apparire il più possibile candida e infantile mentre sbatto le ciglia e chiedo in tono lieve, lievissimo: «Ciao. C'è Fatema?»

Mi spalanca la porta e fa un cenno verso la cucina, continuando a fissarmi.

Vorrei dirgli scherzando di stare tranquillo, non ho intenzione di rapire sua sorella per convertirla alle pericolosissime tentazioni occidentali come spalmarsi due dita di trucco sul viso e portare una minigonna vertiginosa e tacchi alti. Neanche io mi trucco e non ho mai portato una minigonna in vita mia, figurarsi i tacchi, anche se nessuno me lo proibisce, mentre credo che Fatema, a giudicare dall'occhio di lince del fratello, pagherebbe chissà quali conseguenze per un gesto ardito come mettersi il rossetto.

«Non sto simpatica a Khalid» le dico, facendo cadere pesantemente lo zaino sulla sedia di plastica, che traballa un po'.

Lei mi sorride e, al solito, il viso le si illumina tutto, come se le si accendesse in fronte una lampada fluorescente che le fa brillare gli occhi, la bocca.

«Ma che dici? Assolutamente no, anzi, è contento della nostra amicizia, e poi studiamo. Ma lui è così, non può farsi vedere espansivo e non vuole offenderti.»

«Offendermi in che senso?»

«Mostrandosi troppo interessato, sai.»

Spalanco gli occhi: «Cioè se un uomo ti saluta un po' gentilmente vuol dire che ci prova?»

Fatema scoppia a ridere: «È possibile!» Mi scocca un'occhiata maliziosa, abbassando la voce: «Stai molto attenta, con Taisir... se ti saluta tutto sorridente e magari ti sfiora una mano, e ti fissa negli occhi... vuol dire che ti vuole!»

Scrollo le spalle: «Figurati, non c'è pericolo.»

«Invece io non sarei così sicura.» Continua ad avere quell'espressione maliziosa sul viso.

«Che vuoi dire? Gli hai parlato?» Il cuore mi fa un balzo.

«Lui ti ha parlato» scandisce lei, con quella voce leggera, che sembra provenire da dietro un paravento. «Me lo hai raccontato tu, no? Ti ha salutato, ti ha parlato.»

«Chiamalo parlare: si è arrabbiato e mi ha accusato di essere una specie di spiona.»

«Via Rachele!» alza gli occhi al cielo. «Mi hai detto tu che ti ha sorriso, ti ha fatto una domanda molto particolare: se credi nel destino, e tu non gli hai ancora risposto.»

«Non mi pare che aspetti una risposta da me.» Il mio tono è amareggiato, ma dentro di me sono tutta in subbuglio: dove vuole arrivare Fatema?

Mi sta dicendo che non ho saputo cogliere certi segnali importanti, fermandomi solo ai dettagli, alla superficialità. «A scuola non mi degna di uno sguardo.»

«Davanti a tutti, mi sembra logico.» Mi scruta con curiosità: «Invece dovrebbe avvicinarsi, parlarti davanti ai suoi amici?»

«Ah, no!» scuoto la testa. «Sarebbe tremendo, sprofonderei dalla vergogna.»

Sorride di nuovo, sembra rassicurata dalla mia reazione in cui vede rispecchiarsi il proprio comportamento: «Anche per una ragazza araba è così. Lui ti può lanciare degli sguardi e provare a parlarti fuori della scuola. Però ricordati che lui l'ha fatto. Ti ha parlato mentre eri con le tue amiche.»

«Non so neanche se si è accorto di loro. Mi ha fissato tutto il tempo, come un poliziotto.»

Fatema solleva il viso al cielo, di nuovo, abbandonando le lunghe mani sul tavolo con i palmi verso l'alto, come in una muta preghiera: «Rachele!» Torna ad allungarsi verso di me, gli occhi scuri che mi guardano con intensità. Passa qualche istante in questo modo, e io aggrotto le sopracciglia, sentendomi in imbarazzo: «Be', che c'è?»

«Ti sto guardando come un poliziotto?» chiede, e si accende una luce d'ironia nello sguardo.

«No, ma è diverso.»

«Rachele, lui ti fissava come fanno i nostri ragazzi. Non ti staccano gli occhi dal viso, anche se vicino a te c'è la regina Elisabetta. In quel momento l'attenzione di un uomo è tutta su di te, stabilisce un contatto profondo solo con te.»

«Un contatto profondo?» Sono sicura di essere arrossita perché sento lingue fiammanti che mi salgono sulle guance. «Ma no, ti sbagli, Fatema.»

«Sono sicura di non sbagliarmi» dice con fermezza. «Sì, siamo in Occidente, siamo nati qui, ma la nostra cultura è araba.

Sì, viene al liceo e frequenta quasi tutti occidentali, ma Taisir è arabo, vive in una famiglia attenta alle tradizioni.»

«Il destino...» mormoro. «Pensavo fosse una specie di provocazione.»

«Devi trovare un modo per rispondergli. Forse una lettera?»

«Sei matta?»

Fatema spalanca gli occhi, come se le avessi lanciato un anatema, allora mi affretto a dirle: «Scusami, Fatema. Voglio dire: una lettera! Chi scrive più lettere? E poi, se la legge a tutti? Se ti sei sbagliata e come penso io mi ha solo voluto prendere un po' in giro con una frase a effetto...»

«Se, se, se...» sbuffa lei. «Ipotesi. Ma la realtà è che non gli sei indifferente.»

«Da cosa lo capisci?»

«Senti, quando uno non vuole conoscerti ti evita apertamente, non fa caso a te, non ti fissa ma evita il tuo sguardo. Invece lui ti è sempre venuto vicino e ti ha sempre guardato. Soprattutto ti ha guardato.»

«Insomma, è tutta una faccenda di occhi.»

«Proprio così.»

Rimugino qualche istante: «Niente lettera. Troverò il modo di parlargli a quattr'occhi.»

Come se fosse facile avvicinarlo. Potrei chiedere a mia madre qualcosa sul papà di Taisir, forse ne sa qualcosa. Perché in questi pomeriggi con Fatema, a poco a poco si è dipanata la storia della sua famiglia e del motivo per cui sono venuti a vivere qui vent'anni fa lasciando il loro paese, quel paese dal nome evocativo di sacralità che è la Palestina. Ma è un paese che non c'è: non è uno stato, non ha confini, non ha un territorio definito, eppure i palestinesi esistono. Quelli come la famiglia di Taisir sono dovuti partire quando l'esercito israeliano ha occupato Ramallah, uno sputo di terra contesa, dove da vent'anni si combatte una guerra civile.

«Il padre di Taisir insegnava all'università e non volle firmare una dichiarazione contro l'OLP» mi diceva Fatema, sussurrando sopra i libri aperti.

«Arafat» mi era uscito, collegando a quell'organizzazione il nome di un leader famoso, morto a Parigi.

«Sì, esatto. Il papà di Taisir si rifiutò di firmare la dichiarazione. I militari avevano dato una possibilità di scelta: o firmare contro l'OLP oppure lasciare il lavoro ed essere cacciati dal paese. E il papà di Taisir ha scelto questa seconda ipotesi, l'esilio.»

Ero sconvolta: da quando l'esercito decideva la vita delle persone? Solo sotto le dittature più atroci accadevano queste cose. E perché nessuno faceva niente? Avevo quasi le lacrime agli occhi, ma mi ero trattenuta. Non potevo farmi sempre sopraffare dal pianto, non volevo passare per una che ha le lacrime in tasca.

«Quando è successo?»

«Tanto tempo fa, nel 1982» mi disse con precisione, Fatema.

«E tu come fai a sapere tutte queste cose? Tu non sei palestinese, i tuoi sono egiziani.»

Lei aveva scosso le spalle: «Conosco la famiglia di Taisir, ha una sorella che ha un anno meno di me, siamo andate alle elementari e alle medie insieme.»

Sia lei che Taisir sono nati qui, avevo osservato sentendomi un poco confortata perché erano nati in un paese in pace, lontani e protetti dalla violenza quotidiana.

«Tutti sono nati qui, tranne il fratello più grande che è nato a Ramallah.»

«Tutti... chi?» ero sorpresa.

«Sono cinque figli: un fratello e una sorella sono più grandi, due sorelle sono più piccole. L'ultima ha otto anni.» Fatema si era messa a ridere per il mio evidente stupore: «Anche i miei genitori avrebbero voluto una famiglia più numerosa, noi siamo solo tre fratelli.»

Solo tre fratelli: io che sono figlia unica, che avrei dovuto dire? Per non parlare delle mie amiche: la sola che ha un fratellino è Ludovica e non sembra particolarmente contenta di questa condizione perché lo definisce sempre con certi appellativi dispregiativi come gnomo malefico o bestia, e sono i più carini.

Abitiamo nella stessa città e andiamo nella stessa scuola e leggiamo gli stessi libri, guardiamo gli stessi film, ascoltiamo la stessa musica eppure sembriamo abitanti di due pianeti lontani che s'ignorano. Solo ora che sono passata in questo altro mondo mi accorgo di tutto quello che do per scontato di trovare in una casa, come la lavapiatti che qui non c'è. Solo adesso che vengo in questo buco di casa dove vivono addirittura due famiglie, mi rendo conto di come la mia presunta normalità, e quella delle mie amiche diventi un lusso che Fatema non può permettersi: possedere uno spazio esclusivo in cui è vietata l'intrusione, perché Fatema ha appena una parvenza di quello spazio nella scatola di cartone con dentro le sue due cose che tiene sotto il letto; per il resto, lei non ha neppure uno scaffale dove mettere i libri, che rimangono chiusi dentro lo zaino o al massimo sono ammucchiati su un piccolissimo tavolo accanto al suo letto, nella camera che divide con i genitori.

In questo pianeta dell'essenzialità, Taisir invece ha il privilegio di una porzione di spazio proprio (una camera a metà con il fratello maggiore) semplicemente perché è un maschio. E questo motivo neppure sfiora me e le mie amiche: la palese e indiscutibile differenza di trattamento tra un ragazzo e una ragazza. Un maschio può, anzi deve avere l'intera stanza per sé come il fratello di Fatema o perlomeno una mezza camera come Taisir, che a quanto mi racconta la mia amica ha un suo scaffale per i libri e i CD e un armadio per quelli che mi viene da definire in termini militari gli *effetti personali*. Perché qui siamo in un mondo tutto maschile e gerarchico, dove le donne più giovani, le ragazze e le bambine, non hanno diritto a vedere riconosciuta la propria individualità in una dimensione concreta, uno spazio personale in cui proiettare ed esprimere la propria interiorità. Persino gli abiti, Fatema li tiene nel grande armadio con quelli della madre e del padre. Le femmine sono attaccate insieme in una specie di unico grappolo, come le api intorno alla regina.

«Hai detto che la famiglia di Taisir sta attenta alle tradizioni» le dico. «Anche le sue sorelle portano l'*hijab*?» Ho finalmente imparato a pronunciarla correttamente, questa parola. Ne sono fiera come se sapessi parlare un po' di arabo.

«No. Nessuno porta l'*hijab* in casa sua. Se è per questo non lo porta neppure mia madre, hai visto.»

«Pensavo lo mettesse per uscire.»

«No.» Mi scocca un'occhiata divertita: «Va in giro come te, con i capelli al vento. A meno che proprio non faccia un gran freddo, allora si calca in testa un cappello di lana.» Restiamo in silenzio per qualche istante. Io non oso farle la domanda, ma lei capisce benissimo qual è.

«Io porto l'hijab per una mia libera scelta, non perché qualcuno mi obbliga.» Mi punta gli occhi addosso, e vi leggo una sfida di cui mi sfugge il senso. Non credo di essere io quella da affrontare temerariamente o provocare o stupire, ma in quel momento io sono quello che non è lei, e divento il fantasma di un avversario.

«Per *voi* occidentali è assurdo che una ragazza osi portare il velo anche *qui*, dove le donne sono libere di vestirsi come vogliono. Diventa quasi» cerca la parola più adatta, fissandomi con ostilità «un indumento osceno.»

Non ho alcuna intenzione di ficcarmi in una faccenda così complicata di cui non so niente, per cui le chiedo semplicemente: «Lo credi sul serio?»

Lei resta qualche istante in silenzio, l'espressione un poco perplessa. Ho il dubbio che si aspettasse da parte mia una difesa d'ufficio delle libertà democratiche e che in quella piccola cucina s'inscenasse la ritualità esasperante di certe discussioni noiose e irrisolte che appaiono in televisione, i discorsi dogmatici condotti da preti o esperti di vario genere, filosofi o politici che pretenderebbero di avere dalla loro parte l'assoluta verità.

Non ho questa presunzione, io, che non so niente della religione di Fatema, né delle abitudini della sua famiglia e che approdo in questa cucina in cui aleggia sempre il profumo di qualche spezia molto forte, un odore che mi resta nel naso per tutto il viaggio di ritorno, fin quasi sulla soglia di casa mia. Io non sono un prete né un filosofo, sono piuttosto una viaggiatrice interplanetaria.

«Non sono io a crederlo, sono gli altri ad attribuire una *connotazione sessista* all'hijab.» Il tono si è calmato, è tornata la Fatema dalla voce dolcemente sottile. «Comunque io lo indosso per mia scelta, perché voglio mostrare che sono orgogliosa della mia appartenenza islamica.»

Ho poggiato una guancia sul palmo aperto e aspetto che prosegua. È la prima volta che sento una ragazza islamica parlare della propria fede in prima persona, è una scoperta sentirmi dire proprio da lei che il velo è un segno di appartenenza da esibire con gioia, come le kippà dei ragazzi ebrei a scuola o il crocifisso al collo di alcune mie compagne. Niente a che vedere con quello che Fatema, senza alcuna timidezza, definisce *connotazione sessista*, lasciandomi di stucco per una definizione così complicata ed esplicita, lei di solito tanto cauta nell'esprimersi. Ma tutto quanto è collegato all'hijab, propriamente o impropriamente, sembra scatenarle un'intima asprezza che le fa uscire le parole in fretta, con foga: «Non è come vi lasciano credere. L'Islam incoraggia le ragazze a studiare e a migliorarsi, a essere rispettate come persone.»

«Ci credo» le dico. Spero che il mio tono riesca a convincerla ad abbandonare ogni difensiva. Con me non serve, non la sto giudicando. So di toccare un tasto molto delicato, ma io sono fatta così. Non posso tacere, e allora le faccio notare con un tono d'evidenza: «Però, dai, Fatema! Lo sappiamo tutti che ci sono paesi nel mondo dove non è affatto così, dove per le ragazze la vita è durissima. Non mi dirai che in Iran sono tutte felici di andare in giro vestite di nero da capo a piedi!»

Aggrotta la fronte, mi guarda piegando un po' la testa. Il foulard si tende come una vela sul collo mentre sbuffa: «Ah, no certo! Ma è chiaro, quello è il fondamentalismo... E poi... ci sono paesi al mondo dove le donne sono trattate come spazzatura» mi dice, provocatoria, «e sono paesi cristiani. Questo vuol dire che tutti i cristiani odiano le donne? Se accendo il televisore, vedo solo donne poco vestite, sembrano prostitute, ma non è la realtà, no? È questo lo specchio della vostra società? È quello che le donne sognano di essere?»

Scuoto la testa: «È solo una specie di luna park. Quella si chiama voglia di esibirsi, Fatema, di farsi notare.»

Lei si scalda: «Ma non hanno dignità! Offendono se stesse e le altre.» Abbassa gli occhi, furiosa: «Io sono offesa, quando le vedo.»

«Per delle cretine che mostrano le tette, non vale la pena che tu ti offenda!» Lei alza lo sguardo e si porta una mano alla bocca, come se quella parola l'avesse pronunciata lei. Mi accorgo che è sul punto di scoppiare a ridere e la provoco ancora: «Contente loro! Quelle non hanno altri argomenti che mostrare tette e culo.» Mi batto una pacca sul sedere e Fatema non resiste più, scoppia in una risata che cerca di trattenere portandosi tutte e due le mani alla bocca. Tutta quella rabbia contro le donne offese è sparita di colpo, e Fatema ride proprio come me quando ero più piccola di fronte a una parolaccia. Ho l'improvvisa certezza che tutto quello che mi ha detto finora, compresa la strana frase sulla connotazione sessista, non sia affatto farina del suo sacco. Forse l'ha sentita pronunciare da qualcuno che, come direbbe mamma, sa *concettualizzare* l'hijab. Smettiamo di ridere e dico: «Allora, facciamo fuori tutti gli esibizionisti?»

Spalanca gli occhi, come se davanti a sé si profilasse una simile opportunità: «Ma che dici! Mi hai preso per una fanatica?»

La guardo in modo apertamente ironico: «Mah, non si sa mai. Hai continuato a dire voi, voi... Ma voi chi? Con chi mi metti insieme?»

Arrossisce un po'. È la prima volta che vedo salirle il calore sulle guance, che si accendono con due chiazze rosa scuro proprio sugli zigomi: «Voi, cioè l'Occidente, i cristiani...»

A questo punto, protesto con vivacità: «Ma io non sono cristiana! Invece, anche tu sei italiana, come me. E ti piace la musica che ascolto io. E ti piacciono le storie che piacciono a me. Siamo molto più *noi* io e te che io e una cretina della televisione.»

«Hai ragione» ammette.

Il rossore è defluito lasciandole appena una traccia sulle guance. Finalmente mi guarda senza più alcuna ostilità: quel sorriso antipatico e freddo scompare, sembra la scia di una cometa inghiottita dalla luce del sole.

5

«Ramallah!» esclamo, abbandonando il mio corpo all'abbraccio del divano che cigola un po' come se si lamentasse del catapultarsi inaspettato del mio peso morto.

Mamma ha un sussulto: «Rachele.» Alza lo sguardo da sopra gli occhiali da lettura e mi guarda più sorpresa che irritata: «Non puoi sederti in maniera meno devastante?»

Mi rendo conto che la mia caduta verticale le ha scompigliato certi fogli che teneva sul cuscino accanto a sé. Mi sollevo appena e cerco di rimediare, ma lei ha già allungato le mani e ricompone i fogli in una specie di pila che sbatte sul tavolo, come fa la nostra professoressa quando raggruppa i compiti in classe.

«Scusa» le dico, porgendole un foglio che mi era rimasto sotto una gamba, un po' spiegazzato. Mamma emette un breve sospiro, ma non fa commenti. Allungo la mano verso il telecomando, e sto per premere il tasto d'accensione, quando lei mi dice: «Che c'entra Ramallah?»

«Niente.» Accendo il televisore e comincio a girare velocemente tra i programmi. Mamma si toglie gli occhiali con cautela: si ostina a portare una curiosa montatura all'apparenza fragilissima, con le stanghette così sottili che le deve sfilare come fossero nastri, e non vuole saperne delle catenelle che portano certe professoresse, in modo da mollare gli occhiali senza preoccuparsi di riporli nella custodia come invece sta facendo lei, mentre mi chiede: «Come sarebbe a dire: niente? Ti sei buttata sul divano all'urlo di 'Ramallah'. Qualcosa vorrà dire.»

È l'ora più futile per la televisione: ovunque mi sintonizzi, vi sono telequiz e giochi. Mi aggrappo a un canale musicale e cerco di capire che video è, mi pare di non averlo mai visto. Mamma prosegue, imperterrita: «È una città palestinese.»

«Lo so cos'è.»

«È diventata un modo di dire?» s'informa lei, incuriosita. Allora mi viene da ridere, e spengo il televisore: «Ma no. Ci vivevano delle persone che ho conosciuto.»

«Ah.» Mamma poggia il mento sulla mano chiusa a pugno, protesa verso di me. I suoi occhi chiari mi scrutano, ma si sforza di non essere intrusiva, lo vedo da come si frena e lascia uscire di bocca solo un breve commento: «Davvero?»

Annuisco, mi accomodo meglio sul divano, la testa incassata nello schienale imbottito, le gambe sollevate sul poggiapiedi. È talmente spazioso, questo divano, che mi è capitato parecchie volte di addormentarmi qui sopra. Da piccola, papà o mamma mi prendevano di peso e mi portavano a letto: ora sarebbe un'impresa perché ormai ho superato mamma in altezza. Se mi capita di assopirmi qui dopo cena, loro devono svegliarmi e accompagnarmi in camera come si fa con un ubriaco che sbanda, facendomi appoggiare su una spalla, su un braccio.

«Uno faceva il professore, lo hanno cacciato perché non firmava una cosa contro l'OLP.»

Gli occhi di mamma s'incupiscono di un'istantanea preoccupazione, mi sembra di leggerle nel pensiero la domanda di come io possa conoscere un uomo del genere, perciò mi affretto a rispondere: «È il papà di un mio compagno di scuola.»

È stupefacente come mia madre nel lavoro possa avere tanta faccia tosta e freddezza e imperscrutabilità, quando con me è un simile libro aperto dove leggo l'immediato sollievo davanti a questa mia semplice rivelazione. Annuisce, mentre aspetta che io prosegua senza incalzarmi con fastidiose domande. Ha imparato a non farlo da pochissimo tempo e devo dare atto al suo autocontrollo se si attiene alle promesse di non abusare della mia confidenza, di non essere invadente.

«Perché l'esercito ha occupato la città, ha cacciato la gente? Con quale diritto? Si sta parlando di Israele, no?»

«Sì. È una storia tormentata.» Mamma si raddrizza un po', accavalla le gambe e si porta le mani in grembo. Ho il terribile sospetto che attacchi una delle sue disquisizioni sulla situazione politica, in questo caso internazionale.

«Credo che qualcosa tu sappia già» mi dice «sul conflitto mediorientale. Il problema è nato quando Israele è diventato uno stato a tutti gli effetti...»

Lo sapevo che l'avrebbe presa alla larga. Ma io voglio accuratamente evitare una dissertazione geopolitica, perciò la interrompo bruscamente: «Mamma! Che succede *ora*?»

Mi guarda perplessa, resta qualche istante in silenzio, poi emette un sospiro e abbassa gli occhi sulle mani, come fa sempre quando riflette: «È difficile da spiegare se non si guarda il passato. A mettere giù le cose in modo semplice, diciamo che c'è un problema irrisolto di due popoli e un'unica terra dove succede il peggio, perché se un male non si cura, si acuisce.» Alza lo sguardo davanti a sé, assorta, parla sommessamente con un tono un po' da predicatrice: «La miseria e il dolore portano violenza, che produce altra violenza e altro dolore e così via.»

«Perché nessuno *fa niente*?» Il mio tono di voce è esasperato, come se la colpa di tanta spaventosa inettitudine fosse di mamma. Lei aggrotta la fronte, sembra infastidita dalla mia veemenza e spiega, un po' sulla difensiva: «In realtà si fanno le cose *possibili*, con le armi della politica...»

Sbuffo: «Sì, intanto la gente muore o deve andarsene, intanto comandano i generali che radono al suolo le case di gente indifesa... Israele se ne frega della politica e della *tua cara* democrazia, altro che!» Alla fine, ho alzato la voce e al mio grido angosciato segue qualche istante di rabbioso silenzio in cui mi rendo conto che ho esagerato, che sono stata davvero odiosa.

D'un tratto è come se mi vedessi da fuori: una ragazza saccente e antipatica, che interroga sua madre come se volesse coglierla in fallo. Da quando sono diventata così esasperante? Mi riscuoto, sollevando un po' la testa: guardo mia madre in faccia e mi accorgo della sua espressione stanca, tirata. La mia collera è scomparsa con quella breve esplosione, di fronte all'espressione stupita di mamma, che osserva: «Non sapevo che tu avessi tanto a cuore la causa palestinese. Ne avete discusso a scuola?»

Mantengo per un poco ancora l'espressione imbronciata, ma parlando lascio defluire la diffidenza e il tono si fa conciliante. Mi giro una ciocca di capelli tra le mani mentre racconto l'inizio di tutto: l'incontro a scuola con l'esperta di ebraismo che ci ha spiegato la storia millenaria degli ebrei, della lunghissima diaspora e della nascita dello Stato d'Israele, mai accettato dai paesi arabi circostanti: «Ti dà l'idea di una specie di riserva indiana, il piccolo stato circondato dai nemici che vogliono farlo fuori.» Si risolleva un'increspatura di rabbia nel mio tono accorato: «Invece la faccenda non è in questi termini. Israele è una potenza militare che cerca di conquistare territori e far fuori tutti i palestinesi.»

Mamma resta qualche istante in silenzio, poi esclama, come fulminata da un'idea: «Voglio farti vedere una cosa.»

Mi alzo controvoglia dalla comodissima posizione che ormai avevo assunto. Non vorrei con la mia veemenza essermi rovinata questo scorcio di tardo pomeriggio lasciando che mamma mi stordisca con le sue chiacchiere idealiste. Perciò la seguo nello studio caricandomi di una buona dose di ostilità in modo da respingere ogni accenno d'indottrinamento.

Immagino che mi metta in mano un saggio sull'argomento o mi mostri qualche articolo, invece mamma si toglie le scarpe, e mentre le chiedo, scandalizzata: «Ma che fai?» solleva ben sopra il ginocchio la gonna troppo stretta, per potersi arrampicare su una sedia e raggiungere la parte alta dello scaffale. Non è proprio un gesto atletico, il suo: la sedia traballa e lei mi chiede di reggere la spalliera, mentre allunga le mani verso uno scatolone verde.

«Guarda tu che polvere, qui nessuno arriva mai a pulire» commenta in una specie di autorimprovero, mentre mi allunga la scatola per poter scendere senza impacci.

Mi aspettavo un certo peso, invece la scatola è sorprendentemente leggera: resto lì con questo contenitore polveroso tra le mani e osservo mamma scendere con gran cautela, come potrebbe fare un gatto dalla cima di un albero. Mentre s'infila le scarpe, mi dice: «Apri pure il coperchio.»

Devo avere l'espressione di Pandora quando scoperchiò il famoso vaso: ci sarà dentro qualche potere misterioso, la chiave che mi farà capire tutto?

Ci siamo sedute sul tappeto dello studio, io a gambe incrociate, mamma con le sue ripiegate di lato. Non dev'essere una posizione tanto comoda per lei, ma sul momento non dà segni di insofferenza. Estrae dallo scatolone una busta ingiallita dal tempo, e legata con un elastico. Sopra, c'è scritto qualcosa, ma non vi presto troppa attenzione, perché lei toglie in fretta l'elastico e apre la busta.

«Prima o poi devo mettere un po' d'ordine» sta dicendo, come si sentisse in dovere di giustificarsi con me che trovo già molto ordinato lo scatolone zeppo di buste chiuse. Ogni busta, evidentemente, contiene delle foto come quelle che mamma mi squaderna sotto gli occhi: fotografie dai colori che sembrano sporchi, come se sopra l'immagine fosse stata spruzzata della cenere. Mostrano paesaggi piuttosto brulli, con case basse e squadrate, alberi un po' stenti, gente sorridente.

«E questa chi è?» Sollevo una foto che ritrae una ragazza in jeans e camicia militare. Mamma emette una specie di risolino: «Non la riconosci? È zia.»

«Zia?» Sono esterrefatta: «Con questi capelli ricci?»

«Ora se li liscia» spiega mamma. «Via, si vede che è lei: guarda l'espressione del viso, gli occhi...»

Osservo la ragazza nell'immagine e provo a sovrapporla a quella attuale di mia zia: una donna con un caschetto di capelli neri e una figura lontana anni luce da quella quasi filiforme della ragazza in foto. Sembra che zia abbia subito una completa metamorfosi.

«È... travolgente!» esclamo, piegandomi un poco in avanti, vacillando per la scoperta. Mia madre mi porge un'altra immagine: qui c'è una ragazza in primo piano, i lunghi capelli castano chiari e riccioluti che piovono sulle spalle e incorniciano il viso rotondo, aperto in una risata felice. «Chi è?» le chiedo, stupita.

«Come sarebbe *chi è*? Sono io.»

Sbarro gli occhi e apro la bocca come potrebbe fare l'attrice di un film di fronte a un inaspettato colpo di scena: «Tu? Ma scherzi?»

Mia madre si acciglia: «Via, Rachele, non esagerare con la sorpresa. Sei un tantino offensiva, non credi?»

«Ma io non esagero!» Ho ancora gli occhi spalancati dalla meraviglia: «Tu! Non ci credo! Ma... non le somigli!»

«Davvero?» Mamma lancia un'occhiata al ritratto. Sta smazzettando le foto, ne trova altre due con lei da giovane e me le passa, aspettando la mia reazione: in una, indossa una salopette di jeans ed è fotografata davanti all'ingresso di una casa bianca, in un'altra è in mezzo a un gruppo di ragazzi e ragazze, tutti allacciati tra di loro come fossero una squadra sportiva.

Non riesco a staccare gli occhi da queste immagini: mia madre è una ragazza magra e dall'aspetto atletico, le braccia muscolose e abbronzate che spuntano da una maglietta senza maniche, le gambe che sembrano più lunghe, forse perché sono più magre, e ai piedi quelle che non le ho mai visto indossare né immaginerei di vedere: un paio di vecchie scarpe da ginnastica senza lacci. Mia madre, qui, non rassomiglia neppure a se stessa bambina, almeno come appare nelle foto in posa della prima comunione che nonna ha sistemato in certe massicce cornici d'argento; e neppure alla persona, che è già molto più simile a lei, ritratta insieme a papà, nelle foto scattate durante i loro viaggi o il giorno del matrimonio. Questa ragazza selvaggia, dalla pelle scura e i capelli ribelli, i jeans strappati e le scarpe sporche sembra una variabile impazzita dello sviluppo di mamma. Ho l'impressione che questa foto testimoni una fase della sua vita in cui mia madre è stata sostituita da una fantastica replicante.

«Ma sai che forse hai ragione?» sta dicendo mentre osserva la foto che ho in mano. «Non mi somiglia molto. Somiglia più a te.» Mi scocca un'occhiata maliziosa, mentre io rimango esitante, perché una volta tanto sono ben felice di sentirmelo dire. Questa ragazza nella foto è molto più che carina: per usare un termine esatto, direi che è *radiosa*.

«Quanti anni avevi?» le chiedo a bassa voce, accorgendomi che il mio tono è emozionato.

«Diciannove, mi pare. Sì, era il '70.»

Mentalmente faccio un calcolo frettoloso, e la distanza di tempo mi risulta vertiginosa: trentacinque anni fa.

«E dove sei? In campagna dai nonni?»

«No, tesoro. Sono in Israele.»

Di colpo, mi gira la testa e devo appoggiarmi a qualcosa, altrimenti rischio di finire a faccia in avanti, ammesso che riesca a ripiegarmi su me stessa con scioltezza tale da posare il naso sul pavimento.

«Che c'è? Ti senti male?» Il tono si accende subito d'ansia e mamma s'affretta a sorreggermi, anche se non è proprio stabilissima, così seduta come una damina su un praticello. Perciò traballiamo rischiando di cadere tutt'e due in modo un po' goffo, quando io mi raddrizzo, sostenendo mia madre che sta pendendo pericolosamente di lato. Scoppio a ridere e la mia risata la tranquillizza. Mamma si riappoggia alla mano, commentando allegra: «Se finisco sdraiata per terra, chi mi tira più su? Ci vuole un argano.»

Ne approfitto per scrutarla, cercando d'intravedere sotto il casco di capelli color mogano, sotto le pieghe del viso, le tracce di quella ragazza affascinante. D'un tratto realizzo che quell'immagine solare è racchiusa nei suoi occhi, più chiari, più brillanti rispetto ad allora. Mi accorgo come dentro il suo sguardo sia compresa tutta lei, con la sua vigorosa radiosità.

«Sono sconvolta» le dico. «Si parla d'Israele ed ecco, ci sei stata da giovane con tutta questa gente... Perché non me lo hai mai raccontato?»

Alza una spalla: «Perché non posso farti il resoconto di tutta la mia vita, no? Finora eri piccola, non avevi bisogno di sapere quello che tua mamma ha fatto da ragazza, viaggi e avventure...»

«Ragazzi?» la provoco, ma lei svicola con abilità: «Qualcuno. Ma niente di che. Lì per esempio eravamo tutti amici...»

«Figurati! Secondo me eri andata in Israele per un ragazzo. Qual è?»

«Nessuno.» Sostiene il mio sguardo indagatore con tale innocenza che sono tentata di crederle. «Allora era molto diverso, sai. Stavamo tutti insieme, era importante la dimensione del gruppo. C'era gente che veniva un po' dappertutto, dalla Francia, dagli Stati Uniti, dall'Italia. Vedi? Questo è un kibbutz. Una specie di... fattoria, un posto dove vivevamo insieme, lavoravamo, discutevamo.» Mi lancia uno sguardo ironico, stringendo un po' gli occhi: «Soprattutto discutevamo, sai come sono fatta io.»

«Perché proprio lì, in Israele voglio dire?» Non sono sicura ancora di bere la faccenda del gruppo, sospetto ancora che alla base ci fosse qualche fidanzato israeliano.

«Era il posto ideale per vivere un'esperienza davvero collettiva. Il kibbutz era la realizzazione concreta dell'ideale socialista: sai, nessuna proprietà, il valore del gruppo rispetto alle scelte singole...»

«Cioè decide il gruppo sempre?»

Mamma annuisce: «Si chiamava... aspetta.» Rimugina qualche istante, poi trae dalla formidabile banca dati che è la sua memoria queste parole: «Sì: *ezrà adadit*, la volontà collettiva.»

«Sai parlare l'ebraico?» La guardo come se la vedessi per la prima volta.

«Magari!» ride lei. «Conosco pochissime parole. Anche allora, tra di noi parlavamo in inglese.»

Continuo a pensare che non me la racconti giusta, e mentre osservo con attenzione una delle foto, quella con il paesaggio brullo, una specie di scenario da film western, insisto: «Tra noi cioè te e il tuo fidanzato? Era israeliano o americano?»

Alza gli occhi al cielo: «Non c'erano fidanzati, Rachele! Ero andata in Israele lasciando proprio il tizio con cui stavo in Italia!»

«E chi era, questo?» Di colpo mi pare tutto molto interessante. «Papà lo sa?»

«Ma niente, un ragazzo di cui ricordo poco o nulla.»

«Ti ha lasciato? E tu sei partita?»

Le esce una risatina: «Ma no, niente di così drammatico. Avevo già deciso di partire, era già programmato.» Di colpo mamma diventa sbrigativa: «Lui non la pensava come me e ci siamo lasciati. Ma vuoi sapere di questo o di Israele?»

Un po' a malincuore rispondo: «Di Israele, è chiaro.» Indico la foto che ho sottomano: «Che posto è questo? Sembra l'Africa...»

«Be', per certi aspetti somiglia a certe zone africane. Questo è il deserto del Negev, non lontano da Berm Sheva.»

«E che ci facevate tu e zia, lì?»

Ogni volta che qualcuno mi racconta, io volo via. Credo che la mia espressione appaia distratta e parzialmente assente, e spesso l'effetto che produco negli altri è l'impressione che io non sia davvero interessata a quello che mi dicono. Ma non è così: la mia immaginazione prende a galoppare e io trasformo il racconto in un film in cui mi vedo pienamente partecipe, non come una spettatrice, ma come uno dei protagonisti.

Succede anche stavolta: io, insieme a mia madre tornata ragazza, sono in questa terra arida che soltanto una folle scommessa può sperare di rendere fertile e produttiva; viviamo in questa grande casa in mezzo ad amici arrivati da paesi molto diversi, entusiasti all'idea di condividere un progetto, anche se solo per il breve tempo di un'estate. Io sento parlare Eli, il referente del progetto, con cui ogni sera discutiamo della nostra giornata, delle nostre idee, ci scambiamo opinioni su quello che succede, sul mondo, sulle emergenze.

In questo momento sembra che la priorità sia in un piccolo stato lontano, il Vietnam, dove gli Stati Uniti hanno intrapreso una guerra devastante per combattere il comunismo. Eli e i compagni israeliani sono antiamericani e nettamente vicini alle posizioni socialiste e comuniste. Io li ascolto e d'un tratto, sovrapponendo la me stessa di oggi con la me stessa seduta a quel circolo di intellettuali politicizzati, non riesco a capire come facciano questi giovani idealisti e pieni di compassione per il mondo a odiare i palestinesi, così vicini a loro.

La mia domanda mi restituisce al mio presente, a me stessa seduta sul tappeto accanto a mamma: «E i palestinesi, allora? Perché cacciarli? Perché occupare le loro terre?»

Ma quando mamma risponde, sembra sia il suo compagno Uri a parlare per bocca sua, il ragazzo più visionario del gruppo, che parlava della costituzione di uno stato socialista ebraico dove tutti vivessero in pace, ebrei e arabi. È la sua voce a dirmi che lui e i suoi compagni si batteranno sempre contro ogni forma di violenza e di sopraffazione del popolo. Così penso: cosa vogliono questi israeliani? La terra a ogni costo o come sembra suggerire Uri il rispetto reciproco in nome della pace? A sentire i discorsi che mamma riporta per me, le posizioni dei suoi amici del passato e le opinioni di quelli che sono i suoi amici del presente, non esiste un unico schieramento che approva la scelta militare e la campagna repressiva, tutt'altro. Ho la netta sensazione che dentro questo nome, Israele, ribolla il magma di mille pensieri e mille voci contrastanti, alcune delle quali spinte a tal punto a favore della causa palestinese da risultare quasi autolesioniste.

«Care signore, il pranzo è in tavola.» Papà è apparso sulla soglia dello studio con un tovagliolo bianco sul braccio piegato, come un cameriere.

«Oddio, amore, mi sono dimenticata dell'ora» mamma si divincola un po', senza riuscire a sollevarsi di un centimetro da terra.

«Che fai, le rimembranze?» osserva lui, indicando con lo sguardo le foto sparse sul tappeto.

Inaspettatamente, mamma arrossisce un poco: «Figurati. È per Rachele, mi chiedeva di Israele e le ho mostrato quando sono andata da quelle parti.»

Papà nicchia: «L'epoca d'oro, eh?» Si volta verso di me che sono balzata in piedi, accanto a lui. «Ti ha fatto vedere lei e sua sorella, le conquistatrici del mondo?»

«Non dire stupidaggini» protesta mamma, che è riuscita a mettersi in ginocchio, ma che pare in difficoltà a mettersi in piedi. Assume un tono di supplica, tendendo un braccio verso papà: «Dammi una mano per favore o rimango qui tutta la sera.»

Mentre le prende la mano e la tira verso di sé, papà assume un tono canzonatorio: «Vedi cosa succede a fare la giovane? Seduta per terra, come all'epoca hippy!»

Mamma finalmente è in piedi, e si rassetta la gonna raggrinzita, poi solleva il mento, tirando indietro le ciocche dei capelli finite sulle guance: «Ti ci metti anche tu! Già mia figlia mi dice che nelle foto da ragazza sono irriconoscibile...» Lo fissa e geme: «Sono diventata così vecchia?»

Allora papà coglie la palla al balzo, come sa fare sempre: «Sei solo cresciuta e sei diventata più bella.»

Assumo un'espressione disgustata davanti alla solita scenetta melensa di quei due che sentono il dovere di farsi mille complimenti, alla loro età.

«Mi diceva anche di un fidanzato...» butto lì, per vedere la faccia di papà. Ma lui non si scompone e ribatte:

«Uno solo? Magari!»

«Zitto!» gli intima mamma, scherzando.

Così, tra le tante immagini e domande che si affollano in testa, affiora anche il mistero di mamma da giovane, spavalda avventuriera dai fidanzati lasciati a casa come roba usata che non serve più.

6

Una di quelle domande che mi frullano in testa decido di porla a Fatema. Provo a prenderla alla larga, perché non s'irrigidisca.

Stiamo bevendo il tè nella solita cucina, da sole, perché sua madre è uscita con la sorellina e la casa è completamente silenziosa. Stiamo parlando di viaggi, dei posti dove ci piacerebbe andare, naturalmente senza famiglia, perché per quanto mi riguarda sono già stata fin da piccola in qualche paese straniero con i miei. Erano vacanze che significavano visite sfibranti a musei e chiese e persino case di personaggi famosi, come se ci fosse chissà quale scoperta a vedere l'abitazione di una persona: a me dà un senso di intrusione morbosa.

Così butto lì: «Sei mai stata in Egitto?»

Scuote la testa: «Mi piacerebbe. Forse quest'estate è la volta buona. Sai, prima c'era mia sorella troppo piccola, poi papà ha avuto qualche problema con il lavoro. Quest'anno dovremmo farcela, visto che anche Khalid lavora e guadagna abbastanza.»

«Che fa?»

Fatema alza le lunghe ciglia verso di me. Ho l'impressione di essere stata un po' brusca, così cerco di rimediare con un sorriso: «Scusa, a volte mi viene il vizio di mia madre di fare l'interrogatorio alla gente.»

«Ma no, non c'è nessun segreto. Khalid fa il cuoco in un ristorante del centro. A parte gli orari, è abbastanza contento.»

«Perché, che orario è?»

«Di solito torna molto tardi la notte, perché il ristorante sta aperto fino all'una. E la mattina non può rimanere a letto a poltrire, capisci.»

«Dev'essere bello, l'Egitto» osservo. «Mi piacerebbe andarci.»

Fatema ha un sussulto: «Perché non vieni con noi? Sarebbe meraviglioso!» Ma d'un tratto il suo entusiasmo si spegne: «Be', certo sarebbe un po' complicato per te.»

«Perché? Potrei chiedere ai miei. Non credo che avrebbero qualcosa in contrario: se dicessi che vado via da sola o con delle ragazze della mia età sarebbe impossibile, ma con una famiglia...»

Fatema ha abbassato gli occhi, è visibilmente a disagio: «No, il problema saremmo noi. Ho parlato troppo in fretta, scusami. Io credo che mio padre non sarebbe molto d'accordo a portare con noi una ragazza cristiana...»

«Anche se non è cristiana?» la provoco.

«Una ragazza non musulmana» mormora lei, che sembra non sappia più dove guardare.

«Ahi» dico. La domanda su cui rimugino da giorni sta per essere espressa, anche se in una formula generica e con un tono ironico: «Non siete molto tolleranti.»

Fatema mi spalanca gli occhi in faccia facendomi quasi sobbalzare all'indietro: «Non dirlo mai più!»

«Stavo scherzando.» Alzo le mani in alto in segno di resa, ma lei mi punta lo sguardo in faccia, l'espressione furiosa:

«Non è un bello scherzo, questo. Siamo noi che soffriamo questo problema, non tu.»

«Noi? Qualcuno ce l'ha con te, proprio con te?»

«Non fare la finta tonta, per favore!» Il tono si è fatto glaciale, ma non ho alcuna intenzione di litigare con lei, perciò insisto: «Non mi hai mai detto niente, se ricordi bene. Pensavo andasse tutto bene, per te.»

«Davvero?» lo sguardo s'indurisce. «Credi che la mia famiglia si trovi bene qui? Lo sai come ci chiamano? Marocchini.»

È sceso un silenzio di piombo tra noi.

Mi sento un'idiota, eppure la domanda continua a girare prepotente dentro la mia testa. Le parole di Fatema mi feriscono per la loro cruda verità, ma c'è un'altra spietata verità. Ho provato a esprimerla con leggerezza, scherzando, ma è la complicata faccenda di una sospettosa chiusura, solo in parte conseguenza dell'essere vittime.

«Scusami» le dico, mettendo una mano sul cuore. «Io non so niente.»

Trattengo quasi il respiro, perché mi sembra di aver frantumato la serenità della cucina e di aver fatto piovere i pezzi su Fatema, rimasta a testa china.

«Mi dispiace» dico allora. La mia voce è un po' incrinata. «C'è gente stupida e cattiva che non ha di meglio da fare che tormentare gli altri.»

«Non gli altri, Rachele.» Solleva di nuovo lo sguardo, e mi accorgo che due lacrime sono rotolate giù per le guance, fino al mento. «Solo gli arabi come me.»

Allora mi salgono le lacrime agli occhi, come mi capita sempre quando qualcuno mi piange davanti: è irresistibile, la sofferenza e l'emozione mi contagiano, non posso fare a meno di piangere. Vorrei essere più forte e non apparire così suscettibile e forse anche un po' stupida. Niente da fare: anche questa volta, si aprono le cateratte. Ma proprio perché tutt'e due lacrimiamo come due vedove, ci viene da ridere e ci abbracciamo. Chissà che bello spettacolo sarebbe per la mamma di Fatema coglierci mentre ci teniamo le teste vicine e ridiamo con il viso bagnato di pianto.

«Scusa, il tè è diventato freddo» mi dice, un po' imbarazzata. Si allontana da me con la scusa di sparecchiare.

Mi è venuto in mente un ricordo, le confesso: «Sai, quando ero piccola mi prendevano in giro perché suonavo il pianoforte.»

Fatema si volta di scatto, stavolta sorride: «Ma dài! E perché? Che c'è di male?»

«È come il velo: che c'è di male? Ma è una differenza, e qualunque cosa, anche minima, può essere motivo di cattiveria.»

Lo sguardo le brilla: «E suoni ancora?»

«No. Non avevo più voglia di rompermi la testa con gli esercizi, ero stufa marcia della maestra di piano. Quella vipera!»

Lei sospira, gli occhi al cielo: «Che peccato! A me piacerebbe tanto saper suonare!»

«Ora canto, cioè studio canto.»

Gli occhi le si accendono ancor di più, come se le avessi rivelato un segreto meraviglioso: «Davvero? Oh, mi fai sentire!»

«Ora? Ma come faccio? No, è impossibile, non saprei neanche che cosa cantare...»

Il viso assume un'espressione di completa supplica, le mani giunte: «Ti prego, una piccolissima cosa... in casa non c'è nessuno, ti ascolterò solo io... Per favore!»

A questo punto, non posso più sottrarmi anche se non mi piace per niente esibirmi, oltretutto davanti a una persona che ti fissa come ipnotizzata. Perciò modulo un paio di scale, niente di speciale, ma già lei s'illumina d'entusiasmo e mi chiede di andare avanti. L'unica cosa che mi viene in mente di tirar fuori dalla gola è una serie di vocalizzi modulati su un ritmo swing:

la voce rimbalza sulle pareti, amplificata dal soffitto alto della cucina, e prende a volare leggera in un suono inaspettatamente limpido.

Fatema mi offre uno sguardo adorante: «Che brava!»

Alzo le spalle, confusa: «Ma no. È una piccola cosa.»

«Io non saprei farla. Non ho neppure voce.» Si porta una mano alla gola, riferendosi a quel suo tono sottilissimo, che a volte s'incrina e la costringe a ripetere una parola. «Fai dei concerti?»

Scuoto la testa, l'idea stessa mi terrorizza. «Non sono pronta!»

«Se ti sentisse Taisir!» Mi scocca un'occhiata complice, ma io spalanco gli occhi: «Sarebbe terribile.»

«Sono sicura che lui s'innamorerebbe all'istante di te.»

«Sei matta.» Scuoto la testa come se cacciassi un nugolo di vespe che mi sta pungendo.

«Anche se» continua Fatema, inarrestabile «non sei proprio una brava ragazza musulmana...»

«Perché? Che c'entra?»

Lei mi guarda, l'espressione canzonatoria: «Te l'ho già detto: è una famiglia tradizionalista. Non credo che lui ti prenda in considerazione con quell'aspetto così occidentale, così provocatorio...»

«Ah, sì?» Prendo una salvietta dalla tavola, la ripiego e me la metto sulla testa: «Che ne dici? Come sto con l'hijab?»

Lei scoppia a ridere, mi dice: «Aspetta!» Esce in fretta dalla cucina, ma torna dopo pochi istanti, con un foulard scuro in mano: «Provane uno vero.»

Mi sistema il fazzoletto sulla testa, in modo che mi copra tutta la massa dei capelli, annodandolo sotto il mento.

In bagno dove siamo corse, mi rimiro nello specchio: mi sembra di avere un viso più smunto, il mento appuntito e gli occhi un po' infossati. Ci vorrebbe del rossetto e forse una riga nera sotto gli occhi per togliermi l'aspetto da malata che mi sembra di avere.

Torno in cucina, frugo nella borsa e tiro fuori il lucidalabbra, me lo passo sulla bocca e lo offro a Fatema, che sulle prime si tira indietro come se le porgessi chissà quale arma seduttiva, ma subito si lascia convincere: in fondo è solo un banalissimo *gloss* rosa.

Siamo pronte per uscire spavaldamente di casa, *hijab* e lucidalabbra all'aria, attraversiamo il cortile, ci piazziamo davanti a casa di Taisir e con la massima sfrontatezza suoniamo al suo campanello.

Mi tremano le gambe, mentre passo per la soglia di casa. Fino a qui, mi ha sostenuto un esaltante senso di sfida, sicuramente acceso dall'insospettata audacia della mia amica che, di colpo, mi ha proposto: «Perché non andiamo da Taisir? Sua sorella è sempre in casa, a quest'ora: abbiamo la scusa di andare a trovare lei.»

«E se non c'è?»

«Fidati: c'è.»

Così, contagiata dalla sua eccitazione, sono partita baldanzosa, pensando alla faccia che avrebbe fatto lui a vedersi inaspettatamente me in casa sua. Ma ora che sto entrando, salutata con grande entusiasmo dalla sorella di Taisir, la sicurezza mi abbandona di colpo e spero ardentemente che lui non sia nei paraggi, e che magari rientri in casa quando io mi sarò volatilizzata. Così muovo i passi nell'ingresso di questo appartamento che sembra il gemello di quello dove abita Fatema, con l'unica differenza che qui le porte sono aperte, e che veniamo accompagnate in salotto dove ci fanno accomodare su certi divani enormi di pelle marrone chiara, davanti a un basso tavolino sopra il quale sono sistemati larghi piatti d'argento su cui sono incise fitte decorazioni.

«Sono felicissima che siate venute!» sta dicendo Suad, che pareva non aspettasse altro che questa visita. Ci sta apparecchiando davanti biscotti e dolci, in un frettoloso andirivieni dalla cucina. La sorella più piccola si siede di fronte a noi, mentre la madre si affaccia giusto qualche attimo alla porta per salutarci, ma sparisce subito.

«Tu sei la ragazza che fa il liceo con Taisir, vero?» mi chiede Suad, appena ha finito di affaccendarsi come un'ape intorno a noi. Scocco una rapida occhiata di stupore a Fatema: deve averle parlato di me, chissà cosa le avrà detto. Così annuisco prudentemente: «Be', io sono in prima...»

«Oh, sì, mi ha detto Fatema che l'hai saputo per caso, che mio fratello viene a scuola con te.»

Dunque la mia amica mi ha protetto, le lancio un'altra occhiata stavolta di sollievo, mentre l'altra prosegue: «Mi ha detto Fatema che vi siete conosciute al mercato: vieni spesso al mercato?» Non credevo di trovare una tale chiacchierona: bastano poche parole per risponderle, poi lei cicaleggia euforica. La visita mia e di Fatema sembra un raro avvenimento, e non fa che tempestarci di domande sulla scuola superiore, i professori, i compagni, le materie...

La porta di casa che sbatte mi fa sussultare: prima ancora che senta la sua voce capisco che è lui, e il cuore mi balza nel petto. Dalla cucina, la voce della madre lo chiama con asprezza mentre lui si sta dileguando lungo il corridoio. Lo sento tornare indietro e rispondere a bassa voce, in quello che immagino sia arabo.

Suad si è zittita per qualche istante, visibilmente a disagio, perché la voce della madre si alza di tono e ne riesco a percepire la durezza: non c'è dubbio, lo sta rimproverando. D'un tratto, anche lui alza la voce ed esclama qualcosa rabbiosamente, allora Suad si alza svelta, per chiudere la porta del salotto.

Mi volto rapida verso Fatema, con un'espressione interrogativa. Lei sottovoce, in fretta, mi dice che quei due stanno litigando: la madre lo ha offeso, lo ha chiamato con un termine simile a buono a nulla. Con orrore mi accorgo che Suad sta chiamando suo fratello, forse per distrarlo da quel bisticcio con la madre.

Vorrei diventare piccolissima e sparire tra le pieghe di questo tappeto morbido, ma rimango inchiodata in quel divano senza sapere che fare. Spero solo che così conciata non mi riconosca, invece, dopo essersi seduto sul divano con un sospiro esasperato, mi pianta gli occhi in faccia e ha un sussulto.

«Questa è l'amica di Fatema, sai viene a scuola con te...» sta spiegando Suad candidamente.

Lui abbassa il mento e mi fissa dal basso in alto, un po' torvo: «Già.» Solo ora capisco cosa significa incenerire con lo sguardo.

«Fatema, bisogna andare.» Mi rendo conto che la mia voce trema un po', mi schiarisco la gola: «È tardi, scusaci Suad, dobbiamo salutarci.»

Taisir si alza in piedi di scatto: «Vi accompagno fuori.»

«Ma no, non importa» diciamo quasi all'unisono io e Fatema.

«Vi accompagno» ripete lui. «Tante volte facciate qualche strano incontro.»

Dev'essere così che si sente un condannato che attraversa il corridoio prima della sala d'esecuzione. Manteniamo un silenzio glaciale fino a che non siamo fuori del portone, poi Taisir sbotta, con un tono tagliente: «Che significa questa storia? Fatema, spiegami.»

Fatema si è come ingobbita: «Ma Taisir, nulla: io e Rachele siamo amiche, siamo venute a trovare tua sorella...»

Sono stufa di questo atteggiamento da padrone, così interrompo il belare di Fatema: «Dio, che ci sarà di male! Ma tu vedi solo intrighi, cose losche... E non ti sembra di metterti un tantino al centro dell'attenzione?»

«Che fai con l'*hijab*? Una mascherata? Ti diverti alle nostre spalle?» Mi punta l'indice contro, come se fosse la canna di una pistola.

Dio, com'è odioso. Sostengo il suo sguardo furioso e dico, con molta calma: «Non mi permetterei mai. Forse non hai capito bene: io e Fatema siamo amiche.»

Allora si rivolge a lei, con impeto: «Tu sei amica di questa qua? Lo sai che cos'è? Un'impicciona, un'infiltrata.»

Fatema spalanca gli occhi, ma io mi metto a ridere: «Un'infiltrata? Sono finita in un film di spie a mia insaputa? Scusa, Taisir ma devi ridimensionarti, stai vaneggiando.» Mi giro verso Fatema: «Senti, io vado. Ti chiamo domani.»

Lei mi abbraccia e scappa via, verso il suo palazzo. Io mi allontano senza neppure salutare quell'antipatico, ma lui ha deciso di non mollarmi e mi si affianca: «Brava, che bello spettacolo! Stavolta non è il mercato, qual è la scusa: il tè guarda caso in casa mia? Avanti, sputa la verità.»

Parlo sottovoce: «Taisir sei un paranoico.»

«Allora: lo sa Fatema che sei ebrea?»

«No» rispondo seccamente.

«Che le hai detto? Che sei una musulmana?»

«No» ribadisco.

Mi afferra un polso, allora mi volto e lo fisso con durezza: «Lasciami subito. Sei fuori di testa.»

Di colpo, sembra abbandonare ogni violenza, mi lascia la mano e porta la sua al petto: «Scusa. Hai ragione.»

«Lo sai che hai, tu? Tendi a volermi incasellare in qualcosa: ebrea, musulmana, vuoi affibbiarmi un'etichetta a tutti i costi.»

«E tu non dici, fai la furba.»

«Se proprio vuoi sapere che cosa sono, ecco: sono una ragazza italiana, punto. Contento?» Sta per replicare, ma di colpo quella domanda che mi frulla in testa da tempo e che non ho osato porre a Fatema mi scappa di bocca, come se non ne potesse più di starsene accucciata dentro di me, a rivoltarsi. E prima che me ne possa pentire, dico: «Ce l'hai con me perché pensi che sia ebrea?»

Lui rimane di sasso. Cambia completamente espressione, come se lo avessi colpito in faccia. Gli esce un tono sommesso: «Io non ce l'ho con gli ebrei.» Ma quella faccia, quella voce non mi muovono alcuna compassione, e proseguo, spietata: «Non sembrerebbe: ti è bastato il sospetto ch'io sia ebrea per scappare come una lepre.»

Ora lui si è calmato di colpo, e risponde con lentezza, sulla difensiva: «Non puoi capire, non è questo il punto. Pensavo ti avesse mandato Simone o Daniel, per quello che ho detto a scuola.»

«Simone, quello che viene nel nostro liceo?»

Annuisce guardando di lato, come si aspettasse che qualcuno sbuchi da quella parte: ma non c'è nessuno, ci siamo solo io e lui sul marciapiede, lì in piedi al freddo.

«Cioè io sarei stata una specie di messaggera?»

«Mettiamola così.» Mi fissa attentamente, proprio dritto negli occhi. Ma il gelo di prima è stato un po' intaccato, e in quel color acciaio brilla qualcosa che sembra curiosità.

«Non mi ha mandato nessuno, ho fatto tutto da me. È un delitto voler conoscere qualcuno?»

Ha un gesto d'insofferenza, china il capo di lato e solleva gli occhi al cielo: «Non lo è, ma io non ho tempo per questo genere di cose.»

«Quale genere di cose?» Ho allungato un po' il collo in avanti, l'espressione che immagino sia innocente, occhi limpidi, le ciglia che sbattono un po'.

«Chiacchierare, fare amicizia.» Ha distolto lo sguardo, lanciandolo da qualche parte oltre me, come se la conversazione ormai fosse terminata. Ma io non voglio che si chiuda così la partita. Abbasso il tono di voce: «Già: fare amicizia con il nemico, vero?»

Torna a guardarmi accigliato, ma con grande intensità: «Non ho detto questo...»

Allora prendo sempre più coraggio e con il cuore che mi batte fortissimo, dico: «Ricordi? Devo rispondere a una tua domanda.»

Finalmente, mi osserva con un'espressione dubbiosa, spiazzato da quello che gli ho detto. Forse non ricorda neanche una parola dell'ultima volta che ci siamo visti, e io non so se avrò cuore di rispondere a una domanda che non ricorda di avermi fatto. In questo momento lo trovo così attraente che francamente, più che stare qui a discutere come cani che ringhiano, io vorrei baciarlo. Mi rendo conto di come sono stupidamente romantica, e caccio questo pensiero, mentre riprendo il tono sostenuto: «Mi hai chiesto se credo nel destino o nella volontà. Voglio dirti che io credo nella volontà e non nel destino, la volontà è quella che ci definisce.»

Lo sguardo che non ha mai distolto dal mio viso vacilla un po', mentre sorride con aperta ironia e parla con un tono un po' saccente: «Non è molto originale. Si tratta del pensiero razionale, giusto? Tutta la filosofia occidentale si fonda su questo: l'atto di volontà.»

«Non so nulla di queste cose, non sono una filosofa. Io so che il destino è già segnato e tu devi solo seguirne il solco, non puoi immaginare nulla ma adeguarti e sperare che non ci sia nulla di brutto scritto su di te. Invece la volontà è quella che dà vita ai sogni.»

Ecco, ho finito di parlare, la mia foga si è esaurita e mi sento quasi spossata. Mi chiedo chi mi abbia suggerito questa frase, di certo non era quello che pensavo di dirgli. Lui ride, ma stavolta non c'è ironia nella sua voce, quando dice: «Non ci crederai, ma la penso anch'io così.»

7

Quando racconto tutta questa faccenda a Erica, lei mi guarda inorridita: «Sul serio ti sei messa il velo islamico e sei andata a casa di Taisir? E lui ti ha beccata? Ma tu sei matta! Ma sei fuori di testa!»

Alza le mani al soffitto della sua stanza, come recitasse un pezzo di tragedia greca. Cerco di non scompormi di fronte all'inaspettata irruenza della mia amica: «Perché? È andato tutto bene, vedi?»

«Sì, d'accordo, ma tu sei andata troppo in là, scusa se te lo dico, ma cosa c'entrava camuffarsi da musulmana?» È seduta su una poltroncina girevole e per il nervosismo ora prende a compiere dei mezzi giri, spingendosi con un piede.

«Non mi sono camuffata...» protesto. «È stato un gioco, nessuno si è offeso. Credi che Fatema mi lascerebbe scherzare con la sua fede? Dài, non capisco di cosa ti scandalizzi.»

Erica mi fissa con gli occhi ben spalancati: «Non capisci? Ecco, allora cosa vuoi che ti spieghi, ormai sei andata.» Scuote la testa come una vecchietta di fronte a un incomprensibile gesto scandaloso: «Non ti rendi conto di fare cose strane, di essere vittima delle tue fantasie, il tutto per correre dietro a uno che non si sa neanche chi è, un tipo agghiacciante.»

Faccio ricorso a tutta la mia pazienza per non reagire male, perché Erica ci sta andando giù un po' troppo pesante. Non so che le prende, non mi ha mai detto cose del genere, non si è mai spinta fino a questo punto. Ma l'accenno del velo l'ha mandata su tutte le furie, è come se avesse d'un tratto perso la testa per via di quel dettaglio: io che indosso l'*hijab*.

«Io direi che è meglio se ti calmi, d'accordo?» Ho un tono tagliente che non ammette repliche. Lei s'immusonisce, riprendendo a imprimere mezzi giri alla sedia, mentre proseguo: «Non è una mia fantasia. Alla fine con Taisir ci ho parlato sul serio, e non è stato affatto agghiacciante.»

Erica annuisce, ma ha l'espressione per nulla convinta, mentre insisto: «Non capisco perché te la prendi tanto a cuore: sono io che mi sono messa il velo, non ho costretto nessuno a farlo, tantomeno te.»

«Ci mancherebbe» dice, sempre più scura in viso. «Io non me lo metterei neanche se mi puntassero la pistola addosso.»

«Esagerata!» sbuffo.

Che voglia di scoppiare a ridere per quell'aria da funerale di Erica e per quello che dice, così spaventosamente serio e minaccioso! Mi trattengo, perché manca un filo sottilissimo a litigare, così assumo un tono conciliante: «Nessuno ti costringe a farlo, questo è quanto. Anche Fatema, nessuno la obbliga: è una sua scelta.»

«Sì, come no.»

«Erica, non siamo in Arabia Saudita.»

«Non devi dirlo a me, io lo so benissimo chi sono e dove sono.» Balza dalla sedia, che compie un solitario mezzo giro, e si mette a frugare tra i CD. Finalmente trova qualcosa che le va a genio e fa partire il lettore. La musica sembra placarla, perché non è più accigliata come prima, anzi, mi guarda con una certa curiosità: «E a te, se ti chiedessero di mettere il velo?»

«E chi dovrebbe chiedermelo?»

«Se tu sposassi un arabo e quello di punto in bianco ti dicesse di metterti il chador?»

«Mi rifiuterei, è chiaro.»

«Ma per Taisir te lo sei messo» continua lei, guardandomi un po' di sbieco.

«Primo non era un chador, secondo non me lo ha chiesto lui e terzo non devo sposarlo. Ma che ti prende?» Non mi ha neppure sentito, perché insiste sullo stesso tasto, come un disco rotto: «Guarda che gli arabi costringono le donne a tapparsi in casa, a coprirsi: anche qui da noi dove ci sono i diritti uguali per tutti.»

«Erica... Io non devo sposare nessun arabo, non ho intenzione di convertirmi all'Islam: perché vai avanti con questa faccenda?»

«Perché sono preoccupata» sbotta, lasciandosi cadere sul letto. Afferra un grosso coniglio e lo stringe al petto: «Una come Fatema è come noi, è italiana, occidentale, e allora che senso ha vestirsi in quel modo, coprirsi la testa?»

«È diverso. Per lei ha un significato religioso. Vorrai rispettare la sua libertà di fede, no?»

Erica sembra perplessa: «Mia madre dice che è un segno di schiavitù per le donne.»

«D'accordo, ma nei paesi dove le donne sono sottomesse.»

Lei insiste, accigliata: «Guarda che ci sono un sacco di casi, anche qui: è pieno di storie terribili sui giornali...»

La guardo dubbiosa: da quando è così informata su cose del genere? Ho il sospetto che parli per sentito dire, forse le solite chiacchiere volanti, così cerco di tagliare corto: «Ma le persone folli ci sono dappertutto! Non è una questione di religione.»

Erica non ne vuole sapere di lasciar perdere, sembra che

questa faccenda le stia molto a cuore, alza un po' la voce in tono risentito: «Però nei paesi fondamentalisti ci vanno ben pesanti con le femmine.»

«Lo so benissimo.» Io invece, ho abbassato un po' il tono. Questa discussione mi sembra assurda, così fuori dal mondo. «Ma credi davvero che tutti gli arabi siano così? Centinaia di milioni di persone, tutti fanatici?»

Lei alza le spalle, come se la questione non la riguardasse e finalmente arriva al punto: «E il tuo Taisir come la pensa?»

«Non è mio. E non lo so come la pensa.»

«Eh, vedrai vedrai...»

«Vedrai cosa?» Erica si ammutolisce e mette su un sorrisetto ironico. Mi alzo dalla sedia e mi avvicino a lei, ripetendo: «Vedrai cosa? Avanti, sputa il rospo se hai il coraggio.» Erica attacca a sghignazzare, nascondendosi dietro al grosso coniglio: «Finirai in un harem!»

«Ah, sì?» Mi butto sul letto, allungando le mani sulle sue costole per farle il solletico: «Allora verrai con me!»

«No, no! Neanche morta! Aiuto!» Erica si divincola ridendo. L'afferro per una mano e la trascino giù dal letto. «Aspetta!» esclamo «Ce l'hai sempre quel CD...?» Vado a guardare svelta e trovo il CD di Anastacia. Cambio subito musica, e sui ritmi orientaleggianti di *Sick and Tired* improvviso una specie di danza del ventre. Erica attacca a ballare anche lei, scuotendo i fianchi. Ammetto che ci facciamo prendere un po' la mano, perché teniamo la musica abbastanza alta e ci divincoliamo come due odalische morse da uno scorpione. Erica ha preso una sciarpa e la tiene tra le braccia, facendola passare lungo la schiena. Entrambe, mentre dimeniamo i sederi, cantiamo a squarciagola *ale-ale-e-ale-ale*, convinte come siamo che in casa non ci sia nessuno. Così, risuona come una specie di sparo quel: «Buonasera!» pronunciato seccamente.

La faccia serissima della mamma di Erica si è materializzata d'un tratto sulla porta. La mia amica afferra il telecomando e abbassa di colpo la musica, arrossendo fino alla punta dei capelli: «Ciao mamma. Scusa, non ti ho sentita arrivare.»

«Me ne rendo conto.» La voce vibra d'irritazione. «La musica si sente fin da fuori.»

«Mi spiace» Erica sembra abbassare le orecchie come un cagnolino molto docile.

«Mi aspetterei un comportamento un po' più maturo, ogni tanto» sbotta la madre, incrociando le braccia. «Invece siamo ancora alla prima infanzia, eh? Guarda che caos questa stanza.»

Erica non replica, io sono fortemente a disagio, ma la madre sembra intenzionata a proseguire con qualche altra nota di demerito: «Una cosa ti avevo chiesto, una, e neanche quella hai fatto.»

«Già, sì.» Erica è terribilmente in difetto e prova a difendersi. «La lavapiatti! L'avrei fatta dopo.»

«Dopo cosa, scusa? Dopo il balletto? Non è possibile che tu abbia sempre quell'aria svaporata, come se ti fossi appena svegliata. È *inquietante*. Cosa devo fare con te?»

Mentre sua madre la tratta come fosse una troglodita, io mi mordo la lingua, perché rischierei di intervenire in malo modo contro questa donna insopportabilmente invadente e vessatoria. Non ha ancora finito la ramanzina e accusa Erica di essere una grande egoista, una che bada solo ai fatti suoi, senza essere responsabile, almeno un poco, della casa: neanche sua madre e suo padre andassero tutto il giorno a divertirsi o a cogliere i soldi sugli alberi.

A un certo punto, ho l'impressione che il discorso valga anche per me, che me ne sto lì a distogliere la mia amica dai suoi innegabili doveri casalinghi. E di colpo mi viene una gran voglia di ridere: ma chi è arrivata, la matrigna di Cenerentola?

Ma sì, la mamma di Erica passa la giornata in ufficio, ma di certo non ha l'aspetto di una che si ammazza di lavoro, con quei capelli freschi di parrucchiere, e quelle unghie perfettamente laccate. Che male c'è, a trovare sua figlia con un'amica che se la spassano un poco, visto che noi ancora per un po' siamo esonerate dall'andare fuori a procacciarci il pane? E poi, quest'espressione, andare a cogliere i soldi sugli alberi è assurda: i miei non l'hanno mai usata, questa donna è proprio una caricatura.

Non oso scambiare un'occhiata con la mia amica perché sono sicura che non ce la farei a trattenere quella risata che mi sta già mordendo lo stomaco. Quel predicozzo mi ha fatto l'effetto di mille scene comiche e appena la madre gira i tacchi, mi porto una mano alla bocca, come se mi potessi trattenere ancora per pochissimo.

«Andiamo a farci un giro» sbotta Erica infilando la porta. La seguo in fretta come se mi precipitassi a vomitare in bagno. Riesco a trattenermi giusto fino all'ascensore, poi scoppio in una risata fragorosa. Erica sembra non aspettare altro, perché attacca a ridere come non l'ho mai sentita, prendendo rumorosamente aria dal naso, una specie di grugnito. Dentro l'ascensore i nostri versi rimbombano ferocemente, come urla bestiali.

Quando arriviamo al piano terra, ci troviamo di fronte l'aria disgustata di un'anziana vicina con in braccio un cagnetto bianco che mostra la stessa espressione corrucciata della padrona. Ci eravamo un po' calmate, ma di fronte a quel mostro a due teste, una che scuote e una che latra, ricominciamo a squassarci dalle risate, tanto da farci venir mal di pancia.

«Insomma, non ho fatto i compitini, capisci?» Erica sta leccando sulle dita le briciole di zucchero del bombolone caldo che abbiamo appena finito di divorare. «La prende come una specie di insubordinazione contro di lei.»

«Come sarebbe? Ti sei dimenticata, punto.»

«Ma no, mia madre interpreta tutto, sai. Se non le ho obbedito, vuol dire che dimostro una certa *ostilità* nei suoi confronti...» Ha cambiato voce, imitando il tono risentito di sua madre.

«Stai scherzando?»

«No, affatto.» Emette un lungo sospiro. Si mette a guardare il bancone del bar, come se dovesse descriverlo. «Da quando mamma è entrata in analisi, si è messa a interpretare tutto.» Si volta verso di me, e di nuovo le affiora sulle labbra la risata: «Hai sentito prima cos'ha detto? Che la mia aria distratta è *inquietante*!»

Sbatto gli occhi, incredula: non immaginavo che Erica vivesse in un simile stato di controllo permanente, lei che ha sbandierato tanto la sua libertà, il poter fare tutto quello che le pare.

«Cioè, sei sempre sotto un microscopio. Ma è assurdo! Ci sono tante cose che si fanno così, tanto per fare, non può esserci sempre uno scopo preciso. Altrimenti la vita sarebbe una continua strategia!»

«Ma è esattamente così che la vede lei, una strategia per sopravvivere, credo. Vuoi sapere la più bella? Ha letto il mio diario, da capo a fondo, e non ti dico che scene, poi!»

«Ha letto il tuo diario?» Sono inorridita al punto che mi pare di sentirmi rizzare i capelli dietro la nuca. Non riesco più a ridere, spalanco gli occhi: «Da morire!»

«Infatti. Lei ha dato di matto, ma anch'io ci ho messo la mia parte: sembravamo due furie, credo che mio padre sia stato lì lì per chiamare la neuro e farci portar via tutt'e due.»

Il suo tono ironico non riesce a contagiarmi: immagino l'orrore che significa scoprirsi spiata nei segreti più intimi, e soprattutto in quegli sfoghi normalissimi che solo nel tuo diario puoi permetterti di vomitare fuori. Se mia madre leggesse anche solo mezza pagina delle cose che scrivo io, rimarrebbe sconvolta. Ma sono sicura che mia madre non si metterebbe mai a ficcare il naso nei miei cassetti, perché è stata lei, da ragazza, una vittima di sua madre, mia nonna, che si nascondeva dietro il paravento dell'educazione e del dovere materno per impicciarsi di tutto quello che riguardava le proprie figlie, comprese le lettere che ricevevano.

Sarà per questo che mamma se n'è andata di casa appena ha potuto, seguita a ruota da zia, entrambe con l'ottima scusa degli studi universitari, entrambe piazzate da mia nonna in un convitto di suore per tutelarle dalle tentazioni cittadine. Ma dopo neanche un anno, mamma già lavorava e si manteneva, così aveva salutato le suore per andare a vivere in un appartamento insieme a un gruppo di amiche e mia zia, appena arrivata, era già sufficientemente battagliera per rifiutare la vita del convitto e lavorare come barista per liberarsi dalla famiglia.

Chissà se anche Erica, appena potrà, si toglierà dall'atmosfera asfissiante di sua madre che le respira sul collo? Non ne ha mai parlato, e d'un tratto mi pare che la mia amica conduca una vita da carcerata, sotto l'occhio onnipresente di sua madre che pretende di dominarne ogni minimo aspetto della vita.

«E come ha giustificato il fatto di aver curiosato nelle tue cose?» la voce mi vibra d'indignazione. Io non potrei mai perdonare i miei genitori di un'azione così abietta.

«Giustificarsi? Figurati! Ha detto che il diario era lì sul tavolo, che ce l'avevo messo apposta perché lei lo leggesse, sono azioni inconsce!»

Sono sempre più disgustata: «Era il *tuo* tavolo, non il suo, la *tua* stanza, non la sua, no?»

Erica emette un sospiro di rassegnazione: «Non ha la minima importanza. Tutta la casa è sua, è il suo territorio di caccia. Anche se avessi seppellito il diario sotto il materasso, avrebbe detto che lo avevo fatto apposta perché lei si incuriosisse e lo leggesse. Non hai ancora capito? È una faccenda delle madri: devono esercitare tutto il loro potere, dimostrarti che ti devono proteggere anche da te stessa perché potresti diventare strana e pericolosa.»

A guardare Erica, tutto si può pensare tranne che sia strana e pericolosa: è il ritratto della brava ragazza, studiosa, docile, timida, una che non indosserebbe mai una gonna troppo corta né si colorerebbe mai le unghie di nero, per esempio.

«Di cosa ha paura, tua mamma?»

Erica scrolla le spalle: «Lei vuole una figlia *perfetta*.»

«Ma è una sua paranoia!»

«Già, ma nel mio diario ha trovato una conferma alla possibile *devianza*. È rimasta scioccata dal fatto che ho scritto che l'ammazzerei.»

Resto qualche istante in silenzio: «Perché? Lei non ammazzerebbe nessuno, a parole?»

«Lei ti ammazza eccome a parole. Ti stordisce con le sue analisi, ti dice che hai il senso di morte e che sei una passiva aggressiva... questo è proprio distruggerti.» Non ha l'aria affranta, malgrado il profilo mostruoso che mi sta delineando del rapporto con sua madre. «Ma io lo so che lei è pazza.»

«Ma tuo padre?»

Erica alza il mento, come se stesse per scoppiare a ridere, ma visto che non c'è nessun motivo di ilarità, la risata rimane chiusa in gola, mentre dice: «Papà fa la sua vita. È sempre fuori, torna tardi a casa, e la domenica se ne va a pesca o chissà dove tutto il giorno. Non hai capito? La mia è solo il feticcio di una famiglia, i miei stanno insieme ufficialmente per me, praticamente per meschinità, perché non vogliono vendere la casa, i mobili, non vogliono affrontare casini. Mamma spende i suoi soldi con lo psicanalista, papà li spende con le sue canne da pesca, e si va avanti così da secoli, da quando ero piccola. Quei due non dovevano continuare, ma si sono dati un sacco di scuse: i genitori anziani, le spese, il lavoro, e poi anche il mio benessere. Sono attaccati l'uno all'altro per disperazione. Sono ipocriti, vigliacchi, non vogliono guardare in faccia la realtà. Ma sì, li ammazzerei per questo loro sporco egoismo!»

D'un tratto capisco che sua madre ha semplicemente paura che Erica cresca in modo diverso da come lei ha programmato e che il castello di carte di una falsa famiglia crolli di schianto, lasciandola sola e inutile a guardarne le rovine. Finché Erica sarà una brava bambina obbediente, il teatrino è salvo.

Scuoto la testa, come se volessi cacciare la triste immagine di quei due che hanno rinunciato caparbiamente a essere autentici in nome di chissà quale bene superiore, forse l'idea della famiglia o del matrimonio indissolubile. Ma questa idea sembra fatta apposta per badare alle convenienze più che alla voce dei sentimenti, per costringerti a vivere con freddezza e indifferenza, come se la vita fosse alla fin fine solo questo: una serie di doveri e incombenze, di pratiche, osservanze e ritualità che non tengono conto di variabili emotive, di fantasia, ma soprattutto dell'amore.

«Io voglio una cosa sola, nella vita» sta dicendo la mia amica, «la verità. È da quando sono piccola che vivo in mezzo alla menzogna. Io non voglio essere perfetta, voglio essere me stessa e basta.»

Come non darle torto? Mi salgono le lacrime agli occhi a pensare a come è soggetta a pressione la mia amica, quella che io considero la più saggia e dolce tra le amiche, quella che trova spesso le risposte giuste alle mie incertezze. Ecco, di colpo, svelata la sua paura. Come la capisco! Quella pelle non sua, ricamata addosso da sua madre, dev'essere difficilissimo strapparsela di dosso.

«Il problema è che i tuoi non si vogliono bene.» Mi rendo conto di aver banalizzato, cercando di riportare la nostra conversazione su un piano più terra terra. Erica mi guarda con un'espressione rabbiosa, sbotta: «Per come la vedo io, lo sai, l'amore non esiste.»

«Non fare la dura» le sorrido. «Per come la vedo io, almeno tra noi c'è affetto vero.»

«Sì, le amiche» ammette lei, e l'espressione si addolcisce. Finalmente s'illumina, pensando a questa sua risorsa intangibile, libera dall'occhio materno: «Le amiche sono uno spazio solo mio. L'unico spazio dove mi sento sincera.»

Questi discorsi hanno messo a nudo qualcosa che finora era nascosto in qualche angolo segreto, eppure Erica la conosco da anni, mi sembra di essere state sempre insieme, fin dalla scuola elementare dove ci siamo conosciute. Ma da bambine, quando ci vedevamo, la nostra vita quotidiana rimaneva fuori dai nostri giochi che ci proiettavano lontano, in altre dimensioni fantastiche, prive di rapporto con la realtà.

È solo da qualche anno che mi pare a poco a poco di riappropriarmi del mio corpo, della reale dimensione temporale e spaziale, libera dalle fantasticherie infantili. Una chiacchierata come questa è la prima volta che mi succede, con Erica. Abbiamo sempre privilegiato i discorsi più legati alla scuola e alle amicizie e ai nostri umori. Io, della sua famiglia non capivo nulla, l'ho sempre considerata una specie di appendice di Erica, mai il contesto in cui lei deve agire e soprattutto reagire. Lei, proprio lei e non Fatema sembra portare un pesantissimo velo sulla fronte, un fazzoletto che dovrebbe impedire alla sua testa di pensare autonomamente, ma soprattutto ai suoi pensieri di essere sinceri, e anche svagati, vaporosi, pensieri leggeri e allegri.

Così lei, il velo, la verità, tutto quanto finisce in un sogno bizzarro, il sogno dei miei capelli vivi.

Sento di avere sopra la testa creature che respirano e si muovono sollevandosi e abbassandosi nell'aria. Sarà questo vento che fa muovere le ciocche come fossero alate o sarà questo sogno in cui tutto è animato, tutto vola, fuori e intorno a me: e io, ma sì, anch'io mi sento spostare nell'aria da una forza misteriosa.

Sono seduta sul ciglio di una scarpata verde, sotto di me c'è solo prato, e d'un tratto apro le braccia e volo via, tutto sembra scorrere veloce, e malgrado abbia aperto le braccia per volare, non sono le braccia a sorreggermi né ali: io sono sempre la stessa persona, e volo perché mi sostengono i capelli gonfi come piume.

È per questo, mi dicono i capelli, mi sussurrano inanellandosi alle orecchie, per questo non possiamo essere coperti, nascosti, soffocati: perché noi possiamo farti volare. Solo noi, capelli liberi, leggeri.

8

Alla fine, capita anche in una città enorme come questa di incontrare qualcuno che non penseresti mai più di trovarti davanti. Capita perché alla fin fine, malgrado il tempo, le distanze e l'infinita scelta di locali e posti, ci sono dei luoghi in cui finiamo tutti, e all'incirca alla stessa ora.

Così, mi succede che sono uscita da lezione di canto e passo dalla gelateria: l'avrò fatto decine di volte, mi sembra che il sapore del gelato ne acquisti, con la laringe sensibilizzata. Per tutte le volte precedenti, mi è capitato di imbattermi in qualche viso noto della scuola, niente di più. La settimana scorsa, poi, non c'era tutta questa calca, ma forse non erano le cinque e mezza o forse non era una giornata così tiepida e luminosa, che sembra di essere già in piena primavera.

Oggi perciò i tavolini sono tutti occupati, la gente se ne sta addirittura seduta fuori, come in estate, e c'è un via vai continuo. Anche la piazza è piena di gente, come fosse il sabato del villaggio.

Cerco di farmi strada verso la cassa, quando riconosco quella faccia. La mia prima reazione è di disappunto, ma evito di distogliere lo sguardo facendo finta di non averlo visto: sarebbe una mossa sbagliata, visto che è proprio di fronte a me e che ha già alzato le sopracciglia in un'espressione di sorpresa: «Ma guarda chi c'è!»

«Ma guarda... Ciao!» mi sento proferire con un tono di affabilità che potrebbe uscire di bocca a un'altra persona. Perché potrei salutare chiunque con quest'allegria meno che lui, che non mi fa alcuna allegria vedere.

Con tanti che potevo trovarmi davanti per caso, ecco, non potevo capitare peggio: Jacopo. Con una inutile punta di sofferenza lo associo immediatamente alla definizione ridicola 'il mio ex'.

«Che fai qui, con questa ressa...» mi sgrida subito, con quel tono un po' strascicato di voce «vieni, dài, ci sediamo un attimo.»

Mi precede fuori della gelateria e io lo seguo rimproverandomi mentalmente di farlo, perché non ho nessuna voglia di sedermi con lui al tavolo. Accenno una debole protesta: «Ma i tavolini sono tutti pienissimi...»

Niente. Lui è già in piedi accanto a due signori cui sta chiedendo se per caso tolgono le tende: certo, non è così brusco, lui, anzi. Jacopo ha sempre questa carta vincente della buona educazione con cui evidentemente ottiene sempre tutto, a dimostrazione che basta saper chiedere *in un certo modo*. I due signori si alzano, lasciandoci il posto, e lui allarga le braccia verso le due sedie, regalmente: «Visto?»

Mi siedo, irritata con me stessa e con quella sua faccia tosta, ma fingo di essere deliziata dalla sua abilità nel farsi valere, nel liberare un tavolo in tre secondi come un prestigiatore: «Bravissimo.»

Lui non fa una piega, come se il complimento gli fosse dovuto. Invece mi osserva, uscendo con un complimento: «Sai Rachele? Sei proprio carina.»

«Grazie.» Sorrido educatamente, lasciando cadere subito quel complimento nel nulla. «Hai idea di come facciamo per ordinare? Non si vede nessuno.»

C'è rimasto un po' male per la mia reazione, ma cerca di sorvolare: «Che cosa ti andrebbe?»

«Ero venuta per un cono. Non so, non voglio coppe strane ed enormi.»

Si alza di scatto come una molla e raggiunge una ragazza in piedi tra i tavoli, ordina qualcosa indicandomi, poi torna in un lampo e si siede allungando le gambe in avanti, le braccia abbandonate sui braccioli, come chi ha appena concluso una gara sfiancante. «Tutto a posto.»

Mi verrebbe voglia di dire qualcosa per rompere il disagio di quel brevissimo silenzio, ma taccio. Se c'è una cosa che Fatema mi ha insegnato è stare zitta, lasciando che siano gli altri a cavarsela con la conversazione. Infatti, Jacopo si raddrizza un po' dalla posizione: evidentemente il suo rilassamento era dovuto al mio auspicabile cicaleccio, ma io non ho voglia di chiacchierare, soprattutto dopo un'ora di esercizi vocali.

«Come mai da sola, qui?»

Alzo le spalle: «Facevo un giro. E tu? Perché qui da solo?»

«Non ero solo. Ho lasciato un paio di amici prima di invitarti al tavolo, non mi andava di portarmeli dietro: è tanto che non ci vediamo, immagino che abbiamo un sacco di belle cose da dirci.»

«Davvero?» mi scappa detto. Non riesco a immaginare quali cose abbiamo da dirci io e lui.

A questo punto, sbotta in una risata: «Ma sì! Penso di sì. Sei cambiata, vedo. Cos'è? La scuola? Come ti trovi?»

Non vedo l'ora che arrivi questo benedetto gelato, perché almeno finirà la mitragliata delle domande: «Mi trovo bene» dico, poi mi schiarisco la gola. «Scusa ma io davvero muoio di sete.»

«Resisti, credo che il gelato arrivi.» Mi lancia un'occhiata un po' di sbieco: «Ma che hai fatto? La traversata nel deserto?»

Scuoto la testa, sorridendo. A questo punto, Jacopo si raddrizza completamente sulla sedia, piegando un po' il busto verso di me: «Insomma, ti trovo bene.»

«Grazie.»

«Anche molto sulle tue.»

Non rispondo, mi limito a sorridere, sperando che si penta di avermi invitato e se ne vada. Invece continua a guardarmi con un'espressione un po' beffarda, e prosegue: «Dev'essere per via di certi ambienti che ti sei messa a frequentare...»

«Quali ambienti, scusa?» Mi sono accigliata. Finalmente la mia reazione lo soddisfa, perché torna ad appoggiarsi allo schienale, svolazzando per aria una mano: «Lo sanno tutti che frequenti gli arabi.»

Gli spalanco gli occhi in faccia: «Lo sanno... tutti? A chi ti riferisci?»

Lui distoglie lo sguardo, ma ha l'espressione soddisfatta di chi finalmente ha fatto centro.

A questo punto non aspetterei un secondo di più e mi alzerei per lasciarlo lì con un palmo di naso, quando arriva la ragazza con i nostri due coni già un po' gocciolanti e non me la sento di lasciar il gelato a languire su un vassoio. Così, afferro il cono e mi metto a sorbire la crema in silenzio, lasciando che sia Jacopo a sbrogliarsela con le chiacchiere: «La storia è questa qua, ma se vuoi il mio parere, guarda: fai bene! Sei all'avanguardia, Rachele.»

Alzo una spalla: «Non ti seguo.»

«Passare il tempo con gli arabi, dico. Anche se non devono andarci tanto morbidi con le ragazze. Quando vai nel quartiere islamico, ti metti il burqua?»

D'un tratto mi coglie un senso di grande stanchezza alla

sola idea di mettermi a spiegare qualcosa, perché con la scusa del gelato mi ha inchiodato in una specie di interrogatorio dove dovrei giustificare le mie azioni e le mie frequentazioni di cui, sono sicura, sa poche notizie distorte da pettegolezzi.

«È strano» osservo con calma. «Sembra tu non sappia dove vivi, in quale città, in quale paese.»

S'imbroncia: «Perché?»

«Non hai amici stranieri o che hanno genitori stranieri? Solo figli di famiglie con il marchio made in Italy?»

«No, ma...» balbetta «che c'entra... Sì, c'è Ronald, che è canadese, e...»

Sono pochi istanti, ma lo attraverso con lo sguardo come se fosse completamente trasparente e mi rendo conto, in un lampo, di com'è vuoto. Mentre è lì che arranca a cercare un'altra buona battuta di spirito per tapparmi la bocca, mi appare assolutamente privo di spessore, bidimensionale come il personaggio di un fumetto, con quei jeans a vita bassa, di una marca molto famosa, vezzosamente sfrangiati in fondo, e quella maglia di un morbido arancione, che di sicuro non ha trovato sui banchi del mercatino di quartiere, perché non credo che lui abbia mai girato per un mercato di quartiere, non si è mai spinto oltre il perimetro dei grandi negozi del centro, da cui sicuramente proviene quel particolare arancione cachemire.

Stringo le palpebre come davanti al riflesso accecante di uno specchio. Ho l'impressione di avere davanti a me una figura evanescente, priva di sostanza, qualcuno che mi parla da dietro un vetro, i cui contorni mi arrivano incerti e le parole frammentarie. In questa frazione di secondo in cui vedo così inconsistente la presenza reale di Jacopo, davanti agli occhi si forma l'immagine fantastica di Taisir, e il semplice pensiero mi riempie di una gioia incontrollabile, tanto che sorrido estasiata a quello che sta dicendo Jacopo e che io non ascolto, perché quello che risuona nelle mie orecchie sono le parole di Taisir.

«Credo nei sogni» mi aveva detto seriamente. «Credo che le cose si possano cambiare se vogliamo.»

Ormai ero vicina alla fermata dell'autobus e avevo cominciato a sperare che il bus tardasse o non passasse più, anche se faceva freddo ed era tardi e mia madre avrebbe senz'altro chiamato entro pochi minuti. Ma c'era questa presenza illuminante accanto a me, e mi pareva che tutto il mondo avesse acquistato un senso fino ad allora estraneo.

D'un tratto, dopo tentativi a vuoto e fallimenti e figuracce, ecco che Taisir semplicemente parlava con me in un tono gentile e premuroso, mi parlava di sogni e speranze e di volontà. Nel suo sguardo era sparita ogni diffidente ostilità e si era accesa una scintilla che aveva fugato la sua fredda fissità sospettosa. Era come se avessi soffiato sulla cenere scura e inaspettatamente si fosse riattizzata la brace sopita.

Dentro di me, pregavo perché non arrivasse il bus e quel momento si prolungasse per l'eternità: io e lui fermi nell'oscurità, a cercare i nostri visi per guardarci dentro. Ma ecco la schiena d'acciaio che si profilava sulla strada e Taisir che mormorava: «Ciao.» Una mano sul cuore, come sempre.

Mi riscuoto dalla fulminante visione di quello che è successo pochi giorni fa, sbattendo le palpebre come se mi svegliassi d'improvviso.

Di fronte, ho il riflesso della cangiante superficialità di Jacopo. Ho finito il gelato, poso il tovagliolino di carta sul tavolo e gli lancio un'occhiata provocatoria: «Non hai amici arabi?» Sorrido. «Sei out.»

Rimane impietrito, non ha proprio alcuna spiritosaggine da contrapporre, mentre mi alzo e lo saluto: «Grazie del gelato, ciao.»

Mi accorgo che si è macchiato la maglia arancione, ma preferisco non infierire. Invece, per un bel pezzo di strada continuo a chiedermi che cosa ci avessi trovato di speciale in quel tipo, da perderci tempo e addirittura lacrime. E la sola idea di aver anche solo sofferto un po', per uno stupido del genere, mi fa scoppiare a ridere. Così camminando per strada, rido da sola come una pazza.

9

Partiamo il tardo pomeriggio del venerdì per il quartiere arabo. Siamo in tre: Ludovica non se la sente di partecipare a quella che definisce una comparsata. Perché io, Erica e Gabriella decidiamo di vestirci non nel solito modo, jeans maglie e sneakers, ma in maniera orientale, con abiti o gonne lunghe. Del resto, nel quartiere c'è una festa e l'idea di esserne coinvolte grazie a Fatema ci esalta. Così ci prestiamo a vicenda quello che ci manca, accomunando roba che abbiamo razziato negli armadi delle madri: Gabriella arriva a casa mia con bracciali e collane etniche che sua mamma ha comperato in Marocco e certi foulard a righe e camicie con le maniche a sbuffo provenienti dalla Turchia; Erica ha rimediato orecchini lunghi e dorati; io ho trovato gonne e abiti molto indiani a casa di mia zia, che tiene ancora quelli che chiama reperti degli anni Settanta in uno sportello in alto dell'armadio a muro.

«Ho visto che questa roba torna di moda» mi aveva detto tutta contenta, mentre scendeva dallo scaleo con gli abiti avvolti nel cellophan, fragranti di naftalina. «Bisognava tenere tutto, sapessi che pantaloni stupendi avevo, ti sarebbero stati da Dio. Tua mamma non ha più niente?»

Avevo scosso la testa: «Ma no, dice che con i traslochi... e poi non si può tenere tutto.»

«Invece io non ho mai avuto il coraggio di buttare via, neanche quando è arrivata la moda cimiteriale del tutto nero. Lo sapevo che prima o poi... solo che la taglia mia non è più quella di un tempo» aveva sospirato.

«Ma tu sei sempre uguale, zia» le avevo detto, perché in effetti la sua figura non è molto cambiata.

«Sei un tesoro, ma trent'anni ti cambiano le forme: allora ero piatta come una tavola, fianchi stretti e soprattutto un viso liscio. Vuoi sapere? Lo scorso anno mi son detta: va', proviamo un po' quel vestito di seta indiana... Me lo sono messo e allo specchio mi è apparsa mia nonna. Che orrore.»

Ero scoppiata a ridere: «Perché tua nonna? Cosa c'entra il vestito?»

«Perché mia nonna portava questi abiti a fiori o a pallini, tutte le donne in paese si vestivano così. E allora finché sei una ragazza, ti puoi mettere qualunque cosa, sei sempre fresca e carina anche con un vestito della nonna, ma se alla mia età ti metti il vestito della nonna, semplicemente sei una nonna.»

«Stai dicendo che tua nonna portava cose del genere?» Ho sollevato un abito scuro a piccoli fiori, con un'arricciatura in vita e una lunghissima fila di bottoni sul davanti, dallo scollo fino ai piedi.

«Ma certo, sono i modelli che si portavano nelle campagne una volta. Guarda che io questo qui l'ho comprato usato.»

«Usato? Da chi?»

«Non saprei. C'erano negozi di roba usata, si andava a scavare e a trovare tesori. Questo vestito qui per esempio è un amore, non ho mai avuto il coraggio di darlo via.»

«Secondo te può andare bene per una festa araba?»
Mi aveva osservato per qualche secondo: «Una festa in casa di arabi?»
«Una festa in piazza.»
«Secondo me va bene eccome.»
Mi ero provata il vestito di zia, spogliandomi in fretta e furia. Ero rimasta sorpresa dalla mia figura che sembrava d'un tratto più snella e più morbida, ma mi ero onestamente chiesta se davvero potevo indossare un simile vestito. Non sembravo anch'io una nonna? Zia mi stava acconciando i capelli in modo da liberare il viso dai lunghi ciuffi che mi cadono sempre sulle guance e sul collo. Malgrado la pettinatura un po' botticelliana, rimanevo perplessa e avevo arricciato il naso: «Secondo me non funziona.»
«Cos'è che non funziona? Sei bellissima!»
«Ma io non riesco a vedermi, mi sembra di essere... più vecchia, più... lunga.»
«Non sei abituata ai vestiti, tutto qua. Sempre pantaloni e scarpe da ginnastica, alla fine con un abito così femminile ti sembra d'essere un'altra persona. Ti garantisco che fai un figurone.»
«Sarà...» avevo detto, sempre più dubbiosa. Ma l'abito, insieme a qualche gonna lunga e una specie di caffettano indiano, li avevo presi per sottoporli all'esame molto più obiettivo e critico delle mie amiche.
A casa mia, ci proviamo un po' di tutto. Io non vedo l'ora di sentire i commenti sul vestito usato.
«Che dite? Non sembro strana?» chiedo ansiosamente. Le mie amiche mi guardano alternatamente di persona e allo specchio, come se vi fossero percettibili cambiamenti dalla mia figura reale a quella riflessa.
«No, stai bene» commenta Gabriella, dopo avermi sop-

pesato con lo sguardo. «È che io non sono abituata a vederti così.»

Erica scrolla le spalle: «Se vuoi il mio parere spassionato, ecco: sembri piovuta da un'altra epoca.»

Alzo gli occhi al cielo: «L'abito *è* di un'altra epoca, sarà degli anni Cinquanta.»

Erica strabuzza gli occhi: «Così *vecchio*? Ma tua zia quanti anni ha?»

«Ma dài! Lo ha comperato usato: era molto di moda andare nei negozi dell'usato, quando lei era ragazza.»

«Ce ne sono ancora» ribatte Erica, con aria saputa. «Mio cugino ne frequenta uno regolarmente. Trova tutta quella roba di velluto o a fiori...»

«Chi tuo cugino? Quello che suona nel gruppo?» chiede Gabriella, interessata.

«Be', chiaro: però quegli abiti non li porta solo in scena, se li mette sempre addosso, infatti sembra un personaggio speciale.»

«Anche noi sembreremo dei personaggi, ma buffi» commento con aria tetra, continuando a guardare quella figura femminile che sembra uscita da una foto di un secolo fa. «Via, ho avuto un'idea stupida a pensare di vestirci in modo diverso.»

«Perché?» Gabriella mette su un'espressione imbronciata: «Non vorrai rinunciare? Io questi bracciali me li metto comunque, e anche la camicia con le maniche a sbuffo.»

«Per me, possiamo anche andare vestite normali. Non è Carnevale» sta dicendo Erica, pronta già ad arrendersi e anzi, sollevata dal pensiero di farsi vedere con quella bizzarra *mise* che combina una lunga gonna indiana di seta e uno scialle con le frange legato in vita. Di primo acchito, somiglia a quella Carmen che ho visto qualche estate fa al mare. Era uno di quegli allestimenti teatrali fatti in economia, senza scene né orchestra, con i cantanti sostenuti giusto da un pianista: una specie di saggio di musica. La Carmen appariva scalza, con una sottanona, lo scialle e un tamburello in mano. Alla fine della rappresentazione, breve perché prevedeva solo le arie più famose, la cantante si era tolta quel gran parruccone nero a ricci, scoprendo i cortissimi capelli biondi: era una studentessa di canto finlandese. Questo ricordo mi fa venire un'idea: «Possiamo mescolare le cose. Ha ragione Gabri, questi bracciali e questi orecchini, chi ha più l'occasione per sfoggiarli?» Scocco un'occhiata al vestito e ho un'idea brillante: «Intanto quest'abito va accorciato, e sotto mi metto i DocMarten.» Esco in fretta dalla mia stanza e torno con gli spilli, per provare l'effetto.

«Tua zia s'arrabbierà» osserva Erica, con una nota d'ansia nella voce, mentre mi vede tagliare un bel pezzo di stoffa dall'abito.

«Ma no,» alzo una spalla e le scocco un'occhiata rassicurante «capirà.»

Usciamo di casa sentendoci le Destiny's Child, dunque affrontiamo il marciapiede con passo trionfante, come una passerella.

Abbiamo adattato gli abiti, accorciando e stringendo anche se nessuna di noi è una sarta. Abbiamo usato spille da balia e la cucitrice per cambiare l'aspetto troppo folk delle camicie e per accorciare di un bel po' gli orli di gonne e abiti.

La mia variante dell'abito della nonna (corto e con i DocMarten rosso scuro) è soddisfacente, tanto più che ho tirato su i capelli, infilandoli sotto un foulard blu di seta e ho indossato gli orecchini pendenti d'oro e corallo. Gabriella ha tolto i bottoni della camicia che le piaceva da matti e li ha sostituiti con spille da balia, aggiungendo un paio di collane e un foulard azzurro stretto intorno al collo: sotto, porta i soliti jeans, ma risvoltati fino alle caviglie perché si vedano le scarpe bianche con cinturino e tacco, da ballerina di tango. Erica ha accorciato una gonna indiana con la cucitrice, l'ha accompagnata a un top stretto e corto e una striminzita giacca jeans, ai piedi ha messo un paio di All Star nere slacciate per metà. I polsi sono carichi di bracciali, dalle orecchie pendono orecchini sgargianti, e sulla testa ha messo un foulard di seta bianca: sembra un po' Gwen Stefany, forse per via del rossetto squillante.

Abbiamo appuntamento con Fatema in un angolo della piazza, e quando lei ci vede arrivare, spalanca occhi e bocca come il personaggio di un film muto. Bisogna dire che non è l'unica, perché noi tre simil-Destiny facciamo proprio colpo. Abbiamo avuto anche l'onore di qualche fischio per strada e qui, pur nella calca della gente, ci accorgiamo di occhiate e ammiccamenti.

«Lei è Fatema» dico alle mie amiche e le presento. Gabriella, presa da uno slancio entusiasta, la bacia sulle guance come fossero intime.

«Siete... abbaglianti» esclama Fatema, che per la verità è vestita più o meno come sempre: il pallido viso incorniciato da un foulard azzurro, una camicia scura che la copre dal collo fino ai fianchi, e sotto un paio di pantaloni neri.

«Tieni.» Le offro il solito lucidalabbra e uno specchietto: stavolta non rifiuta, anzi, mi lancia un'occhiata di gratitudine prima di passarsi il rossetto sulle labbra.

Il gruppo è formato da tre elementi: percussioni, liuto e flauto. Si sistemano nel piccolo palco allestito con tappeti e stoffe, per ricreare un po' dell'atmosfera di un locale mediorientale.

È sceso il fresco della notte, ho la pelle d'oca sotto la stoffa leggera dell'abito, anche se ho indossato la giacca di jeans sopra. Anche le altre rabbrividiscono: la giornata primaverile ci ha spinto a vestirci avventatamente come in una precoce estate, e ora l'umidità della sera comincia a morderci.

Fatema osserva: «Avete freddo?»

«Un po'» rispondo educatamente, le braccia strette intorno al corpo.

Lei non replica, e si allontana in fretta.

«Forse dovremmo andarcene» sta dicendo Gabriella. Mi volto di scatto verso di lei: «Scherzi? Vuoi perderti la parte migliore della festa? Proprio ora che suonano?»

«A me fa un po' male lo stomaco» attacca Erica.

«Avrai mangiato troppi falafel. Non smettevi più» la rassicuro, ma ho il sospetto che starcene qui a battere i denti non sia proprio la migliore soluzione per il mal di pancia.

La gente ha iniziato a sedersi per tempo nelle sedie sistemate davanti al palco e noi, perse tra chiacchiere e risate e pite e lunghi stazionamenti davanti ai banchetti, siamo arrivate quando ormai non c'erano più posti liberi, perciò ci siamo sedute per terra, su certi cuscini piatti, proprio sotto il palco, i nostri corpi attaccati uno all'altro per scaldarci un po'.

Spero che la musica compia il miracolo di accendere un fiato caldo sopra di noi, quando ecco ritornare Fatema con un mucchio di roba sottobraccio: sono tre coperte di pile, che noi afferriamo strillando di gioia come se ci avesse portato tre manti regali.

Finalmente, accogliamo i primi accordi del gruppo completamente avvolte nella morbida stoffa, come tre foglie accartocciate. Ma presto, la gente si alza dalle sedie, batte le mani, inizia a ballare. Non sono abituata a vedere una simile reazione nel pubblico che assiste a un concerto: tanti che si alzano e volteggiano, alzano le braccia al cielo, girano su se stessi, mentre il liutista espande la voce su lunghe modulazioni. Anche quelli seduti accanto a noi, per terra, si alzano per battere le mani e ballare, così ci solleviamo tutte e quattro, battendo le mani, finché Gabriella si lancia in avanti, abbandonando la coperta per poter ancheggiare con le mani in alto. Io ed Erica ci scambiamo un'occhiata e siamo anche noi in mezzo ai ballerini, seguendo il ritmo accelerato del gruppo.

Il freddo è scomparso, ormai sto sudando.

Succede a un tratto: mi accorgo che lui è sul palco. Mi blocco subito, e le mie amiche quasi mi assaltano con: «È lui! Guarda! Ma che fa, canta?»

È come se fosse arrivata una meteora incandescente e so che se continuerò a fissarlo in questo modo, rischierò di accecarmi. Ma come faccio a non guardarlo, ora che è lì a pochi passi, con quel sorriso con cui si avvicina all'altro microfono e duetta con il cantante?

Mentre io lo guardo forse a occhi spalancati e l'aria scioccamente sorpresa, lui scambia occhiate divertite con il liutista, e sembra stia per inscenarsi un gioco perché la gente, intorno, attacca a incitare i due chiamandoli per nome, Taisir, Ahmed.

Lui si mette a recitare in arabo, il cantante gli risponde a tono e la gente ride, applaude. Dov'è Fatema? Vorrei sapere che cosa si dicono quei due, perché tutti si spanciano dal ridere e intanto la musica continua ad andare avanti, come sottofondo di quel dialogo. Dov'è finita la mia amica? Volto la testa e la vedo un po' più lontana che ride, accanto a sua madre. Allora mi faccio strada tra la folla e le vado vicina: «Che succede? Che cosa dicono?» le sussurro all'orecchio.

«Taisir commenta la canzone in modo buffo. Ecco ora dice: sei sicuro amico mio che hai visto proprio un cammello? Non ci sono cammelli da queste parti...»

La gente ride, lancia frasi in arabo, come vorrei sapere questa lingua e capire: lui lì tra i musicisti parla cantando, io sono una straniera che si guarda attorno confusa, cercando inutilmente di cogliere qualcosa, un gesto o una parola. Mi aggrappo a Fatema, implorandola con gli occhi: ti prego traduci cosa sta dicendo ora, con quella smorfia di finta pietà dipinta sul viso, e la mano al petto, mentre emette una specie di lungo lamento...

«Sta facendo il verso a un innamorato perso, perché è una canzone d'amore.»

Si prende gioco dell'amore, lui: i capelli gli piovono sulla fronte e sulle guance come un velo che nasconde gli occhi scintillanti e gli adombra il viso. D'un tratto l'espressione sembra crudelmente beffarda e ne sono spaventata: so che Taisir può mostrarsi indifferente e antipatico, esibire una disinvolta freddezza. Che siano tratti distintivi di un carattere aspro, di cui io mi sono inventata una dolcezza in realtà estranea? La mia immaginazione ha corso su quei rari lampi di simpatia, quei pochi gesti gentili che mi ha regalato, facendomi apparire Taisir come una figura luminosa, il principe di una mia personalissima fiaba.

Non ho tempo di riflettere oltre, perché alcune mani mi spingono e mi trascinano verso il palco. Le mie amiche si sono di colpo materializzate accanto a me e mi buttano letteralmente in mezzo alla scena, tra Taisir e i musicisti sorpresi. Che hanno appena concluso la canzone, e si trovano, spinta a forza in mezzo a loro, la mia faccia impallidita. Non ho paura della gente né del gruppo di suonatori né tantomeno di lui che mi sta osservando curioso: sto semplicemente pensando che strozzerò Gabriella ed Erica, proprio perché mi stanno incitando: «Canta! Canta!»

Anche Fatema si unisce a loro: «Canta! Canta!»

E in breve la folla si unisce a questo grido, come fosse un altro gioco: «Canta! Canta!»

Il percussionista mi lancia un'occhiata interrogativa, prende a battere con leggerezza il tamburo. Sono terrorizzata, sento che potrei cadere in terra da un momento all'altro e forse sarebbe la soluzione migliore: svenire, svanire. Invece, dalla profondità della mia gola, esce quello che potrebbe essere un lungo sospiro e diventa subito voce.

Il mio cuore batte forte, le mani tremano, ma la voce è salda come se tutto il mio corpo fosse calmissimo, esce fluida, sospinta da una forza interiore sconosciuta e potente, si dilata intorno a me facendo tacere di colpo le grida e i battimani. La voce riprende quelle modulazioni che ha ascoltato prima, le fa proprie, le arricchisce di nuovi suoni presi dal mio registro acuto. Il percussionista e il liutista seguono la mia modulazione, offrendomi il sostegno degli strumenti e io continuo, sempre più sicura di quello che la mia voce sta imbastendo, finché torno a esserne padrona e all'improvvisazione si sostituisce il canto di una vera canzone.

Le parole sono americane, e non so quanto la gente capisca di questa ballata d'amore, che ho scelto perché mette insieme ritmi pop e suoni arabi. Mi accorgo che parte qualche fischio, e mi arriva distintamente un grido: «No agli americani!»

È allora che Taisir si riavvicina al microfono, e sulla mia linea melodica s'inserisce facendo la seconda voce con un lungo vocalizzo arabo. Mi volto verso di lui, accorgendomi che conosce questa canzone, mi volto con lentezza e sorridendo, e incontro il suo sguardo.

È sparita ogni traccia di cupezza e d'ironia, gli occhi brillano verso di me e capisco da questo sguardo e dal suo canto leggero che mi sta sostenendo davanti a tutte queste persone e anzi, il suo intervento mi sta proteggendo da quelle proteste di prima, dai fischi e dal rifiuto di questa lingua che non è neppure la mia lingua, ma alla fine è quella delle nostre canzoni, e ci aiuta a comunicare in tutto il mondo.

La canzone finisce, e decido di formulare un'ultima lunghissima modulazione araba, finché il fiato non si esaurisce. Non sento gli applausi e le urla delle mie amiche, perché la prima cosa che faccio è di girarmi verso di lui e coglierne l'approvazione. Quello che leggo sul suo viso mi esalta e mi commuove, perché ha un'espressione estasiata, e si porta la mano sul cuore per farmi capire che sì, l'ho proprio colpito nel profondo. Esito qualche istante, poi porto le mani al nodo del fazzoletto che mi copre la testa e lo sciolgo: i capelli mi ricadono sulle spalle come un fiume in piena, e sembrano urlare di felicità mentre toccano le guance e la schiena e respirano gonfiandosi sulla nuca e sulla fronte.

Resto qualche istante così, a fissare Taisir con il mio fazzoletto in mano e i capelli che mi svolazzano intorno come un nugolo di uccelli liberi. Poi scappo in fretta tra le braccia delle mie amiche.

A cuore aperto

1

Arriva, come al solito, volando.

Si sposta come gli angeli, velocissimo, rasoterra. Sarà l'effetto dello skateboard, sarà perché dirigendosi verso di me si raddrizza, aprendo le spalle, ma mi sembra di colpo altissimo, imponente come la statua di un cavaliere antico. Tutto il viso è scoperto, per via dell'aria che gli soffia via i capelli dalla fronte e dalle guance, buttandoli all'indietro, e l'impressione è che il viso si sia affilato come una mandorla finché il guscio di quella mandorla si frantuma di luce, e lui sta sorridendo.

È bello come un principe da fiaba che irrompe nella scena sul suo cavallo, per compiere l'inaspettato atto temerario che salverà la povera dama in pericolo: ma l'unico reale pericolo che la dama sta correndo è quello di essere travolta e proprio dal regale destriero, quella tavoletta dal bordo minacciosamente sottile e le rotelle che grattano voracemente l'asfalto. Ma lui, con la giacca aperta, svolazzante sui fianchi come un manto, e la kefiah arrotolata al collo come una sciarpa d'ermellino, pare non accorgersene, lanciato verso di me con quel sorriso che potrebbe illuminare a giorno anche il più stretto vicolo buio del mondo. Ha assunto una curiosa posa da ballerino, un piede avanti e l'altro indietro sulla tavola e di colpo spalanca le braccia diventando ancor più maestoso, un'immensa aquila piombata a terra pronta a riprendere quota con un solo colpo d'ali.

È questo il ragazzo che sto inseguendo da mesi, è qui davanti a me, *vero*, e stavolta lui mi corre incontro come un fulmine e io sono pronta a farmi incenerire, perché anche se rischio di finire azzoppata da quello stupido skateboard, non riesco a spostarmi di un millimetro, incollata all'asfalto da questa visione incandescente.

Solo adesso capisco che è quello che capita sempre di fronte agli eventi stravolgenti: l'autentica, incomprensibile paralisi che t'impedisce di reagire e di salvare la pelle, scappando o aggrappandoti a qualcosa. Ma se c'è qualcosa verso cui sono spinta a lanciarmi, non è via, ma verso di lui, il qualcosa cui aggrapparmi per salvarmi è lui.

Voglio salvarmi dalle mie fantasticherie, dai sogni in cui mille volte l'ho immaginato e inventato a modo mio, in cui ho litigato con lui o gli ho parlato con dolcezza, dai dialoghi deliranti in cui interpretavo entrambe le parti, la mia e la sua, per consolarmi della frustrante consapevolezza di averlo cercato e inseguito inutilmente. Devo cancellare il fantasma in cui l'ho trasformato, ritrovare la sanità mentale per cui lui è semplicemente lui e non l'attore delle mie elucubrazioni e dei miei desideri. Questo ragazzo che mi arriva addosso a braccia aperte mi sta salvando restituendomi a me stessa: io sono tornata a essere solo io, pronta a farmi persino arrotare dal suo skateboard nello stupore di vederlo così reale e sicuramente migliore di ogni sua proiezione, perché così bello e gioioso non sono mai riuscita a immaginarlo, neanche nei sogni più audaci.

La tavola è quasi a un soffio da me, quando vira leggermente, e le sue braccia mi afferrano, esperte. L'angelo è atterrato abbracciandomi stretta, senza dire una parola, e in questo preciso istante ringrazio la natura per averci fatto esseri umani e non creature impalpabili, formati da questa materia solida, del giusto calore che non incenerisce ma scalda, di una morbida consistenza tale da poterla toccare e carezzare e stringere, e soprattutto modellati con superfici che s'incastrano perfettamente, perché così sono fatti i nostri corpi: con queste braccia e visi e gambe, che si possono combinare insieme senza alcuna fatica, senza spigoli o vuoti. Solo abbracciandosi, si sente cosa significa ritrovarsi in una dimensione completa, piena.

Sono stupita dalla naturalezza con cui ci stringiamo, come se fosse un'abitudine consolidata dal tempo, come se non avessimo fatto altro, fin dal primo momento che ci siamo visti, perché in questo preciso istante non provo alcun imbarazzo o briciolo d'incertezza, né il minimo timore di alcunché. Mi sento piacevolmente avvolta da lui: ha affondato il viso nei miei capelli e vi respira, mentre il suo cuore batte così veloce da farmi temere che possa balzare fuori dal petto per cadermi tra le mani.

Com'è possibile che sia tutto così normale, per me, così naturalmente spontaneo? Eppure ho immaginato proprio questo momento decine di volte, e ogni volta era il mio cuore a sobbalzare, accelerando furiosamente. E adesso, invece, una strana calma si è impadronita del mio corpo, tanto che appaio rilassata, come chi torna a casa dopo un tempo lunghissimo, come mia mamma quando rientra dopo un viaggio, e la sua prima reazione, oltrepassando la soglia, è quella di emettere un gran sospiro appagato: finalmente a casa.

Mentre stringo a me Taisir e sento il suo cuore che batte follemente, mi sento una specie di Ulisse e penso: questa è la mia casa, questa pelle contro la mia guancia, questo profumo, questi capelli, io li riconosco, come se fossero parte di una mia precedente esperienza. È lui, Taisir, che mi è noto nella sua inconoscibilità, è come un luogo dove sei stata da piccola e che non ricordavi finché non ce l'hai di nuovo davanti agli occhi, allora ricordi tutto insieme e dici questo è il posto, questa è la via, la piazza, la torre, questa l'edicola e laggiù c'è la fontana dove lanciai una moneta. E malgrado Taisir sia un luogo straniero, che per la prima volta nella mia vita sfioro con le labbra e le mani, quell'impressione di ricordo affiora prepotentemente e per me baciarlo non significa baciare un estraneo, intimidita ed eccitata, ma baciare qualcuno che conosco talmente bene che so persino come vuole essere baciato.

Non so come siamo finiti su questa panchina, perché l'emozione mi fa di questi scherzi: cancellare le azioni superflue per concentrarmi sulle sensazioni più intense, imprimendomele a fuoco nella mente. Così, siamo seduti su una panchina, modellandoci esattamente sul ritratto dei perfetti innamorati, raggomitolati uno sull'altro. Lui ha posato la testa sulle mie gambe e io immergo le dita nella massa attorcigliata dei suoi capelli. Sono fittissimi ma contrariamente a come ci si aspetterebbe nel vederli così spessi, hanno la soffice morbidezza dei gomitoli di lana ed emanano questo profumo latteo che è un misto della sua pelle e di qualche shampoo di cui vorrei sapere il nome per compralo subito e possedere anch'io, poi, quella traccia inconfondibile su di me.

A giudicare da questo buon profumo e dalla sofficità dei capelli, dalla maglia che odora di bucato, anche lui, per questo nostro primo vero appuntamento, si è preparato, chissà se con la massima cura come me, che ho impiegato delle ore prima di essere parzialmente soddisfatta della mia figura, del mio viso e i miei capelli. Al mio occhio inflessibile la mia faccia mi appariva scialba, ma appena mi ero ravvivata con fard, eyeliner e rossetto mi era apparsa allo specchio la caricatura di una maschera e avevo sciacquato via tutto; mi salveranno i capelli, mi dicevo, e li avevo lavati e asciugati all'aria per non gonfiarli troppo, ma le punte si erano un po' elettrizzate e mi sembrava di sparare capelli dappertutto. I vestiti, poi, hanno rappresentato un autentico dramma che si è concluso infine con la considerazione che avrei fatto tardi, per cui dopo tante variazioni di gonne, maglie, camicette e giacchine, sono uscita in jeans e maglietta stretch, coperta da un corto giubbotto scamosciato. Prudentemente, mi sono chiusa alle spalle la porta della camera per non far prendere un colpo a mamma, con tutta quella roba sparsa dappertutto.

Ho fatto bene a lasciare il viso nudo e crudo, perché lui mi carezza le guance e i capelli all'infinito, soprattutto i capelli, che si arrotola intorno alle dita, fissandoli affascinato. Entrambi siamo innamorati delle reciproche chiome, in un istante ho la comica idea che siano stati loro ad attrarci, i suoi capelli lunghi e nodosi e la mia capigliatura arricciata: devono essersi sfiorati un istante e riconosciuti nell'intima natura ferina.

Avevo tante cose da dirgli, da chiedergli. Milioni di domande che sono sparite di colpo, come soffiate via da un turbine che mi ha lasciata svuotata di parole per colmare quello spazio di pure sensazioni tattili, brividi e calore, tenerezza, desiderio e commozione. Come davanti a un fenomeno incommensurabile sono diventata muta, e mi affido a un linguaggio fatto di sguardi languidi e risatine e versi che potrebbe emettere un gattino: ma presto Taisir, con la sua testa poggiata sulle mie gambe, si trasforma anche lui nel mio cucciolo personale, abbandonato alle mie carezze come un cagnolino a pancia all'aria, e come un cagnolino sembra proprio che guaisca.

Camminiamo avvinghiati, lui con la sua tavola sotto un braccio, io con la testa appoggiata alla sua, perché siamo pressappoco della stessa altezza.

Camminiamo fino all'uscita del parco, dove inizia il viale perennemente trafficato.

Sembriamo entrambi ridestarci mentre oltrepassiamo la soglia del bar: lui ritrova la voce per ordinare qualcosa, io sbatto gli occhi guardandomi intorno come potrebbe fare la bella addormentata dopo i famosi cento anni di sonno. Siamo appoggiati al bancone, uno di fronte all'altro, ci fissiamo alla luce fredda che proviene dall'alto. Mi scruta come se volesse leggermi in faccia la risposta a una sua domanda sospesa e impronunciabile, che forse è il mio stesso interrogativo: chi sei, perché tu? Ma quella domanda, se anche fosse esattamente questa, non la formula. Invece, dice con cautela, come avesse paura a sbagliare le lettere: «Rachele.»

Come sempre quando mi sento confusa, sorrido allegramente: «Taisir.»

«Mi racconterai chi sei, un giorno?»

«E tu, mi racconterai?»

Ha un accenno di risata: «Tu sai già tutto di me.»

Alzo le spalle, schermendomi: «Che dici? Impossibile.»

Ma lui mi fissa molto seriamente: «Sono sicuro che tu sai, che tu mi conosci.»

Abbasso gli occhi, continuando a sorridere.

Credo che interpreti il mio gesto come un'ammissione di conoscenza, ma io semplicemente ho paura della sua evidente fiducia di qualche mia insondabile capacità a comprendere, perforando i suoi pensieri con un occhio sfavillante. E per fugare ogni dubbio che potrebbe divenire delusione, gli dico: «Saprò sempre soltanto quello che vorrai farmi sapere.»

Mi prende una mano: «Vedi che ho ragione, che mi conosci?» È solo perché il barista ci guarda storto che non ci scambiamo l'ennesimo bacio.

2

Sapevo fin da subito che questo è un ragazzo molto diverso da tutti quelli che conosco. Ma ora che me ne sto seduta a piangere come una fontana sull'autobus, non mi consola pensare che ho sempre immaginato che questa è una strada in salita e che ogni volta è un po' come ricominciare da un punto impervio, inesplorato e minaccioso. Non mi conforta pensare che forse a me piacciono le cose difficili, le persone complicate, e Taisir è molto più complicato di quello che si possa pensare perché sa benissimo che cosa significhi essere diversi dagli altri e quanto pesi questa diversità.

Proprio perché sono cosciente di come basti un attimo per sciogliersi nella massa e scomparire, non desidererei altro che essere una come tante, insieme con un ragazzo come tanti, uno di quelli che smaniano per la propria squadra e che se mai ha avuto una noia con la polizia è solo perché allo stadio c'è stato qualche tafferuglio e hanno preso i nomi di tutti quelli della curva nord.

Invece, il mio ragazzo è uno che la polizia ce l'ha sempre addosso e non perché è una specie di hooligan o un criminale o un tossico, niente di tutto questo. Semplicemente la polizia lo controlla a vista perché è arabo palestinese e potrebbe essere in odore di terrorismo.

Ma io non potevo indovinare una faccenda del genere: immaginavo che alla fin fine i problemi di Taisir e della sua famiglia fossero quelli comuni a chi arriva da un altro luogo e deve lavorare e integrarsi nel tessuto civile e nelle leggi di un paese sconosciuto; ma a questo non ero preparata, e se sto piangendo è perché tutto sfugge alla mia comprensione e perché ho il dubbio atroce che lui mi stia nascondendo qualcosa di importante, qualcosa che non devo sapere perché forse lui non mi considera abbastanza affidabile. In fondo, come mi ha detto, sono solo una ragazza.

Stavamo camminando per strada e d'un tratto ho sentito che s'irrigidiva. Non avevo fatto caso alla pantera della polizia parcheggiata poco avanti, proprio davanti al suo palazzo. Ma anche questo non significava nulla per me: il quartiere, come mi aveva ammonito Fatema, era sempre controllato da pattuglie. Invece, lui aveva colto in un attimo il senso di quella presenza, perché aveva abbandonato la mia mano e mi aveva detto: «Torna indietro.»

«Ma che dici?» ridevo, come se fosse uno scherzo. Lo stavo accompagnando a casa, poi sarei salita da Fatema. Più tardi ci saremmo di nuovo incontrati perché mi avrebbe riportato a casa mia in autobus, per quel tragitto che, da quando lo facevamo insieme, mi pareva brevissimo.

La risata mi era morta in gola appena mi ero accorta di come lui fissava davanti a sé quel poliziotto che ci guardava, in piedi accanto all'auto. La polizia non mi fa paura: quand'ero piccola trovavo sensazionali i pompieri, e provavo una certa devozione per i carabinieri a cavallo, con quelle divise stupefacenti, nere con le bande rosse, gli stivali e persino il mantello. Ho sempre avuto casomai una certa diffidente ostilità per i vigili, comprensibile per chi vive in una zona della città dov'è difficilissimo parcheggiare e dove fioccano le multe anche per una cartaccia buttata per terra. Ma la polizia è sempre stata lontana dai miei orizzonti di brava ragazza, se non come un'entità al mio servizio, da chiamare in caso di pericolo. Invece, ora quest'entità era davanti a me, incarnata in un giovane poliziotto che ci squadrava a naso in su, intimandoci: «Documenti.»

Avevo tuffato la mano nello zainetto, e mi saliva alla gola un insolito e ingiustificato senso di colpa: stavamo solo camminando per strada, noi due. Mi stavo anche confondendo, perché non riuscivo a trovare subito il portafogli: maledetto zainetto, tutte le cose lì dentro frullano come dentro la lavatrice e se hai bisogno di un fazzolettino trovi le chiavi, se vuoi il portafogli ecco sottomano il portatrucchi. Così, ero lì che rimescolavo con la mano come dentro una pozza melmosa, mentre Taisir aveva già tirato fuori certi fogli da una tasca dei pantaloni. Finalmente avevo pescato il portafogli, ma potevo anche evitarmi tutta quella fatica e quel minimo batticuore visto che il poliziotto aveva preso la mia carta d'identità giusto per sfiorarla con uno sguardo indifferente e restituirmela subito. Ma i fogli di Taisir era rimasto un bel po' a rigirarseli tra le mani e aveva preso a domandare: «Allora, perché tuo fratello non è al lavoro?»

Taisir aveva scrollato le spalle: «È in ferie, dovrebbe saperlo.»

«Già, in ferie. Ed è partito per la Germania.» Il tono sembrava sarcastico e mi irritava come mille punture di spillo. Taisir rispondeva a bassa voce, ma in tono glaciale: «Sì. Ci sono dei nostri parenti, là.»

«Tuo padre quando rientra?»

«Verso le sette e mezza.»

«Ho bisogno di parlargli.» Il poliziotto aveva sventolato i fogli: «Questi li trattengo, te li restituisco dopo.»

Taisir aveva annuito, e io ero esterrefatta. Mi stupiva la docilità con cui rispondeva e con cui accettava quello che a mio parere era un sopruso: farsi sequestrare i propri documenti. Avrei voluto mettermi a urlare: 'Che c'entra lui con suo fratello?', invece ero rimasta ammutolita ed ero arrossita quando il poliziotto mi aveva scoccato una lunga occhiata, uno sguardo odioso, come se avessi davvero fatto qualcosa di illegale o molto sgradevole. Ero avvampata di rabbia, perché di colpo io e Taisir eravamo diventati due bambocci impietriti davanti a una divisa, e la divisa se ne approfittava per umiliarci e sfotterci, già che c'era, visto che continuava a fissarci con quella specie di smorfia sardonica mentre ci allontanavamo, irrigiditi e non più mano nella mano. Io ribollivo, e appena avevamo svoltato l'angolo, ero scoppiata: «Che cosa succede, accidenti? Che vuole da te, quello?»

Il viso di Taisir si era oscurato: «È meglio se non ti impicci nelle mie faccende.»

Avevo scosso la testa con forza, come una belva che abbaia ferocemente: «Ma certo! Stai zitta e buona, ho recepito. Come fossi una cretina!»

«Non sai quello che dici.» Taisir era sempre più cupo, parlava sottovoce, stringendo le mascelle dove evidentemente stava trattenendo la sua rabbia. «Tu puoi permetterti di fare quello che vuoi, ma io non ho i tuoi privilegi.»

«Ma cosa dici? Quali privilegi?»

Era apparso il suo sorriso gelido: «Non ti sei accorta della differenza? Tu hai una carta d'identità, io ho dei fogli, perché io non sono un cittadino italiano, anche se sono nato e vivo qui. Non sono né italiano né palestinese, non ho cittadinanza, non ho appartenenza, non ho un bel niente. Sono una specie di detenuto in libertà vigilata, senza aver commesso alcun crimine, o meglio, il crimine è che sono figlio di immigrati palestinesi. Tu puoi permetterti di protestare, se vuoi, hai questo vantaggio.»

Malgrado fossi rimasta quasi senza fiato, avevo mormorato, con sicurezza: «Non è un vantaggio, né un privilegio. È un diritto.»

«Bene, signorina, io questo diritto non ce l'ho. E loro possono fare così, possono fermarmi e interrogarmi e trattenere i documenti finché non torna mio padre e interrogare mio padre e sapere dov'è mio fratello. E se gli prende il ticchio possono anche arrestare per un paio di giorni papà, senza chiamare avvocati né nulla, perché noi siamo immigrati arabi, anzi, noi siamo palestinesi, come quelli che s'imbottiscono di tritolo e si fanno esplodere in mezzo alla folla.» Aveva concluso questa specie di comizio a mio esclusivo beneficio quasi sottovoce, vibrando d'ira. Di colpo, ero tornata a essere il suo nemico, proprio io, che fino a pochi minuti prima aveva stretto a sé con tenerezza.

Avevo provato a calmarlo e a calmarmi: «D'accordo, scusami. Ho sbagliato, ho esagerato. Ma capisci che io non so proprio niente, a malapena so che sei di origine palestinese... Ma tu sei nato qui, sei come me. Non potevo immaginare che fosse così complicato, che la legge non ti proteggesse.»

Era scoppiato a ridere con quella brutta risata cinica che avevo conosciuto agli inizi e che detestavo: «Driiin! È suonata la sveglia! Ha aperto gli occhi? E poi, non li leggi i giornali?» Gli occhi gli brillavano di collera, fissandomi come se stesse parlando a uno dei responsabili dell'intollerabile muro che ci poneva su piani diversi nella sfera dei diritti civili. «Sai che cosa faceva mio padre, prima di arrivare qui? Era professore universitario a Ramallah. E sai che cosa fa ora? L'operaio tessile. Ha accettato qualsiasi lavoro, anche il più umile, pur di vivere in pace, ma anche così non va bene. E qual è il problema? Che è arabo, è musulmano.» Ora mi guardava apertamente con odio, e io non avevo sopportato oltre: «Smettila!» mi erano salite le lacrime agli occhi. «Non è colpa mia quello che vi è successo! La polizia è così dappertutto, ma io che c'entro?...» Ormai piangevo a dirotto, e lui era sembrato scuotersi, trafitto da una puntura di compassione. Avevo nascosto il viso tra le mani come una Madonna tragica, soprattutto per non vedermi più davanti quella maschera di rabbia tutta rivolta contro di me.

«Rachele...» aveva mormorato lui facendo il gesto di abbracciarmi. «Non devi metterti in mezzo. Tu sei solo una ragazza.»

Allora mi ero liberata in fretta da quei tentacoli ed ero scappata via come una furia, correndo lungo il marciapiede, oltrepassando l'auto della polizia, avanti fino alla fermata dell'autobus e ancora oltre, fino alla fermata successiva per non rischiare, in piedi ad aspettare il bus, che lui mi raggiungesse.

Ero salita sull'autobus senza fiato, il viso bagnato, l'aria stravolta. Sembravo davvero una povera fanciulla appena scampata all'assalto dell'arabo assassino.

Mi asciugo le lacrime, respiro profondamente, mentre guardo fuori dal finestrino: c'è tutta questa gente intorno e non voglio suscitare compassione, anche se la gran parte della gente è talmente concentrata su di sé, chiusa in una corazza di fatica e indifferenza e solitudine, che non presta alcuna attenzione allo spettacolo indecoroso del mio viso rosso e gonfio di pianto.

Indosso gli occhiali scuri poco prima di scendere, anche se

non c'è il sole: non vorrei imbattermi in qualcuno che conosco e mostrargli il triste spettacolo della mia disperazione.

Mi avvio per strada, un po' curva, con lo zainetto su una spalla e davvero ho l'impressione di essere una povera ragazza abbandonata in un mondo malvagio e respingente, dove l'amore e la bellezza sono pure illusioni a cui possono credere giusto delle stupide Cenerentole come me. Con gli occhiali da sole in questa giornata plumbea mi sembra di procedere dentro la nebbia: non distinguo molto bene le persone, perciò non faccio molto caso a quel tizio appoggiato sul muro accanto al mio portone finché quello non si muove e mi viene incontro con quell'andatura un po' ciondolante che è l'inconfondibile passo di Taisir.

In un attimo lui mi avvolge completamente, e l'effetto è quello che un povero assiderato prova quando è avviluppato nella coperta offerta da mani sollecite: il benessere immediato scaturisce dalla sensazione di morbidezza e calore e provoca un'infinita gratitudine. Non gli chiedo come ha fatto ad arrivare prima di me, perché a Taisir attribuisco doti magiche. Lo so che si sposta volando rasoterra per strade alternative, scorciatoie e marciapiedi, sventatamente contromano, e non c'è niente in grado di fermarlo quando si lancia come un proiettile lungo un percorso.

In questo momento benedico il fatto che sia un geniale skater, il più veloce, il più esperto, che conosca la città molto meglio delle sue e delle mie tasche, e che abbia fatto tutto in un lampo, prendere lo skate, saltarci sopra e inseguirmi, senza esitazioni. Ma lui non ha mai esitazioni, casomai slanci come questo, e per questo dimentico subito ogni stupida piccola offesa. Lo spingo ridendo dentro il portone e su per l'ascensore, su a casa mia dove finora non è mai voluto entrare.

Ha l'espressione un po' smarrita, mentre si guarda intorno

nel mio appartamento vuoto. Attraverso i suoi occhi, anch'io ho l'impressione di osservare per la prima volta il nostro soggiorno ampio, pieno zeppo di libri, e il corridoio su cui si aprono la stanza dei genitori e la mia, con i due bagni di fronte, e lo studio di papà in fondo. Vedo i nostri mobili moderni, chiari, i quadri astratti alle pareti e i tappeti dai motivi geometrici che sembrano galleggiare sopra il parquet.

Taisir commenta ammirato: «Bello. È una casa da rivista.»

Alzo le spalle: «I miei non possono sopportare i mobili antichi o finto antichi. A mia madre piace l'arte contemporanea, i quadri sono tutti di amiche pittrici.»

Lui non dice altro, mentre mi segue docile come un cagnolino nella mia camera.

Provo a pensare che effetto gli faccia questa camera grande con il letto a baldacchino e il divano azzurro, i poster e le scaffalature riempite di libri e CD. Se ne sta zitto, le mani tuffate in tasca: sembra quasi intimidito da tutti questi oggetti, si muove con cautela come se temesse di rompere qualcosa. Gli dico di scegliere la musica che preferisce e lui, dopo aver meditato un po', infila un CD nel lettore e solo allora si lascia cadere sul divano, fingendo di attaccare briga con uno dei miei pupazzi, il grosso anatroccolo giallo che pare sonnecchiare su un cuscino. E quando alla fine è veramente a suo agio, gli chiedo di raccontare.

Dubito che mentre sfrecciava lungo le strade sapesse a cosa sarebbe andato incontro: non è sufficiente la bellissima sorpresa che mi ha fatto, perché lo so che ci ricascheremo, basterà una frase o anche meno, e potrebbe riesplodere la sua aggressività. Devo pur conoscere le ragioni che fanno di Taisir uno che, a suo dire, vive in libertà vigilata e non un ragazzo come tutti, libero di agire come vuole.

«Com'è tuo fratello? Ti somiglia?»

Taisir alza le spalle, si limita a fornirmi pochi dettagli con cui cerco di figurarmi quest'uomo alto, barbuto, i capelli corti, l'espressione corrucciata di chi sente su di sé una pesante responsabilità, quella di chi vive esiliato in un mondo corrotto, in cui è necessario mantenere la propria integrità, la fedeltà ai principi religiosi e alla tradizione. Provo a immaginare la sua voce, forse un tono cupo, mentre discute con il fratello minore, Taisir, che ai suoi occhi appare occidentalizzato in modo preoccupante, con quegli amici italiani, la passione per lo skateboard, i jeans e le scarpe americane, e quei libri del liceo, che pullulano di falsità o di pericolose letture.

«Mio fratello rifiuta in blocco la cultura occidentale. Non vuole neppure confrontarsi, per lui questa cultura è la propaganda dell'imperialismo, tutta farina del diavolo.» Sta scuotendo la testa, mi guarda: «Credo proprio che non ti approverebbe.»

«Perché, ho la coda e le corna?»

Sorride: «È così. È ovvio che per sé sceglierà una moglie rigorosamente musulmana, di una famiglia integralista.»

«E già che c'è ne sceglierà una anche per te?» Lo dico scherzando, ma sento una sottile fitta d'ansia che mi punge. Non è la stessa cosa che mi ha detto Fatema, mettendomi in guardia? È una famiglia tradizionalista, lui sceglierà una brava ragazza musulmana, al momento opportuno. Magari per ora si svaga un po' con la tizia italiana in odore di ebraismo, ma se la cosa si facesse seria, non dubitare che avanzeranno le ragioni culturali, familiari, identitarie, quelle che fanno la differenza scavando fossati.

Potrebbe rispondermi con una battuta di spirito, invece rimane serio: «Per me non sceglie proprio nessuno. È la mia vita. Mio fratello ha la sua storia, lui è nato in Giordania, ha vissuto gli anni dell'invasione a Ramallah, gli sono rimasti impressi a fuoco i rastrellamenti, le perquisizioni, la legge marziale...» Lo sguardo s'incupisce di nuovo. «Era piccolo, ma ricorda tutto molto bene, perché ha avuto il terrore di perdere papà. È strano, perché mio padre non ha rancori, non parla con odio, anzi. È un uomo pacifico, è molto religioso.»

Anche lui. E così sarà davvero dura essere accettata in quella casa, figurarsi: una ragazza cresciuta nel massimo materialismo occidentale, con un'educazione laica, quindi scandalosa! Devo avere assunto un'espressione mesta perché Taisir mi carezza il viso, mi chiede a cosa sto pensando: «Penso alla tua famiglia: tutti hanno molto sofferto, è così triste. Sono contenta che tu sia nato qui, al riparo dai guai.»

Non dovrei dirglielo, ma è la verità: sono felice che lui viva in questa parte del mondo, in questa città, risparmiandosi dolore e odio, paura e rabbia. A Ramallah non sarebbe un liceale né uno skater, non sarebbe questo ragazzo brillante, ma uno che ogni giorno deve vedersela con i nemici, respirando l'aria avvelenata di disperazione e violenza, uno che non ha futuro e perciò pronto ad aumentare le fila dei combattenti.

Ha poggiato la testa sulla mia, intreccia le sue dita alle mie. Allora azzardo a dire: «Il tuo paese è questo. Scusa se te lo dico, non ti offendere, ma per come la vedo io tu sei italiano, europeo, occidentale.»

Mi bacia su una tempia: «Per come la vedo io, sono un palestinese europeo.»

«Una doppia nazionalità, vuoi dire?»

«Non ho nazionalità, te l'ho detto, sono uno che non appartiene a nessun posto. La Palestina è dentro di me.»

Di nuovo l'ansia mi punge: «Se la Palestina diventerà uno stato, tu... vorresti tornarci? Vorresti vivere là?»

Appoggia la testa sulla testiera del divano, e gli esce un sospiro: «Voglio poterci andare da persona libera. Vorrei vivere qui

senza essere chiuso dentro una definizione: arabo, immigrato, musulmano, straniero. Vorrei essere semplicemente Taisir, io.»
Ha poggiato il palmo aperto sul petto e si è voltato verso di me con uno sguardo complice. Quello sguardo, quel gesto mi inteneriscono. Mi sta dicendo che lui è tutto lì, dentro il suo cuore: un cuore grande, un cuore aperto.

3

Come quasi ogni sera, i miei genitori interpretano il loro ruolo preferito, quello degli innamorati. Davanti al banalissimo pollo lesso con maionese che papà ha cucinato in fretta e furia, mamma si sente in dovere di commentare che è *davvero* squisito.

Potrebbe passare per un complimento gentile, se non fosse, più prosaicamente, la sua comoda, vincente strategia per evitare di preparare la cena e lasciare come sempre il compito a papà che di fronte a queste lusinghe s'inorgoglisce; del resto mamma è una pessima cuoca, non è riuscita mai a imparare neppure i minimi termini della cucina, e le rare volte in cui papà non è a casa lei corre a ordinare le pizze da asporto, a meno che non decida di prendere io in mano la situazione e risolva la cena con una frittata e due pomodori. Lei si giustifica dicendo che non ha tempo né fantasia, ma anche sua sorella, mia zia, ha la stessa idiosincrasia per la cucina, tanto da pranzare sempre in mensa, e a cena, se non è invitata da qualche amico, divora grandi insalate: dunque dev'esserci una specie di difetto genetico che le accomuna.

E dire che mia nonna al contrario è una cuoca stupenda, di quelle che sanno preparare degli autentici manicaretti da manuale e che in quattro e quattr'otto riesce a fare la pasta fatta in casa anche per dieci ospiti. Una volta, zia ha detto che è esattamente questo il motivo per cui lei non sa cucinare: la massima realizzazione di nonna come casalinga perfetta al servizio del marito, tale da far crescere in lei e mamma un autentico rifiuto di dedicarsi alla cucina, come se l'emancipazione della donna passasse necessariamente per la fuga dai fornelli. Come al solito, zia esaspera le tinte nell'immagine di sua madre Cenerentola, quando a dir la verità nonna è semplicemente la padrona di casa che scaccia tutti dalla cucina, riservandosi i preziosi segreti di timballi e arrosti, perché quando le chiedi una ricetta, un ingrediente, assume un'espressione vaghissima ed evita ogni descrizione accurata, perché mai le sia carpito il potere culinario.

Forse per pigrizia forse per reazione, mamma non ha alcun talento per il cibo e neppure la volontà di imparare, visto che papà fin dall'inizio ha preso in mano le stoviglie e anche se ha un mucchio di compiti sulla scrivania, alle otto schizza in cucina e si adopera come un'ape operaia prima che arrivi, appunto, la regina.

Come sempre, lei si annuncia con una sorta di squillo di tromba, emettendo un gioioso richiamo dalla porta d'ingresso sul genere: *uh-uh-uh...* cui papà risponde cinguettando «Amore sei tu?» Allora inizia quella specie di rituale di corteggiamento a colpi di bacetto, tesoro-amore-cara, un rituale da copione, perciò esasperante nella sua ossessiva ripetitività.

Sarà, ma io stasera non ho proprio voglia di sorbirmi lo spettacolo delle loro smancerie, con lei che insiste: «Ero talmente giù di corda che questa cena è proprio quello che ci voleva» e lui che arrossisce come uno scolaretto che prende un bel voto, alla sua età! Così, con la testa china sul piatto, sbocconcello il pollo che non è affatto squisito, ma un po' stopposo anche se papà ha cercato di ammorbidirlo in una maionese troppo liquida. Con le dita, frantumo il pane in piccolissime briciole all'angolo del piatto, rimuginando pensieri furiosi.

Ecco qui i miei perfetti genitori, idealisti indomiti, ma comodamente accoccolati sotto lo scudo delle loro certezze borghesi: la loro casa che Taisir ha perfettamente definito 'da rivista' e il loro lavoro intellettuale al riparo da ogni pericolo perché in questa parte del mondo non solo si può manifestare il proprio pensiero ed esercitare il proprio dissenso, ma anzi, ogni dissenso è comprensibilissimo e rispettabilissimo, non si rischia il proprio posto e persino la propria vita, non ci si ritrova esuli e umiliati in terra straniera.

Ma quel mondo che i miei genitori e quelli come loro pretendevano di cambiare con tanta arrogante presunzione, è sempre lì che si arrabatta tra intolleranza, violenza, pregiudizi, sostenuti e approvati da leggi che scavano differenze tra ricchi e poveri, autoctoni e stranieri, maschi e femmine, riconfermando il buon vecchio schema dell'esclusione dal cerchio magico del privilegio, perché si perpetui, intatto.

«Tesoro, che c'è?» Alzo gli occhi e incontro lo sguardo soavemente preoccupato di mamma. Scrollo le spalle, sempre più torva. Lei lancia un'occhiata a papà che alza le sopracciglia in segno di perplessità: già, chissà che c'è, che cos'ho, così taciturna e immusonita?

«Sei stanca? Hai litigato con qualcuno?» azzarda mamma. Ma perché in questa casa si deve sempre dire tutto, tirare fuori tutto, esprimersi, parlare, discutere, riflettere, esaminare, passare sempre dal filtro dell'analisi linguistica? Perché non si può tacere per un po', e per esempio smetterla almeno un giorno con gli epiteti sdolcinati che ribadiscono il vostro reciproco attaccamento? E intanto visto che si parla di rispetto, si potrebbe cominciare con il lasciarmi in pace con il mio malumore, invece di attaccare con le diagnosi che prevedono ovviamente una cura: sei stanca dunque vai a letto presto; hai litigato con qualcuno dunque chiarisci; stai con un ragazzo arabo dunque aspettati qualche problema. Mi alzo da tavola bruscamente: «Non ho fame, mi fa male la testa.»

Esco dalla cucina prima che uno dei due riesca a replicare, e nella fuga lascio inavvertitamente cadere un paio di posate con un rumore da cristalleria infranta. Potrei chiudere a chiave la mia stanza, ma sarebbe francamente troppo. Infrangerei una regola non scritta della mia famiglia, quella della confidenza e della fiducia reciproca per cui nessuno entra in una stanza senza prima bussare, ma ha sempre il diritto di entrare perché non ci sono territori off-limits sotto uno stesso tetto. Mi pare che sia la perfetta metafora della democrazia come la intendono i miei genitori: spazi privati comunque controllati.

Com'era prevedibile, uno dei due viene in avanscoperta, ma aspetta una buona mezz'ora prima di farlo, chissà se per farmi sbollire l'improvviso e ingiustificato scatto di rabbia oppure perché ne hanno parlato tra di loro, chiedendosi lumi a vicenda. Dal lieve bussare su una sola nocca capisco che è papà quello che è venuto a parlamentare, e faccio lo sforzo di voltarmi verso di lui quando entra prima con la testa, poi con il resto del lungo corpo ossuto.

«Ciao» mi dice con aria divertita. Chissà cosa c'è di tanto allegro a vedermi concentrata a scrivere al computer.

«Ciao» ribatto, girandomi di nuovo verso lo schermo. Ho deciso di mantenere un atteggiamento sostenuto e un po' seccato, in modo che papà batta in ritirata subito. Ma lui non è venuto con l'intenzione di chiarire e capire le mie ragioni sottoponendomi a un piccolo interrogatorio sul mio comportamento, ma a propormi inaspettatamente: «Che ne dici di uscire un po', noi due?»

Mi volto di scatto, sorpresa, ma non faccio in tempo a replicare perché papà mi lancia il giubbotto di pelle, e io l'afferro d'istinto.

«Uscire?» riesco poi a rispondere, a occhi sgranati. Papà s'infila la giacca di velluto a coste e si esibisce in un mezzo inchino, indicando la porta: «Dopo di te.» Prima che metta avanti la scusa del computer acceso, mi previene: «Lascia pure tutto così, andrà in stand by.»

Imprimo un mezzo giro alla poltroncina girevole e balzo in piedi con una mossa felina. Infilo la porta in fretta, seguita da papà che si premura di spegnere le luci. Il resto della casa è immersa nel silenzio, la cucina è buia. Prima di domandarmi che fine ha fatto mamma, mi arriva il rumore dell'acqua nella vasca. Sulla porta d'ingresso finalmente domando: «Scusa, ma dove andiamo?»

«In un posto che non conosci» dice lui, strizzandomi un occhio. M'infilo il giubbotto perplessa, non è mai successo di uscire dopo cena con papà senza una meta precisa, il cinema o il teatro per esempio. Lo guardo interrogativa mentre scendiamo in ascensore, ma lui assume un'aria misteriosa, sempre con quel sorrisetto a mezza bocca. Fidiamoci, mi dico.

Ho qualche dubbio sull'aver dato fiducia a papà quando vedo il locale.

Che ci facciamo qui? È una specie di bar in periferia, un posto per niente speciale. Mentre papà guidava fischiettando, pensavo che mi scarrozzasse verso qualche club dove si suona dal vivo musica jazz o rock anni '70, uno di quei posti dove vedrei bene i miei genitori, tanto nostalgici di quella musica da collezionare i dischi in vinile e averne riacquistate le versioni rimasterizzate in CD. Tanto più che papà stava proprio fischiettando uno di quei brani amatissimi dei Rolling Stones. Non so quante volte ha insistito a farmeli ascoltare, sperando che mi convertissi al rock'n roll, ma io sono piuttosto restia di fronte a questa musica tutta batteria e schitarrate; a me piacciono i cantanti che mi mettono i brividi con la loro voce, i loro testi commoventi.

Mentre lui guidava tutto allegro, mi chiedevo perché avesse sentito l'impellente necessità di uscire con me per andare a bere qualcosa, come fossi un vecchio amico in crisi matrimoniale e non sua figlia, casomai in crisi esistenziale. Mi domandavo come mai non fosse ancora arrivato al dunque, e cioè non mi chiedesse perché a tavola ero sbottata, che cosa non andava, cosa aveva fatto scattare la mia rabbia. Invece, ostentava un'aria scanzonata come se quel giro chissà dove, io e lui da soli, lo avessimo programmato da tempo.

Osservavo le strade che non conoscevo: ci stavamo dirigendo verso una periferia diversa da quella ben nota in cui abita Taisir, e perciò di nuovo un mondo sconosciuto, un altro paese fatto sempre di palazzoni e supermercati e viali, ma con proprie caratteristiche che rendono questa periferia completamente diversa, all'apparenza più disordinata e più vecchia della periferia di Taisir.

Alla fine, abbiamo parcheggiato in questo stradone e ci siamo diretti verso una vetrina poco illuminata, senza neppure un'insegna fuori, una minima traccia per far capire che è un bar e, a quel che sembra, anche una trattoria. Uno di quei posti che, se non vieni a colpo sicuro perché lo conosci, non lo troveresti mai.

Così sto chiedendo a papà come mai siamo venuti proprio quaggiù, con tanti bar sotto casa, più vicini e vorrei aggiungere anche molto più simpatici, quando lui spalanca la porta e dall'altra parte qualcuno esclama, a gran voce: «Guarda chi c'è! Il Popi!»

Popi?

Spalanco la bocca come il personaggio di un cartone animato, ma mio padre non si cura della mia sorpresa, perché si è già avvinghiato a un uomo alto e grosso, scambiandosi gran pacche sulle spalle come due fratelli che si ritrovano dopo tanto tempo.

Da dietro il bancone di questo bar, che non è proprio un bar ma una specie di taverna vecchio stile, come in certi film western che papà mi ha fatto vedere quand'ero più piccola, da dietro quel bancone di legno con tanto di specchiera appesa alla parete esce un tipo con un paio di baffi lunghi fino al mento e i capelli ricci e lunghi sul collo, un tipo che non mi stupirei affatto se indossasse un cappellaccio da cowboy e una palandrana polverosa ed esordisse con '*hola, hombre!*'. Invece anche lui abbranca mio padre con grandi esclamazioni di gioia, mentre nella stanza entra una donna, e al solo vedere papà s'illumina come una lampadina, stringendosi le dita, le mani sul petto come fa nonna quando mi vede scendere dall'auto, e prima di spalancare le braccia per accogliermi unisce le mani in una specie di preghiera di ringraziamento. Dunque sono tutti qui accanto al bancone con questa specie di figliol prodigo che è papà, mentre quei pochi seduti ai tavoli osservano un po' distrattamente, quando lui si volta e mi fa cenno di avvicinarmi. Sento tutti gli occhi puntati su di me, mentre lui annuncia, con gioiosa fierezza: «Rachele, mia figlia.»

«Rachele?» la donna sembra sconcertata. «È già passato tutto questo tempo? L'ultima volta che l'ho vista aveva cinque o sei anni e ora...» Mi squadra, poi si rivolge a papà con aria soddisfatta: «Che bella ragazza! Ma sai? Ti assomiglia.»

«Lei è sempre stata innamorata di te» osserva il baffuto, mentre la donna protesta, arrossendo.

«Ma che dici? Via, i soliti scherzi.»
«Come mai qui con la figlia?» chiede il tizio robusto.
«Avevamo bisogno di chiarirci un po' le idee» papà strizza l'occhio e l'altro annuisce, come se si fossero scambiati chissà quale bizzarra frase segreta.
Così ci sediamo a un tavolo, noi due soli perché la donna sparisce in cucina promettendoci una fetta di una delle sue famose torte, il baffuto torna alla sua postazione dietro il bancone, subito affaccendato tra bottiglie e bicchieri, il tizio robusto ci pulisce alla bell'e meglio il tavolo e senza che glielo chiediamo ci porta del vino e un'aranciata. Finalmente posso chiedere: «Chi sono?»
Papà rimane sul vago: «Amici di vecchia data.» Ma di fronte alla mia espressione delusa decide di sbottonarsi un po' di più: «Vispo ha aperto questo locale vent'anni fa, non è male per una trattoria, eh?»
«*Vispo*» ripeto, sconcertata, ricordandomi il soprannome che il tizio ha dato a papà. «E... *Popi*? Sei tu? Che significa?»
Papà scoppia a ridere: «Ah, il nome di battaglia! Robe di cent'anni fa! Quando facevo il rivoluzionario...»
Sgrano gli occhi, l'aranciata mi va quasi di traverso: «Il rivoluzionario? Stai scherzando?»
«Rivoluzionario all'acqua di rose, non montarti la testa» mi rassicura lui, sempre con quell'espressione divertita come se raccontasse una storiella buffa. «Erano gli anni in cui pensavamo di cambiare il mondo. Io, il Vispo, Nanni e Pilar militavamo nello stesso gruppo, eravamo giovani e molto molto arrabbiati...» Sembra stia raccontando una novella per me bambina, perciò mi acciglio, severa: «Non ce l'avete fatta, a cambiare il mondo. Non mi pare un gran risultato aprire un bar.»
Papà non raccoglie la mia provocazione: «Be', ma il bar è venuto molto dopo. E poi non è solo un bar, ma un circolo cul-

turale: si fanno incontri e dibattiti, si leggono poesie, si fanno concerti.»

Sollevo gli occhi su un manifesto di Che Guevara e sospiro: «Immagino. Tutto all'insegna della nostalgia.»

«Non sottovalutare il Vispo. Non c'è solo la vecchia guardia, qui, ma tanti giovani, scrittori, poeti, che vengono per discutere, leggere le loro cose.»

Mi sembra proprio una faccenda d'altri tempi, una specie di circolo ottocentesco, al limite della carboneria o cose del genere, perciò alzo gli occhi al cielo. «Che senso ha? Venire qui, in una specie di tana, a discutere di letteratura che nessuno leggerà mai.»

Papà assume un'aria seria: «Stare insieme e scambiarsi le idee ha sempre un senso. Quando non lo si fa più vuol dire che tira una brutta aria. Nelle serate di poesia, a volte arriva tanta di quella gente che è difficile trovare posto, bisogna sgomberare i tavoli. Cinquanta, sessanta persone ad ascoltare la lettura dei versi e le canzoni, è bellissimo.»

Non riesco a immaginare chi possano essere tutti questi appassionati, forse persone di una certa età, ma papà sembra leggermi nei pensieri: «Molti sono poco più che ragazzi come te, e tanti di loro sono immigrati o figli di immigrati.»

Il mio interesse si accende immediatamente: «Davvero? E leggono le loro poesie?»

Papà annuisce, soddisfatto di vedermi finalmente incuriosita: «Leggono, suonano e cantano canzoni. Come vedi, il Vispo qualcosa ha saputo fare.»

Scuoto la testa, perplessa: «Sì, è una piccola cosa che non cambia nulla, perché fuori è tutto diverso, va in un'altra direzione e con una marcia accelerata.»

Papà poggia il mento e la guancia sul palmo: «Dimmelo tu, tesoro, come vedi che sta andando.»

Sarà quel tesoro, sarà quel tono di voce, ma di colpo mi salgono le lacrime agli occhi e abbasso subito lo sguardo. Ma papà si è accorto dei miei lucciconi e allunga la mano verso la mia, me la stringe: «Che succede, amore?»

Inghiotto le lacrime, mi esce una voce flebile: «Papà, non lo so. È un casino, non ci capisco niente. Tu e mamma ormai vivete nel mondo delle fiabe, casa nostra mi sembra un posto irreale. Fuori è tutto diverso, per tanta gente è così dura, c'è questa... violenza, papà.» Sollevo gli occhi, ancora umidi, la voce mi trema: «Violenza su chi è più debole.»

Papà mi tiene la mano con trasporto, vedo che anche i suoi occhi brillano di commozione. Quasi sottovoce mi dice: «Lo so, amore mio, lo so. Hai ragione.»

Non fosse che questo brutto tavolo ci divide, credo che ci butteremmo l'uno nelle braccia dell'altra, magari a piangere come disperati.

Per fortuna siamo in un luogo pubblico, e qualcuno ci guarda persino incuriosito, chissà che cosa immagina vedendo un uomo attempato e una ragazza che si guardano commossi, mano nella mano. E meno male che arriva Pilar con due piattini e la famosa torta ai mirtilli preparata con le sue mani, così ci riscuotiamo, sorridiamo fin troppo espansivi di fronte a queste stupende fette che profumano di pastafrolla calda, e grazie a questo sapore dolce e cremoso allontaniamo l'amarezza che ci stava sommergendo. Rispetto a tutti i problemi del mondo, una fetta di torta è davvero microscopicamente irrisoria, eppure così gratificante! Ma sì, ha ragione papà, c'è un senso nel trovarsi qui, tra amici, a parlarsi. Magari leggendo le poesie e assaggiando torte come questa si possono migliorare le cose.

Mi è passato lo scoramento iniziale, quella nube scura che mi attanagliava la testa mentre ero in casa, così posso dire in tutta sincerità: «Ammetterai che tu e mamma siete pesanti a volte.»

«Anche tu non scherzi» ribatte lui, allegro. Ha divorato la torta senza risparmiarne neppure una briciola.

Annuisco e per la prima volta, sorrido: «Già. È che a volte mi sembra tutto esagerato, sai papà.»

Di colpo, lui decide di cambiare discorso: «E come va con il tuo amico, Taisir?»

Mi sento avvampare e distolgo lo sguardo: «Bene.»

Papà resta in silenzio, e una tremenda uggia si impadronisce del mio stomaco: «Cioè per lui non è facile, sai.» Torno a fissarlo, stavolta con un'espressione di sfida: «Non è come per noi, che tutto è semplice, è scontato. È sempre bollato come arabo.»

Papà aggrotta la fronte, pensieroso. Il suo silenzio mi spinge a continuare: «Come se uno a quindici anni fosse già un terrorista o una cosa del genere. Non è libero come me, addirittura la polizia lo controlla, ma ti sembra giusto? Non è un paese libero, questo?»

«Dovrebbe» mormora papà.

«Hai detto bene: dovrebbe, ma non lo è, non per una certa categoria di persone. Allora, papà, dov'è che il mondo è cambiato in meglio?»

Papà si riempie i polmoni d'aria, prima di parlare: «Ti racconto una storia, vuoi?» Annuisco, anche se poco convinta. «È la storia vera di una ragazza che viveva in un piccolo paese dove era molto difficile per tutti, non c'era lavoro e in compenso c'era una grande ignoranza, ma per le ragazze era ancora peggio, perché non potevano neppure studiare. Ma lei era piena di idee e aveva carattere, e si mise a studiare, e poi se ne andò da quel paese dove non c'erano speranze, si trasferì in una città, si mise a lavorare e a fare l'università. Eppure non era facile anche in questa grande città, perché c'era qualcos'altro a cui questa ragazza non aveva pensato, c'era una forma subdola di razzismo: lei che veniva dal Sud subiva sempre un trattamento diverso, era sopportata più che considerata, era sempre messa sotto la lente del giudizio e del pregiudizio, così ha dovuto continuare a battersi per affrancarsi dagli stereotipi, e avere il proprio giusto riconoscimento, una sua posizione.»

Papà beve un sorso di vino. Di colpo capisco a chi si riferisce, di chi mi sta narrando: «È la storia di mamma, vero?» Non c'è bisogno che lui confermi, perché adesso mi sembra di avere tutto chiaro in testa. «Anche lei ha sofferto il razzismo, non ci ho mai pensato, ma sì, quella parola: terrone, ogni tanto salta fuori da qualche parte, detta dall'imbecille di turno.» Sollevo lo sguardo verso papà. «Anche lei era immigrata, era come una straniera... nello stesso paese, che follia.»

«Mamma aveva carattere, se non ne avesse avuto, io non sarei qui a fare il poeta e il professore, ero un tipo sventato, non sapevo che pesci prendere, ero un cane sciolto incazzato con il mondo. Lei mi ha dato la forza per trovare la mia strada, la mia vocazione. Ti sembra davvero finto il nostro volerci bene?»

Di nuovo il viso mi si accalora, stavolta è per una punta di vergogna.

Piego il viso, mi viene da ridere: non pensavo che la storia della mia famiglia potesse avvicinarsi un poco a quella di Taisir e dei suoi. Ora finalmente capisco appieno le parole che papà mi ha detto tanto tempo fa: non puoi pensare di cambiare le cose fuori di te se prima non cambi il tuo punto di vista, non trovi il tuo equilibrio. Così guardo con altri occhi questo locale che mi era sembrato patetico e nostalgico, questo posto dove si riuniscono delle persone a discutere di letteratura.

È vero, il mondo sembra girare vorticosamente verso un'altra direzione, che tende a schiacciare chi non sa, non ha o non si adegua, ma quella corsa forsennata ed estenuante ti porta lontanissimo da te stesso, oltre l'umano, senza un vero contatto, senza sentimenti perché io lo so che il cuore ha bisogno di dedizione e tempo, di pensieri lunghissimi, di parole che si concatenano e si abbracciano all'infinito.

4

Questo mio nervosismo provocatorio e urtante è poco comprensibile in una ragazza innamorata. Perché l'atteggiamento di chi è innamorato perso come credo di essere io è normalmente quello di una persona dall'espressione beata, in pace con il mondo, felice di accorgersi che anche altri si amano, e meglio ancora se questi altri sono i propri genitori, come se l'amore fosse uno sperimentato marchio di famiglia.

Ma io alterno giornate di gran gioia, euforica, a giornate buie, con il cuore a pezzi. Perché sono sicura di quello che provo, ma non posso leggere nei pensieri di Taisir: lui è innamorato? Ci tiene a me? Non lo dice mai, non si sbilancia, e se gli chiedo qualcosa, se gli pongo una di quelle domande che a mente fredda si possono anche considerare banali, ma sono legittime per ogni innamorato che si rispetti (mi vuoi bene? pensi a me?), lui risponde un po' ambiguamente e con una punta d'ironia: 'lo sai'. No, io non so niente, non sono un'indovina, e non posso accontentarmi di queste risposte vaghe e disimpegnate, né degli sguardi ardenti, perché quelli vanno e vengono.

È impressionante come Taisir possa passare dall'occhiata

complice a quella distante, dalla commozione alla freddezza. A volte basta una parola o anche meno, un gesto, e ci troviamo a discutere animatamente sul significato: per quanto di cultura araba, Taisir sembra uscito fresco fresco dalla scuola di Atene, seguace di Socrate, il suo filosofo preferito. Anche se non ho ancora iniziato a studiare filosofia, Taisir mi ha già fatto un mini corso accelerato, così sarò pronta ad affrontare tra due anni quel terribile professore con le sue trappole sofiste. So già come funziona il metodo socratico: attraverso una serie di domande astute, si tende a dimostrare all'avversario le sue mancanze, per esempio la sua incoerenza o la sua falsità.

Così basta una mia frase scema, e Taisir attacca con la domanda socratica: «Che vuoi dire con questo?»

Alzo gli occhi al cielo: «Ma niente, si fa per parlare...»

Lui però non è il tipo che si accontenta di facili risposte, di scappatoie. Con lui io devo essere rapida a discutere, riflettere, analizzare, capire, e alla fine è un po' come con i miei, che m'imbarcano in dibattiti da quando sono nata, con la differenza che ora mi sono accorta dello spazio privilegiato che ho in casa, dove le mie parole sono ascoltate e incoraggiate, mentre Taisir le soppesa e le ribalta con l'intento finale di avere ragione, ottenere l'ultima parola, come se anche la nostra discussione fosse una gara di skateboard dove lui dimostra di essere il più veloce e il più spericolato.

La frase che senz'altro mi irrita di più è quando mi dice, con sufficienza: «Rachele, sei troppo intelligente per dire una cosa del genere.»

Io non voglio essere sempre sotto esame per la mia intelligenza e la mia preparazione, ma di fatto stare con lui significa tenere allenato il pensiero, affinare la capacità di comprensione, di analisi, viaggiare alla sua stessa velocità. Perché se tra tante ragazze che gli corrono letteralmente dietro alla fine ha scelto me, il motivo è più profondo di una semplice attrazione, ed è esattamente quello da cui mi aveva messo in guardia Fatema: Taisir mi aveva sfidato con la domanda sul destino perché cerca le sfide del pensiero.

Ma allora, come si giustifica l'atteggiamento proprio infantile di fingere che non stiamo insieme appena varcata la soglia della scuola? Non mi accontento della spiegazione che vuole evitare impiccioni e chiacchiere, lui non può essere così ingenuo da non rendersi conto che quasi tutti sanno e commentano. Questa specie di stupido patto che abbiamo stretto su sua insistenza, di non farci vedere insieme a scuola, è diventato per me una specie di gogna umiliante. Sarà anche per questo che sono così nervosa.

E poi ho trascurato le mie amiche più care, ho pensato che potevo limitarmi alle mattinate a scuola o a lunghe telefonate compensatrici, dove mi rendo conto di essermi soprattutto sfogata delle mie ambasce amorose, legate a scàramucce verbali con Taisir, a miei laceranti dubbi su Taisir, a qualche frase criptica detta da Taisir, tutto e sempre intorno a Taisir e comunque incentrato su me, me, me. Erica e Gabriella hanno avuto un'immensa, ammirevole pazienza. Non così Ludovica, che alla fine proprio non ce l'ha fatta più ed è sbottata.

Con lei l'amicizia è più recente, ci siamo conosciute alle superiori e non c'è la stessa intimità che con le altre due. Devo ammettere anche che non c'è la stessa empatia che provo con Fatema, per esempio, che è arrivata più di recente ma con cui mi sento a volte in totale sintonia.

Ludovica è delle mie amiche quella più schiva, e come tutte le persone schive passa per quella più sensibile. Ma con quello che mi è successo mi pare che la sensibile Ludovica sia piuttosto la suscettibile Ludovica, offesa dal mio comportamento irrispettoso e invadente ed egoistico, così cieco di fronte alle esigenze sue e delle altre ragazze. Un contegno che dimostra la mia presunzione per la mia storia con l'affascinante straniero.

'Una storia che sembra porti su un piano diverso, un gradino sopra agli altri, vero? Una persona di mente più aperta perché stai insieme a un ragazzo arabo, è questo che ti piace esibire di te?' Accuse roventi che mi ronzano nelle orecchie come vespe assassine e a cui rispondo con impotenti negazioni, scuotendo il capo e mormorando un po' inebetita: «Ma che dici?»

Un simile attacco me lo sarei aspettato da altri, per esempio quella cricca di boriosi che funesta la mia classe con voti altissimi e grandi esibizioni di genialità. Ma poi, all'atto pratico, quando non si tratta più di coniugare i verbi o di dare la risposta esatta al quiz di storia, i discorsi sono peggiori di quelli dei pensionati seduti al bar del paesetto dove vado in vacanza con i miei, quegli anziani che non si schiodano dalle seggioline e che non hanno mai visto oltre il palmo del loro naso, così danno per buona l'ultima calunnia e parlano per 'sentito dire'.

È buffo vedere come Manfredo, tolti i panni di ragazzo più brillante della classe, quello con le domande rompicapo anche per la professoressa di italiano, si trasformi nell'allegra comare di Windsor, a sghignazzare alle mie spalle con il gruppo degli eletti.

Da quanto tempo spettegolano su di me? Non mi sono accorta, perché quel gruppetto è come se abitasse all'ultimo piano di un condominio dove io occupo un posto nei piani più bassi, e al massimo ci si può incrociare in ascensore.

È curioso come si possa vivere insieme ignorandosi, in uno spazio angusto come i dieci metri quadrati della mia aula. Non dipende da me, né dalle mie amiche. Manfredo e Simona, la sua amica e complice, fin dal primo anno si sono mostrati così:

altezzosi e trionfanti perché provenivano da una scuola media famosa per la qualità degli studi e la severità degli insegnanti; si sono presentati come un duo tennistico pronto a stracciare tutti gli altri rivali, con il risultato che alcune ragazze sono entrate subito nella loro orbita, per far parte di quel 'magico team', altri hanno reagito con un'indifferente ostilità, lasciandoli soli a mietere allori. E adesso me li trovo con il fiato sul collo a ricamare illazioni su di me, forse da settimane, ma non avevo prestato attenzione a quel loro ridacchiare convulso, quelle occhiate furtive perché mi sembravano né più né meno le solite occhiate e i soliti risolini che riservano a tutti, con sprezzante insolenza. Finché, passando accanto al gruppetto nell'ora di ricreazione, il mio orecchio coglie un commento indirizzato verso di me, malamente bisbigliato: «Si è adeguata alla mentalità araba.»

Mi volto di scatto, e li fulmino con un'occhiata feroce, con il risultato di trovarmi di fronte espressioni sdegnosamente ironiche. Prima che io apra bocca, già sul piede di guerra, Erica mi circonda la vita con un braccio e mi trascina lontano.

«Lascia perdere, lo fanno apposta» mi mormora, mentre io sto ribollendo. «No, non posso fargliela passare liscia...»

«Lascia stare, ti dico. È una provocazione, non aspettano altro.» Non è la solita, saggia Erica che sta parlando, però. Perché ha un'espressione tesa, e altrettanto tese sembrano Gabriella e Ludovica, appoggiate al muro accanto alla finestra che dà sul cortile. Ma io non colgo questi segnali e proseguo, come un treno, a voce alta: «Ti rendi conto che cos'hanno detto? Hanno fatto un commento razzista!»

Erica alza gli occhi al cielo e una mano verso l'alto, come se cacciasse una mosca, un gesto che vuol sottolineare di ignorarli; Gabriella bisbiglia: «E dai, non t'infiammare, fregatene.»

Ma a questo punto, Ludovica, che se ne sta accanto a loro

pallida e accigliata, non ce la fa più e sbotta: «E smettila con questo modo di fare!»

Sgrano gli occhi, la voce mi muore in gola: «Come?»

Lei mi fissa, sbattendo le ciglia: «Ma sì, smettila di metterti sempre al centro dell'attenzione. Io personalmente non ne posso più di questa storia.»

«Che storia? Che modo di fare?» Di colpo capisco cosa significhi cadere dalle nuvole perché la sensazione che provo è esattamente quella di precipitare giù. Un senso di nausea mi stringe lo stomaco.

«Te la prendi perché qualcuno osa parlare di te, quando te ne stai da mesi su una specie di palcoscenico e non fai altro che dire 'guardatemi'. E se ti guardiamo, tu sei pronta a puntare il dito e giudicarci, perché non siamo alla tua altezza.»

Non sono preparata a questo attacco, e rivolgo uno sguardo affannato alle altre due, cercando alleanza di fronte a quella specie di scenata fuori luogo. Ma Erica e Gabriella evitano il mio sguardo, sembrano persino d'accordo con l'attacco che mi sta sferrando Ludovica a bassa voce, vibrante d'irritazione. Lei ha semplicemente il coraggio di esprimere quello che anche loro due pensano: 'Ti comporti da egoista, da presuntuosa, *un gradino sopra gli altri*, ti senti *una persona di mente più aperta perché stai insieme a un ragazzo arabo*.'

Mi porto le mani sul viso, per non vedermi di fronte la faccia corrucciata di Ludovica, l'espressione costernata di Gabriella e persino quella imbarazzata di Erica. Mi gira la testa: anche lei contro di me! Non vedo altra via di scampo che fuggire di lì in fretta, sconvolta, come se mi ridestassi a forza da un incubo, con il petto gonfio di lacrime pronte a esplodere e la certezza di non avere più nessuna amica in quella scuola strapiena di gente.

In questo istante di smarrimento e disperazione so che non

posso neppure contare su Taisir, perché c'è questo patto scellerato, di evitare ogni incontro, e perché in ogni caso dovrei attraversare di corsa, stravolta, i corridoi e le scale per cercarlo su al piano superiore, e magari trovarlo a discutere di gare o chissà che cosa con i suoi sempre fedelissimi amici.

5

Giusto qualche giorno fa, ho sentito quella melodia dalla voce di Ginko: era un canto triste che si innalzava con tale potenza che mi sono chiesta da dove tirasse fuori tanta forza quella sottilissima ragazza.

La incrocio spesso in casa del maestro: io seduta nella poltrona d'ingresso in attesa di entrare nello studio per la mia lezione, lei che si è attardata cinque minuti in più. Mi indirizza sempre un sorriso timido, farfugliando anche una scusa per avermi rubato un po' di tempo, quando la colpa sappiamo benissimo entrambe che non è sua, ma del maestro che dilata le lezioni a suo comodo. Ogni volta resto sorpresa che dalla stanza, anziché uscire una donna immensa, una gigantessa dalla voce tonante, spunti quella specie di giunco la cui voce da soprano mi arriva alle orecchie appena un poco ovattata, incurante di ridicole barriere come pareti o porte.

Com'era affranta quell'invocazione, *lascia ch'io pianga mia cruda sorte*, e com'era toccante!

Quando Ginko è uscita dalla stanza, mi aspettavo si fosse sciolta in lacrime, invece era come sempre, diafana e sorridente, mentre mi ripeteva con il solito impaccio: «Scusa per l'attesa.»

Ero più commossa io che non lei e il maestro, che ridacchiavano tra di loro chissà di cosa mentre si salutavano sulla porta.

«Che cos'era?» avevo chiesto al maestro e lui aveva risposto con la solita aria distratta, scoccandomi una veloce occhiata. «Cosa? Ah, l'aria di prima? Haendel. Su, cominciamo.»

Nessuna spiegazione, non vado da lui per studiare storia della musica, ma tecnica vocale. Così, non ho approfondito di quale opera si tratti, né perché quell'aria sia tanto triste. Ma in questo preciso istante eccola esplodermi in testa, con il timbro cristallino di Ginko: *lascia ch'io pianga mia cruda sorte*, oltraggiata dalle amiche, rifiutata, giudicata e condannata.

Mi sto precipitando lungo il corridoio come una forsennata, il viso rigato di lacrime di amarezza e dolore. Non mi sarei mai aspettata un colpo basso del genere, e voglio solo scappare di qui. In classe non ci torno, questo è sicuro. Come potrei affrontare il resto della mattinata, seduta al banco come se niente fosse? No, io là dentro non metterò più piede, in quella fossa dei leoni dove tutti sono pronti a sbranarsi l'uno con l'altro.

Ecco il risultato di quell'atmosfera avvelenata dalla rivalità: quelle che io consideravo le mie migliori amiche mi si sono rivoltate contro, crudelmente. Non sono più una di loro, non rientro più nei codici comportamentali accettati: ho debordato, con i miei sentimenti e la mia testardaggine, ai loro occhi sono passata dall'essere una fissata emotiva a una presuntuosa, una che si sente speciale perché ha travalicato limiti culturali o sociali. Ma io non sono così sofisticata, non ho bandiere da sventolare, né battaglie personali o sociali: io mi sento come in mezzo a un incrocio da dove passano tutti in fretta. Taisir li taglia velocissimo, gli incroci, e se la direzione è sbagliata scrolla le spalle e torna indietro. Ma a me pare di essere ferma al semaforo rosso, e chissà se e quando diventerà mai verde.

Polifemo mi taglia la strada: «Dove credi di andare?»

Stavo per oltrepassare il portone senza tanti complimenti, ma non avevo fatto i conti con il custode. Mi ha tagliato la strada, le mani sui fianchi come un poliziotto, l'aria truce. Ma appena si accorge della mia faccia stravolta, l'unico occhio buono si spalanca e tutto il viso si atteggia a un'espressione preoccupata: «Che succede? Ti senti male?»

Annuisco, inghiottendo le lacrime: «Voglio andare a casa.»

«Non puoi uscire senza permesso, vieni con me in presidenza.»

Scuoto la testa: in presidenza, no, mai. La mia vergogna diventerà abissale, tutta la scuola saprà della mia patetica scenata, commenterà, spettegolerà, lo trasformerà nel caso dell'anno. Forse qualcosa è già in movimento, perché mentre correvo via dal capannello delle mie amiche chissà in quanti si sono voltati, curiosi, quanti hanno chiesto che succedeva e chi ero e dove correvo. E mentre tutti sciamavano in classe dopo la campanella, io invece mi dirigevo verso l'uscita con le mani in faccia, i capelli gonfi come se fossero pronti a sbattere in aria e a sollevarmi, volando via da lì.

Polifemo mi saetta in faccia l'occhio, ingrandito dagli occhiali: «Se non ti senti bene, puoi chiamare a casa, ma ci vuole il permesso del preside. Non ti faccio uscire da qui.»

Già: solo Ulisse riuscì a scappare dall'antro di Polifemo, attaccandosi sotto la pancia dell'ariete. Oggi la faccenda è burocratica, ci vuole il permesso scritto. Inutile che balbetti frasi inconsulte: il custode mi sta accompagnando verso la stanza del preside, mentre in un attimo di scarsa lucidità estraggo il cellulare e chiamo mamma, perché venga a portarmi via da lì.

Ed ecco di colpo materializzarsi l'ariete: mia madre bussa alla porta della presidenza ed entra a testa bassa senza neppure attendere il permesso, frettolosamente stringe la mano alla vicepreside che l'aspettava, ansiosa di tornare in classe perché proprio oggi il preside non c'è e lei che ne fa le veci ha lezione, e deve proprio andare. In due falcate mamma mi è vicina e se potesse mi prenderebbe su di peso per trasportarmi sulle braccia, come quando ero piccola.

Mi sollevo dalla poltrona, sospirando mentre nelle orecchie mi pare di risentire la seconda strofa del canto straziante: *e che so-o-ospiri la libertà*. Mamma mi circonda le spalle con un braccio, sospingendomi delicatamente verso l'uscita come una malata. Finalmente il portone si apre, e Polifemo ci lascia passare.

«Ragazzi, che colpo mi sono presa.» Mamma sta guidando lentamente, malgrado il poco traffico, come se temesse di perdere il controllo dell'auto. La frase le esce proprio dal cuore e vorrei dire che mi dispiace, ma resto ammutolita, chiusa nel bozzolo del sedile, fissando la strada.

«Come va?» continua lei, incoraggiante.

«Bene» mormoro. Sento che le lacrime stanno per spuntare di nuovo mentre annuncio con voce funerea: «Non tornerò più a scuola.»

Mamma si riempie i polmoni, respirando dal naso con una specie di sibilo: un gesto che conosco, e che significa che sta prendendo tempo per non rispondere come le verrebbe spontaneo, di getto e magari con una frase azzardata o sbagliata o di cui debba pentirsi, come, a detta di mia zia, faceva da ragazza, quando aveva fama di dura, di attaccabrighe.

Invece, sotto quella ruga verticale che le attraversa impunemente la fronte, mamma sta riflettendo. Sceglie un tono di voce rassicurante: «Siamo quasi a casa, tesoro. Ho telefonato a Marisa, che mi facesse un po' di spesa.» Non le sfugge il mio gesto di disappunto: «Sta' tranquilla, non ci aspetta: deve badare al nipote...» poi aggiunge, in tono meno scherzoso, «non me l'aspettavo proprio, cosa c'era di così grave, urgente? Eravamo d'accordo che sarei passata a prenderti all'uscita, per mangiare insieme un'insalata al ristorante biologico. Invece... Meno male che c'è Marisa.»

Meno male che Marisa *non c'è*. Non ci mancava che lei, con la sua autentica curiosità da portinaia, a puntarmi gli occhi addosso. Mi pare di averne già abbastanza, di occhi e di orecchi tesi a guardare e sentire quel che faccio per decretare se è giusto o sbagliato.

Scendendo, sbatto un po' troppo forte la portiera, ed entrando in casa getto a terra il mio zaino: ma sì, che sprofondi all'inferno! Mamma non apre bocca, avvertendo la rabbia che mi sta cominciando a scorrere nelle vene, scacciandone il senso di avvilimento e desolazione. Ora che sono al sicuro, a casa mia.

«Vado a farmi un bagno caldo» annuncio, battagliera, aspettando che mamma mi chieda spiegazioni di quel 'colpo che si è presa'. Posso immaginare che razza di colpo: l'ho chiamata in piena riunione e lei dev'essersi fatta prendere dal panico sentendomi piangere e implorare che mi venisse subito a prendere. Proprio ora che si era messa un po' più tranquilla sui miei spostamenti e i miei orari, senza avere più l'assillo del telefono. La sua voce era spaventatissima: «Cos'è successo?» E io singhiozzavo frasi sconnesse: «Mi sento male...»

«Chiama la professoressa, il preside, io arrivo subito.»

«Sto andando... in presidenza» e avevo messo giù.

A ripensarci, deve aver pensato al peggio: un'aggressione o un incidente, perciò prima di arrivare aveva chiamato a scuola, parlando con la vicepreside che l'aveva rassicurata. Stavo benissimo, non era successo proprio niente, nessun problema, davvero. Forse avevo le mestruazioni o un'emicrania.

Mamma mi fissa, sembra che stia calcolando se sia il caso di dar libero sfogo alla mia collera, rischiando uno scontro frontale con la sua, di rabbia: perché anche in lei, passato lo spavento di una possibile tragedia, sta montando un'irritazione che finora ha tenuto a freno, ma che potrebbe sopraffarla come un cavallo che schianta le briglie e disarciona il fantino.

Mamma inforca un braccio dentro l'altro, stringendoli al petto. «Preparo un caffè,» mi dice, e aggiunge con una fermezza che non ammette repliche, «ti aspetto in cucina.»

Ho capito il messaggio: invece che un bagno lunghissimo mi accontento di una doccia molto calda. Sotto il getto bollente, quella sensazione di avere una dispettosa nube nerissima sopra la testa si scioglie, lasciando qualche filamento isolato di stizza e di rammarico.

In accappatoio e infradito, raggiungo mamma che si è seduta al tavolo, davanti a un giornale squadernato sul ripiano. Sta sfogliando le pagine con la mano sinistra, mentre l'altra sorregge a palmo aperto il viso. Appena sente il mio ciabattare sommesso, mamma alza lo sguardo da sopra gli occhiali da lettura. «Tutto bene?»

Annuisco: «C'è un po' di caffè anche per me?»

Mamma aspetta che io mi serva il caffè e che addenti qualche biscotto, mentre con studiata lentezza chiude le pagine del giornale e si toglie i soliti occhiali fatti di niente per puntarmi gli occhi addosso: «Allora, Rachele?»

Evito il suo sguardo, mentre rispondo evasivamente: «Mi sono sentita male.»

«Male, come? E perché?»

«Male, male» sbuffo e alzo una mano in aria, come se cercassi di agguantare un possibile malanno. «Mal di testa, da impazzire.»

«E questa scenata, ti sembra logica per un mal di testa?» Il tono di mamma è diventato gelido. «Tira fuori la verità, per favore, non sei una bambina.»

«La verità?» Alzo la voce, con furia: «Ma cosa vuoi sapere? Tutti mi odiano! È stato un... linciaggio morale!

Mamma sgrana gli occhi con espressione un poco incredula: «Ma che stai dicendo, di che linciaggio...? Gli insegnanti?»

Getto la mano all'indietro: «Ma quali insegnanti! È stato peggio: le mie amiche, tanto care, mi hanno messo al muro, sai. Mi hanno trattato come una scema, una...» Il filamento di sconforto s'avvolge intorno al petto e mi salgono di nuovo le lacrime agli occhi. «È stato tremendo.»

Mia madre sembra sconcertata, mi guarda con attenzione, come se dietro le mie parole vi fosse qualche altra ragione indicibile: «Ti hanno offeso? Su cosa?»

Mi rendo conto di usare frasi banali e un po' sconclusionate, mentre cerco di far capire a mamma il trattamento che ho subito. Mi accorgo di come le parole riducano gli avvenimenti dentro confini freddi, privi di spessore, li riconducano a minimi termini di cui mia madre non può che stupirsi: «Un litigio tra amiche e tu hai reagito in questo modo esagerato! Rachele» Mia madre allunga la mano, a palmo aperto, perché vi posi la mia. A contatto con la sua pelle, la mia mano sembra ancor più fredda, e lei l'avvolge come un uccellino bagnato. «Perché? Non te lo aspettavi?»

Annuisco, provo a calcare i toni: «Ma dovevi esserci, mamma! Tre iene! Come facevo a tornare in classe facendo finta di nulla? Mi avrebbero lapidato tutti!»

«Tutti!» Mamma alza gli occhi al cielo. «E scappare a gambe levate è un buon sistema? Serve a qualcosa? Potevi affrontare questa faccenda, per esempio mandarle a quel paese tutte e tre. E magari la faccenda si chiudeva lì.»

«La fai facile, tu.» I lucciconi mi tormentano gli occhi. «Non posso tornare in quella scuola, mi odiano tutti.»

«Ma che dici? Tutti, tutti... Si è trattato di un bisticcio, ci sarà della gelosia dietro, e tu ne fai una persecuzione collettiva. I litigi vanno affrontati, le cose bisogna dirsele. Basta così poco per metterti a tappeto?»

«Non sono una lottatrice, io.»

Mamma mi carezza la mano: «Hai ragione, ma non sei neppure una pecorella in mezzo ai lupi, no? Una delle tue amiche ti ha trattato male, e allora? Cerca di far valere le tue ragioni, di capire perché di colpo è successa questa faccenda. Ma per carità non farne una tragedia!»

Vorrei insistere ancora, perché mamma sta minimizzando e mi fa sentire quasi ridicola. «Mi ammazzano e tu dici che...» Lei mi interrompe, atteggiando il viso a una smorfia di sopportazione: «Rachele, ti prego! Chiudiamola qui: mi hai fatto prendere un mezzo infarto, hai messo in subbuglio mezza scuola per una questione che potevi risolvere da sola, difendendoti con tre parole.»

«Mamma!» emetto una specie di lamento esasperato, ma lei scuote la testa. «Devo tornare in ufficio, ho lasciato tutto per aria. Torno verso le due, posso contare su di te per preparare il pranzo?»

Sento che la faccia mi s'illumina: «Come no.»

Proprio allora, il mio telefonino comincia a ronzare. Tuffo la mano nella tasca dell'accappatoio per guardare chi mi chiama. Mi acciglio, dicendo: «È Erica, non le rispondo.»

Mamma quasi sbotta: «Non fare la sciocca! Non ti rendi conto che si sta già scusando?»

Alzo le spalle, ma rispondo al cellulare. All'altro capo, Erica mi chiede premurosa: «Come stai? Sei a casa?»

«E tu dove sei?»

«A scuola, no? C'è il cambio dell'ora. Posso venire a mangiare da te?»

Alzo lo sguardo verso mamma, che sembra aver afferrato al volo, perché mi bisbiglia: «Allora ci vediamo stasera, non torno per pranzo.»

Non vorrei ammetterlo, ma mia madre aveva ragione.

Ho rimuginato per tutto il tempo su quello che volevo dire a Erica, un impegnativo discorso infarcito di riprovazione e accuse per come si è comportata, ma quando lei si è materializzata sulla soglia di casa, di colpo quella predica è svaporata, e ci siamo abbracciate come se non ci vedessimo da mesi.

Davanti agli spaghetti al sugo di tonno, abbiamo attaccato a parlare di scuola perché con la mia fuga sono scampata a due noiosissime ore in cui la professoressa d'italiano è riuscita a parlare ininterrottamente, quasi volesse battere il record di quello che Erica definisce 'eloquio solipsistico'.

«Che roba è?» chiedo, allarmata.

«Un termine tecnico: solipsistico vuol dire individualistico. Ultimamente mi sono data alla psicologia» butta lì, con aria noncurante come se avesse detto che si è data a qualche sport.

«Ma senti.» Aggrotto la fronte: «Che vuol dire, ti sei messa a studiare in più?»

Erica alza le spalle: «Leggo qualche libro, è interessante. Per esempio, Freud.»

«Stai scherzando, vero? Come fai a leggere una cosa del genere? Non è incomprensibile?»

«No, no. Meglio di quel libro abominevole di archeologia

che ci tocca sorbire: quello per me è arabo. Oh, scusa...» Mi accorgo che arrossisce.

«Perché scusa?»

«Ma niente, perché ho detto...» Mi lancia uno sguardo ironico: «Hai capito perché mi do alla psicologia? Sono un po' fuori di testa.»

«In effetti,» colgo la palla al balzo «visto com'è andata stamani... Mi hai spiazzata.»

«Già, sono molto pentita. Sono stata da cani finché non ti ho telefonato.» Alza le sopracciglia: «Freud lo chiama il senso di colpa.»

«Fin qui ci arrivavo anch'io, senza disturbare Freud. Comunque casomai la colpa principale è di quella iena di Ludovica. Non me l'aspettavo proprio, da lei.»

Erica, invece di darmi subito ragione, rimane sulla difensiva, con espressione vaga: «È andata giù un po' dura, ma tu non ci hai dato il tempo di spiegare meglio, sei scappata via...»

«Scusa, ti rendi conto? Un *po' dura*? È stata orrenda, a dir poco. Tutte voi tre siete state odiose. E perché, poi?»

«Ascolta, Rachele» Erica si schiarisce la gola, imbarazzata. «Ci ho pensato fino a quando sono arrivata qui, perché non so da che parte cominciare. Quello che ti ha detto Ludovica era sbagliato, soprattutto per il modo, ma quello che lei voleva, quello che tutte e tre volevamo era metterti in guardia, insomma...» Prende fiato, mentre io la guardo a occhi sgranati come una bambina che ascolta una fiaba: «Insomma, ecco, io devo essere franca, sei la mia migliore amica: tu sei presa da questa storia e hai gli occhi chiusi su Taisir. Lui non è un santo, e Ludovica voleva dirti questo, che rischi di idealizzare questo tizio.»

«Scusa, scusa...» Agito le mani davanti agli occhi, come un arbitro che interrompe il gioco: «Non riesco a capire, spiegati meglio. Vuoi dire che Ludovica sa qualcosa che io non so su Taisir? Di che genere?»

«No, ascolta: questa cosa dell'idealizzazione l'ho pensata io. È un fatto psicologico: quando ti innamori di qualcuno lo vedi stupendo, perfetto, gli attribuisci tante cose che magari non ha, e solo dopo un po' cominci a vedere come stanno realmente le cose, è per questo che molte persone poi si accusano a vicenda di essere cambiati o diversi, di aver creduto.»

«Bene, che c'entrano Taisir e Ludovica, allora?»

«Taisir tu lo credi fantastico, ma ci sono cose che non vuoi vedere: il fatto che a scuola ti eviti, per esempio, perché lo accetti? E il fatto che la sua famiglia abbia dei problemi con la legge, per esempio.»

Credo di impallidire, perché sento il sangue scivolarmi via dal viso e dalle mani: «Quali problemi?»

«Sono palestinesi, mandano soldi a gruppi terroristici. Il fratello di Taisir è all'estero perché qui è stato indagato, faceva parte di non so quale gruppo eversivo.»

«Eversivo? Come lo sai? Come fai a conoscere tutte queste cose?»

Erica abbassa lo sguardo, sembra molto agitata: «Ludovica me ne ha parlato, sai, suo papà lavora in prefettura.»

«Mi stai dicendo che vi siete messe a indagare sul conto di Taisir?» Ora il sangue mi torna di botto in faccia. «Che Ludovica ha chiesto informazioni a suo padre e quello si è messo a frugare negli archivi? Siete impazzite?»

Erica tace, con l'espressione mortificata. Io vorrei buttare i piatti per terra per sfogare la mia collera, ma mi trattengo. Non voglio imporre a mia madre anche una specie di campo di battaglia in cucina.

Mi alzo di scatto, ed Erica mi lancia un'occhiata spaventata: «Dove vai?»

«Telefono a Taisir! Voglio sapere da lui stesso, sono stufa di queste chiacchiere riportate!»

«Aspetta.» Erica si alza da tavola, una mano tesa come volesse bloccarmi. Alzo la voce, furiosa: «Ma cosa devo aspettare!» Lei mi affronta impavida: «Niente, voglio solo dirti che hai ragione. Te l'ho detto, faccio casini.»

La guardo immusonita. Non mi sta semplicemente chiedendo scusa, con l'ammissione di uno sbaglio: mi ricorda che è la mia migliore amica, è dalla mia parte e mi sostiene, e mi sta chiedendo di rinnovarle una fiducia appena un po' appannata da malintesi, disattenzione da parte mia e una punta di gelosia da parte sua.

Il viso mi si distende e provo un piacevolissimo sollievo mentre le confesso: «Tutti facciamo casini. Pensa che figura ho fatto io, con che faccia torno a scuola?»

Lei propone ammiccando: «Che ne dici di un bel paio di baffi finti?»

6

Non sono coerente con me stessa, questo l'ho capito da un bel pezzo. In testa mi prefiggo un obiettivo con tanti bei ragionamenti da esprimere con forza, e poi quelle parole sembrano perdere tutta la loro incisività quando inizio a pronunciarle, di colpo svaporano come ghiaccio al sole. Gli altri mi portano a modificare il mio atteggiamento e il punto di vista. Non so come fanno quelli che dicono che niente e nessuno può spingerli a cambiare idea: che mente granitica ci vuole! Chissà come si forma una mente del genere, visto che le persone non sono fatte di pietra dura, ma di una materia molto duttile: siamo teneri e influenzabili, non a caso si dice che Adamo fu plasmato nell'argilla e non scolpito nel marmo.

Così, appena Taisir mi viene incontro, tutto il mio perfetto discorsetto da propinargli va a farsi letteralmente benedire e mi trovo del tutto assorbita dalla visione del suo procedere verso di me, con quella sua andatura lenta e oscillante.

Vorrei spostarmi gradatamente all'indietro per godere di questa visione il più possibile, continuare a vederlo camminare verso di me, in questo istante in cui mi rivolge un sorriso che rifulge di puro piacere, una manifestazione così evidente della sua gioia di vedermi da spazzare via in un potente soffio quelle fisime che mi s'avvitano in testa, istillandomi il dubbio che lui non sia innamorato di me.

È così bello che potrei restare per tutto il resto della mia vita semplicemente a guardarlo, ad ammirarne i capelli che oggi ha lasciati liberi di sobbalzare sulla testa a ogni passo, senza berretti o fasce o cappucci calati fin sugli occhi. Mi piacerebbe continuare a osservare all'infinito ogni singolo dettaglio che compone il suo essere e contribuisce a renderlo speciale. Sì, vorrei camminare all'indietro come i gamberi per lasciarlo venire verso di me, ma la mia reazione è opposta: scatto in avanti e mi getto tra le sue braccia perché quella visione stupefacente si trasformi nell'esperienza tangibile dell'abbraccio e mi restituisca la conferma che lui è davvero qui e mi accoglie, stringendomi, e afferra la massa dei miei capelli avvolgendoseli intorno a un polso, come si dichiarasse mio prigioniero, catturato tramite quel laccio villoso.

Ogni volta riscopro il meraviglioso registro grave della sua voce che come un succo dolcissimo mi versa nell'orecchio i nomignoli destinati a me. Lelé, mi chiama, e pronunciato da lui questo diminutivo ha il magnetico potere di farmi sentire uno spiritello che può trasformarsi in una regina o in un'odalisca, nel genio della lampada o nella fragile principessa, in Sharazad o la sorella Dunyazad.

In questo momento, Lelé assume l'atteggiamento di Dunyazad, quella che nelle *Mille e una Notte* chiede innocentemente: 'Sorella, raccontaci una storia con cui passare la veglia di questa notte'. Taisir, raccontami la tua storia, quella per cui le mie amiche mi hanno messo sull'avviso, quella che ancora non conosco e pare così strana e oscura, una storia di rabbia e inevitabile violenza, la storia che ti tiene avvinto a una terra ignota, quella dei tuoi antenati, la terra dentro il tuo cuore.

***

Io non so esattamente che cosa significhi essere un bambino di origine palestinese, appartenere a una minoranza culturale. Posso provare a immaginarlo mentre Taisir parla, posso scovare frammenti di ferite inflitte anche inconsapevolmente dagli altri, sottili punture o bruciature che hanno impiegato più tempo, più fatica a rimarginare, commenti razzisti lanciati con crudele leggerezza, accuse dirette con feroce ignoranza.

Posso immaginarlo perché mentre lui mi sta chiedendo provocatorio: «Sai cosa significa essere un bambino arabo, essere una famiglia palestinese, qui?» io a quel bambino arabo sovrappongo l'immagine di me bambina, davanti a quella specie di predicatore che in prima media voleva a ogni costo salvarmi dal peccato originale, io che non ero battezzata né avrei fatto la comunione perché la mia famiglia non è cattolica, non è credente e non cedeva neppure al ricatto delle apparenze.

Il primo giorno di scuola, il professore di religione ci aveva squadrato tutti e aveva detto: «Alzi la mano chi non è cattolico.» Io avevo alzato la mano e lui aveva chiesto se ero ebrea o luterana o qualcos'altro. Il fatto che non appartenessi a nessuna religione lo aveva sconcertato, doveva apparirgli inconcepibile. «Nessuno può davvero dirsi senza fede» mi aveva ammonito. Poi aveva parlato in tono un po' invasato di peccato e inferno, chissà se per spaventare la mia anima che ancora non apparteneva a nessuno. E aveva parlato di unica verità, l'esperienza cristiana, per blandire la mia anima incerta.

Se questo succedeva a una undicenne i cui genitori erano prontamente corsi ai ripari riuscendo a ricondurre a toni molto più moderati l'appassionato teologo, che poteva accadere a un bambino arabo, la cui religione non riconosceva il verbo incarnato e proponeva un'altra verità, un'altra fede?

Posso capire che cosa significhi essere guardato con sospetto dopo ogni attentato o rapimento a opera di fanatici e integralisti, immaginando di vivere all'estero e di essere guardata con sospetto dopo un attentato o un rapimento mafioso, come se appartenere allo stesso paese o parlare una stessa lingua significasse essere complici o conniventi di criminali e di pazzi.

Perciò anche se non sono Taisir, posso cercare di comprendere il suo punto di vista, per quel salto d'immaginazione che ci consente di metterci nei panni di qualcun altro, anche solo per un fulminante istante.

Non fare agli altri quello che non vorresti fosse fatto a te stesso, aveva citato dal Vangelo il predicatore della mia prima media. D'improvviso chiedo a Taisir se questa norma vale anche per la sua religione.

«Noi abbiamo rispetto e amore per il prossimo» risponde un po' seccato. «Ma sai, la gente giudica in base a se stessa e ai propri minimi orizzonti. Questo vale per tutti. Arrivo io che sono così diverso e non puoi buttare tutto all'aria, il tuo modo di vivere, l'unico giusto, perciò è facile che tu dica che io sono sbagliato e che l'unica cosa che posso fare è adeguarmi, integrarmi, somigliare il più possibile a te.»

«Non è obbligatorio» osservo. «Questo è se ci tieni a seguire il gregge. Ma puoi essere libero, se vuoi.»

Ho stuzzicato il mio Socrate, che si mette in moto: «La libertà?» La bocca si atteggia a un sorrisetto sarcastico: «E che significa? Poter fare tutto quello che si vuole? Rispondere a qualsiasi istinto? O per caso è definita da regole?»

Cerco di seguire con celerità il suo ragionamento, anche se oppongo concetti ovvi: «Certo che è definita, nessuno di noi è isolato e vivere insieme significa rispettare la libertà di ognuno...»

«Già. Ma in quale contesto? Con quali criteri? La libertà

com'è definita in questa parte del mondo, basata sull'individualismo e sul capitalismo.»

Ha assunto lo sguardo di sfida che conosco bene, quello che lo porta lontanissimo da me, perciò assumo un'espressione indifesa, sbattendo un po' le ciglia: «Può darsi, non m'intendo di politica. È chiaro che parliamo di qui, di noi. Le cose non sono perfette, d'accordo, ma si possono cambiare o non è possibile?»

Alza lo sguardo e fissa un punto davanti a sé, assorto. Mi sorprende che non risponda subito, perciò insisto: «Parli della gente, ma lo sai che ci sono tante differenze: ognuno la pensa a modo suo, e credo che ti troveresti benissimo con mio padre che fa esattamente gli stessi tuoi discorsi a proposito della libertà e del capitalismo.»

«Tuo padre?» si volta verso di me, incuriosito.

«Già. E anche mia madre: loro sono piuttosto critici su come funzionano le cose.» Mi rendo conto che d'un tratto sto parlando con una certa foga, e che ho finalmente trovato un argomento che può accomunarci anziché lanciarci lontani. «Ci sono molti modi per dissentire» sto dicendo, e lui a questo punto mi interrompe: «Ci sono modi riconosciuti dal sistema, che di fatto non lo intaccano e anzi lo rafforzano.»

«Taisir,» stavolta sono io a togliergli la parola «sono sistemi democratici, sono quelli che ci siamo dati per vivere insieme, rispettandoci.»

Mi guarda come se commiserasse la mia ingenuità: «Come se non fosse ovvio che la democrazia è il modo migliore per far circolare le merci: un'invenzione capitalistica, su cui si spendono tante belle parole.»

«E allora, che facciamo?» Lo guardo con un'espressione smarrita, abbassando il tono di voce quasi a un sussurro: «Decidiamo per la guerra? Ci ammazziamo uno con l'altro per trovare un sistema migliore?»

Di nuovo tace, evitando il mio sguardo. La sua reazione mi provoca una fitta di spavento, perché temo di aver scoperto un segreto che non può confessarmi: ma io non posso più tacere, io voglio conoscere la verità, non quella dogmatica o universale, ma la semplice verità sul suo personale progetto in questo mondo che giudica tanto freddo e oppressivo, mostruosamente egoista.

«Taisir, è vera questa storia... che la tua famiglia è coinvolta con...» scelgo la parola che ha usato Erica e che mi sembra meno allarmante di terrorismo «...con l'eversione?»

Si china leggermente verso di me e assume un'aria da briccone, come uno che sta per sbancarti a poker. Mi sussurra con gli occhi che brillano: «Sì.»

Sgrano gli occhi e la bocca, mormorando un'esclamazione di sorpresa e incredulità. Lui insiste con quell'espressione canzonatoria, stringendo un po' gli occhi per assumere un'aria falsamente minacciosa: «Siamo un gruppo di pericolosi *eversivi*.» Calca questa parola con enfasi. «Siamo armati... Vuoi sapere come combattiamo e quali piani stiamo studiando? Lo vuoi sapere, eh?»

Scuoto la testa, ma lui insiste: «Dov'è finita la mia coraggiosa Lelè? Quella che batteva la zona araba in lungo e in largo, nel pieno covo degli integralisti islamici?»

Lo scruto cercando di capire dove vuole arrivare, perché il tono è smaccatamente ironico, l'atteggiamento è diventato affettuoso. Dopo quella discussione per massimi termini con cui scivolava verso vette astratte come se saltasse spavaldo su un fantastico skateboard dialettico, ora sembra tornato sulla nostra panchina, a carezzarmi la nuca e infine ricordare che non siamo due filosofi che discutono teorie, ma due normalissimi ragazzi che si vogliono bene. Il tocco delle sue dita mi convince: d'accordo, Taisir, vediamo il tuo gioco.

7

Sta piovendo a dirotto quando arriviamo davanti all'edificio di mattoni rossi circondato da una lunga inferriata grigia, il cui cancello è spalancato.

Mi riparo la testa alla meglio con il mio zaino, senza alcun risultato, perché sia io che Taisir siamo fradici per la corsa sotto l'acqua che abbiamo fatto dalla fermata del bus fin qui. Appena sotto il portico dell'edificio attacchiamo a ridere come matti: la pioggia, la corsa, il freddo improvviso, i vestiti inzuppati, il fiatone hanno galvanizzato la nostra euforia. Si è conclusa in questo modo la piccola discussione accesa di nuovo in autobus.

Taisir pareva soprappensiero, quando mi aveva chiesto: «Senti, ma tuo padre lo sa che esci con me?»

Mi era venuto da ridere: «Ma certo! Non è un segreto.»

Lui però non aveva riso, anzi aveva aggrottato la fronte, perplesso: «E sa che sono arabo?»

Avevo alzato gli occhi al cielo, calcando il tono: «Ma sì, lo sa! Di cosa hai paura?» Poi avevo ripreso a sorridere a tutta bocca: «Non preoccuparti, mio padre non è il tipo che sta a sindacare sulle appartenenze religiose.»

Taisir sembrava incredulo mentre insisteva, con quel cipiglio sul viso: «Non è credente?»

Avevo scosso la testa: «I miei sono laici.» Intanto provavo a immaginare cosa stesse pensando e cosa significasse quella parola, per lui: laici. Sono convinta che Taisir mi creda ancora ebrea, io non sono mai tornata su quest'argomento che lui evita deliberatamente per non farne un motivo di insormontabile attrito tra noi. Possiamo parlare quanto vogliamo dei massimi sistemi, di democrazia e libertà, ma la mia presunta appartenenza religiosa e la sua, sono argomenti tabù, per il momento inaffrontabili attraverso uno scambio dialettico. Ci sarebbe poco da discutere, di fronte a due fedi contrapposte.

Finora, la scelta prudente di Taisir è stata quella di accantonare la faccenda, perciò in autobus rimaneva aggrottato in un mutismo pensieroso.

«E tu lo hai detto ai tuoi genitori che esci con me?» lo avevo provocato, per farlo uscire da quel silenzio. Aveva evitato di guardarmi mentre rispondeva in tono sostenuto: «Non sono fatti che interessano ai miei. È la mia vita, non la loro.»

«Già» avevo commentato, ironicamente. «Però credo che sarebbe un po' più difficile per loro, sapere di me. Mi pare che non siano laici.»

Non aveva risposto; continuava a guardare ostinatamente fuori del finestrino, finché non aveva annunciato, quasi con sollievo: «Sta iniziando a piovere.»

Di colpo, il bus era stato investito da uno scroscio come se un immenso secchio si fosse rovesciato sul tetto, colando rivoli sui finestrini. «Scendiamo alla prossima, preparati.»

Preparati? Ci sarebbe voluta una muta da sommozzatore, non il mio giubbotto di jeans e i pantaloni di tela che ora si sono incollati alle gambe come due alghe mollicce, mentre, ridendo come una matta, provo invano a staccarli dalla pelle.

Apparentemente, Taisir sembra meno bagnato, solo perché i suoi jeans sono molto scuri e anziché incollarsi al corpo sono rimasti rigidi come due tende da sole inzuppate.

Sciaguattiamo, senza riuscire a smettere di ridere, fino all'ingresso dell'edificio. Spero solo che sia un luogo dove io possa togliermi le scarpe e le calze, magari i pantaloni. Potrebbe essere un albergo o una palestra, un rifugio per emigrati, un posto di accoglienza dove qualche dama caritatevole ti offre abiti e coperte, un caffè caldissimo. Ma le mie speranze crollano davanti alla scritta accanto alle porte scorrevoli che si spalancano con uno schiocco prima ancora di avvicinarci, come fossero sensibili al nostro calore.

Sul cartello a sinistra ho letto bene: biblioteca. Smetto di ridere mentre lancio un'occhiata interrogativa a Taisir: sarebbe questo il luogo pericoloso dove si architettano piani eversivi?

Una dama caritatevole c'è; una signora robusta ci viene frettolosamente incontro con un'espressione soccorrevole: «Ma come siete conciati? E l'ombrello?»

Scuotiamo la testa e ci torna la ridarella, mentre la donna ci spinge verso sinistra: «Nel mio ufficio, su. Non potete infradiciarmi tutta la biblioteca.»

Taisir protesta debolmente, a bassa voce: «Dai, Patrizia, è solo un po' di umido.»

«In ufficio!» gli intima, lei, in tono blando. «Non ti faccio andare in sala conciato così.»

Mi stupisco per l'eccessiva confidenza che hanno questi due, come fossero parenti. Mentre infiliamo il corridoio, con le suole delle nostre scarpe cigolanti come gomme sull'asfalto, Taisir saluta con cenni del capo le persone che incrocia: sembra proprio uno di casa.

Nella sua stanzetta arredata con una piccola scrivania stracolma di fogli che assediano in pile disordinate il computer e il telefono, Patrizia estrae da un cassetto un asciugamano e un grosso rotolo di carta.

«Non è molto, ma almeno vi togliete quell'aria da pulcini bagnati.» L'occhio gli cade sui miei pantaloni. «Ho un phon, in bagno: forse puoi dare un'asciugata veloce a quei pantaloni.»

Mi mostra la porta del bagno e io seguo diligentemente le sue istruzioni, armata di phon. Il sospetto che, appena ho lasciato l'ufficio, Patrizia si sia informata sul mio conto diventa certezza quando, rientrando, la donna mi accoglie con un sorriso larghissimo, mentre mi porge una tazza di tè: «È tè vero, non quello della macchinetta. Ho una teiera elettrica, funziona da Dio.»

Mentre prendo la tazza le rivolgo un: «Grazie, signora.»

«Prego... come ti chiami?» s'informa lei, con un'espressione interessata.

«Rachele.» Allungo educatamente la mano verso di lei, e lei la stringe tra tutte e due le sue, squadrandomi soddisfatta: «Peccato per il tempo.»

Taisir, allungato su una delle due sedie dell'ufficio, commenta un po' beffardo: «Che dici? Siamo venuti apposta: quando piove questo è il posto ideale.»

Patrizia si volta verso di lui, con un'espressione che finge severità: «Già, meno male che ogni tanto c'è un temporale, altrimenti la biblioteca sarebbe deserta, soprattutto di ragazzi sugli skateboard...» Ma subito ammicca verso di me: «Sto scherzando, figurati: lui è qui tutti i giorni, a volte ci tocca buttarlo fuori.»

Sto sorseggiando il tè, e osservo questa donna che avrà una cinquantina d'anni, dai corti capelli mesciati e gli occhiali rotondi, il sorriso amabile e questa intimità con Taisir che non immaginerei in una bibliotecaria: da come si becchettano, questi due, potrebbero essere fratelli o madre e figlio. Tanto più che lui ha un'aria molto sicura e persino un po' padronale, mentre si alza dalla sedia e prende ad aggirarsi per la stanza toccando tutto.

«Via, stai fermo! Mi metti in disordine la roba» lo sgrida allegramente lei.

«Perché, questo lo consideri ordine?» sembra rimproverarla lui, allargando la mano verso questi fogli e libri ammucchiati alla rinfusa.

«Tu non ti preoccupare, c'è un ordine anche se non apparente. Allora, siete a posto? Torniamo di là, altrimenti mi danno per dispersa.»

Io non ho più proferito parola, limitandomi a sorridere come potrebbe fare un'ospite un po' a disagio. Lei mi poggia una mano sul braccio: «Non mi chiamare signora, sono Patrizia. Se hai bisogno di me... per quanto Taisir sappia tutto della biblioteca, è un fedelissimo.»

Mentre torniamo verso la sala, sento che lo aggiorna su un certo progetto a cui evidentemente Taisir sta partecipando. Ma quante cose lui non mi ha detto, finora! L'ho sempre pensato skater che divora le piste, tutto proiettato sulla superficie, ora lo vedo inaspettatamente frequentatore di una biblioteca pubblica, un viaggiatore in profondità, il corpo immobile ma il pensiero in fulmineo movimento. Perciò sono ammutolita, come di fronte a una rivelazione che di colpo illumina quello che avrei dovuto capire semplicemente dalla sua passione per il ragionamento, dal suo modo di parlare e di porre questioni: mi sento sciocca e superficiale per averlo visto in modo così parziale, lo skater un po' presuntuoso, il ragazzo bello e insolente che osa provocare un'insegnante in un'assemblea scolastica, il tizio diverso dagli altri per religione e cultura. Forse ha ragione Ludovica, mi sono sentita gratificata da questa mia posizione speciale, la ragazza che non bada alle differenze, quella che sta con il ragazzo arabo.

Mentre poggio i miei calzoni umidicci sulla poltroncina della sala, lo guardo come se di nuovo lo vedessi per la prima volta e mi chiedo: quante personalità stanno racchiuse sotto la pelle morbida, profumata di Taisir?

«La prima volta che sono venuto qui,» sta parlando a voce bassissima, per non disturbare i lettori chini su libri o giornali, impegnati nello studio «ero piccolo, mi ha accompagnato mio padre.»

«Anche mio padre mi ha portato in biblioteca, da piccola» sembrano confidenze molto intime, perché parliamo a fil di voce. «Andavamo insieme il sabato perché c'erano...» D'un tratto affiorano nella mia mente ricordi seppelliti dal presente, l'immagine di una ragazza che leggeva un racconto interpretando con voci diverse i personaggi, la sensazione piacevole di ascoltare una storia insieme agli altri bambini. Così dico un po' trasognata: «Cose divertenti da fare, mi sembra.»

Come mi piacerebbe sapere di più su di lui, se solo potessi riuscire a vederlo bambino che si aggira qui, tra questi scaffali, con questa donna che è una specie di zia perché gli ha letto le fiabe, gli ha consigliato libri da leggere! In questo preciso istante vorrei poter viaggiare indietro nel tempo e ritrovarmi nel prezioso momento in cui Taisir, bambino, entra in questo edificio grande e pieno di libri luccicanti di colori: la sua personale grotta di Aladino. Allora, riprendo i panni di Dunyazad delle *Mille e una Notte* mentre gli domando, per farlo dire di sé: «E ora vieni spesso qui? Cosa leggi?»

Lui abbassa lo sguardo e sembra che parli come in sonno, con voce roca: «All'inizio, venivo per sapere chi ero. Non mi bastavano le foto, i racconti della mia famiglia, quella salvaguardia delle tradizioni in cui si adoperano tenacemente i miei, con l'osservanza delle nostre pratiche religiose, da buoni musulmani... tutto questo era una specie di ritualità, in cui mi vedevo dentro senza sapere perché, non riuscivo a coglierne l'essenza.»

D'un tratto spalanca gli occhi che sembrano diventati chiarissimi, come se si fosse svegliato di soprassalto e avesse aperto le palpebre davanti a una luce violenta che gli trascolora l'iride. «Hai letto Sélim Nassib?»

Scuoto la testa: «Chi è?»

Sorride condiscendente, come il maestro a un'allieva: «Un grande scrittore arabo, è libanese. Aspetta!» Nella foga, ha alzato un po' la voce, e dal tavolo accanto un paio di teste si sollevano dai libri, lo sguardo appannato come le maschere di subacquei che emergono in superficie per pochi istanti, pronti a rituffarsi nell'osservazione delle profondità marine. Lui si è alzato con un balzo, e si è diretto verso uno scaffale con sicura padronanza, ha individuato il libro e torna da me mostrandomelo come un piccolo trofeo: «Tieni. Devi leggerlo.»

Osservo il titolo: *Ti ho amata per la tua voce*. Mi aspettavo un saggio di politica o di filosofia, qualcosa con cui Taisir volesse avviarmi al pensiero arabo. Invece sembra proprio un romanzo d'amore e di canto, così gli bisbiglio piena di entusiasmo: «Sembra interessante. Lo leggerò di sicuro.» Lo guardo fisso negli occhi: «Un libro d'amore, una biblioteca... non me lo sarei mai aspettata. Immaginavo qualcosa di più minaccioso...»

Lui alza un sopracciglio, l'espressione si fa affilata mentre quasi sussurra: «Che cosa? Un garage pieno di fucili?»

Forse arrossisco perché sento il calore salirmi sulle guance. Sto quasi balbettando, a disagio: «Oh, no... ma tu hai parlato di piani... di armi...»

Mette su l'aria da piccolo Socrate che ormai conosco: come al solito, sono caduta in una delle sue trappole dialettiche, perché subito mi chiede, aprendo i palmi verso l'alto, a indicare gli alti scaffali che ci circondano: «Non sono armi, queste?

Non sono piani strategici? Alcuni di questi autori hanno rischiato la vita per scrivere, sai quanti libri sono giudicati pericolosi, sono stati messi al bando... addirittura bruciati?»

D'un tratto mi salgono alle labbra queste parole: «È questo che cerchi? Una specie di martirio letterario?»

Mi guarda un istante sorpreso, poi il viso s'illumina: «No, ti prego!» Mi prende una mano, mentre la voce si raddolcisce: «Sai, non voglio far parte di un gruppo che si auto-commisera come mio padre, né di un gruppo antagonista come mio fratello.»

Autocommiserazione, antagonismo: sono parole senza senso per me, così lo guardo confusa, interrogandolo con gli occhi. Ma Taisir sembra un po' pentito di quello che ha detto, si è lasciato andare a una specie di sfogo spassionato e ora cerca di rimediare: «Papà è osservante, cerca la strada della preghiera. Tende a vedersi come una vittima in una società razzista, ecco» sta già sbuffando.

«Avrà sofferto, poverino» commento, partecipe. «E tuo fratello?»

«Mio fratello...» sembra cercare una scappatoia. «Niente, mio fratello è incazzato con il mondo.»

«Con il mondo cioè con questa parte del mondo?» Lui mugola una specie di assenso.

«Vorrebbe tornare in Palestina?»

Taisir aggrotta la fronte: «Forse, ma vorrebbe che la Palestina comprendesse anche Israele, che gli ebrei sparissero, capisci?»

Annuisco, con un senso di allarme che mi preme nello stomaco. Se possibile, abbasso ancor più la voce, che mi trema per l'emozione: «Ha contatti con i terroristi?»

Lui evita il mio sguardo, esitando. «Il problema è che lui è furioso con tutti, si sente defraudato. Ha l'idea di aver perso qualcosa, che gli sia stato tolto tutto. Non è un terrorista, ma approva quello che i terroristi fanno in Israele.»

«E tu lo approvi?» Il cuore mi accelera di colpo, mentre spero con tutta la mia forza che neghi, perché se solo mi desse una risposta vaga io non potrei lasciar perdere, non potrei accettare il fatto che lui approvi la morte programmata di persone ignare, io allora dovrei alzarmi di scatto e dirgli che quello che mi sta dicendo, così sottovoce come in un confessionale, è ingiustificatamente orribile, e io non lo comprendo, non posso neppure ammetterlo. Per quanto sia stata dura la loro vita, io non posso legittimare in suo fratello e in lui un tale spirito di mostruosa vendetta.

«Se lo approvassi, sarei come lui.» Finalmente respiro, con un immenso sollievo. «Non sarei qui, non passerei il mio tempo in questo posto. Mio padre dice che per noi musulmani le strade qui sono chiuse. Forse ha ragione, ma io non riesco a vedere le cose con il suo metro. Voglio dire: è mio padre e io gli sono grato, anche per avermi iscritto al liceo e non a una scuola di avviamento professionale, come molti miei amici. Lui era docente, capisce quello a cui aspiro, ma continua a dire che i miei desideri sono chimere, perché qui un musulmano non ce la fa.»

«Non ce la fa... a far cosa?»

Lui evita il mio sguardo, sembra imbarazzato mentre rivela: «A scrivere, per esempio.»

Io credo di accendermi come una lampadina, perché sento tutta la faccia aprirsi come un fiore ai raggi del sole: «Vorresti fare lo scrittore! È fantastico!» Ho esclamato, e di nuovo i sommozzatori dei tavoli accanto emergono in superficie per scrutarmi con incerta curiosità. Mi tappo la bocca con una mano, chinando la testa, e quelli si rituffano nei loro libri, emettendo appena un sospiro di disapprovazione. Taisir finalmente sorride, gonfio di gioia per la mia reazione. Allunga la bocca verso il mio orecchio, come si fa da piccoli: «Mi piacerebbe, sì.»

Sto al gioco e avvicino la mia bocca al suo orecchio: «E mi farai leggere quello che hai scritto?»

Mi poggia una mano sulla guancia, mentre mi sussurra: «Se non lo dici a nessuno.»

Ma d'un tratto questa frase mi mette di malumore: *se non lo dici a nessuno* mi suona come *se non ti fai vedere a scuola con me*, e mi fulmina il pensiero che Taisir detti sempre delle condizioni per stare insieme a me: se fai la brava, se stai al tuo posto, come fossi un cucciolo irruento, da tenere a bada e da coccolare solo quando lui è disposto a farlo. Una nuvola scura si addensa sul mio petto e mi volto di scatto verso di lui: «Non ti fidi di me?»

«Certo che mi fido» mi guarda attonito.

«Io penso proprio di no.» Assumo un tono battagliero: «Perché a scuola non possiamo farci vedere insieme? Ti vergogni?»

Lui sembra sempre più spaesato: «Ma questo cosa c'entra?»

«C'entra: mi dici sempre cosa devo fare, anche adesso. Non vuoi che ci vedano insieme, perché a scuola tutti sono pettegoli, e c'è un'altra cosa, i tuoi non sanno che esci con me, come se fossi una lebbrosa.»

L'espressione si indurisce, ma non risponde. Sembra stia riflettendo su come ribattere alle mie accuse.

«Per una volta,» gli dico allora «non hai risposte brillanti, non ci sono spiegazioni. Ti scoccia che i tuoi amici ti vedano con me e per i tuoi sono assolutamente tabù perché ho la gravissima pecca di non essere musulmana.»

Resta ostinatamente in silenzio, la fronte leggermente aggrottata. Allora insisto: «Avanti, dimmi che non è vero, ma devi essere sincero.»

Vorrei tanto che mi dicesse che mi sbaglio e ho troppa fantasia, che le cose sono esattamente come le ha presentate lui:

l'antipatia per i pettegolezzi scolastici, e la difesa della sua vita privata rispetto a tutti, genitori compresi. Ma la mia richiesta di sincerità gli impedisce di insistere su questa versione fallace, a cui io ho creduto per quello che mia nonna chiama 'amor di pace', e non approfondire un solco d'incomprensione tra di noi: in fondo, che m'importa del beneplacito della sua famiglia e dei suoi amici, poi?

Ma in questo preciso istante, dentro questo edificio che conserva milioni di parole scritte perché costituiscano un senso, questo bisogno di chiarezza mi sembra irrinunciabile. E forse perché dagli scaffali si affacciano libri di chi ha rischiato la vita per svelare menzogne e sfidare poteri e ipocrisie, Taisir non cerca di eludere la mia domanda, ma resta immobile con la fronte corrucciata, le mani intrecciate sul tavolo, come la statua di un pensatore molto antico. Lo lascio lì senza aggiungere altro, accanto al libro di Nassib.

8

Mamma è molto bella con il suo nuovo tailleur verde mela e una sciarpa etnica dai colori brillanti. I capelli le volano sulla fronte e lei si passa la mano a raccoglierli e riporli dietro l'orecchio, mostrando gli orecchini che le ho regalato per il compleanno qualche giorno fa: due pendenti d'argento a forma di conchiglie.

Tira un vento fresco e le nuvole si rincorrono veloci sopra le bandiere arcobaleno e quelle rosse, oltre gli striscioni che ricordano il venticinque aprile, la festa della liberazione.

Mamma si volta a parlare con il sindaco, in piedi sul palco delle autorità: sembra si scambino battute di spirito perché ridono allegri malgrado gli occhiali scurissimi che nascondono loro metà faccia. Papà tiene le mani sulla macchina fotografica, pronto a scattare appena mamma si avvicinerà al microfono.

Mi sento tremare le gambe, e cerco di distrarmi guardandomi attorno, per non pensare a quello che mi succederà tra poco. La piazza è colma di gente, sembra che tutti gli abitanti di questo piccolo comune si siano riversati in strada. Non avrei mai pensato che questo avvenimento catalizzasse tanta partecipazione, in fondo siamo in un paese a pochi chilometri dalla città, poco più che una periferia, e nel centro cittadino c'è la grande manifestazione in piazza del Duomo. Ma qui, vive il ricordo di un gruppo di partigiani che furono uccisi mentre combattevano in queste campagne, e forse in questa giornata il loro spirito soffia tra le case, come l'angelo biblico che sfiorò le porte degli ebrei annunciando la Pasqua, e soffia per ricordare il passaggio dalla dittatura alla libertà.

Mia madre è stata invitata a parlare a nome della Presidenza della Regione e siede accanto al sindaco e a un paio di assessori di questo piccolo Comune.

Ci sono uomini molto anziani, rappresentanti dei partigiani, che sessant'anni fa dovevano essere ragazzi poco più grandi di me. E vi sono un paio di sindacalisti, un professore, un rappresentante della comunità ebraica, un paio di ragazzi che rappresentano gli studenti.

Sotto il palco, le sedie assiepate sono già occupate, e d'intorno è un gran viavai di gente. Davanti a me, sono sedute alcune donne piuttosto anziane vestite e acconciate come per un matrimonio: devono essere le mogli dei partigiani e le vedove o le sorelle di quelli che combatterono allora. In genere, la gente è tutta vestita in modo elegante, non come le solite manifestazioni, perché questa ha il sapore di una cerimonia.

Il cuore accelera i suoi battiti appena la rappresentante del comitato per la celebrazione si avvicina al microfono e inizia la commemorazione. Cerco di non pensare a quello che dovrò fare, provo a concentrarmi sui discorsi del sindaco e del rappresentante dei partigiani, guardo la gente che ascolta e applaude, all'avvicendarsi degli interventi. Soprattutto cerco di allontanare quel pensiero che mi rode il coraggio: tra poco tocca a te.

Mamma sembra una diva consumata mentre si avvicina al

microfono sorridendo, con il passo sciolto e le mani aperte. Non ha foglietti in mano, perché detesta leggere in pubblico, si è preparata il discorso che seguirà per grandi linee e appena comincia a parlare, l'espressione diventa seria. Si è tolta gli occhiali da sole e il suo sguardo chiaro sembra dardeggiare sulle parole libertà, giustizia, risposta democratica, convivenza civile, come volesse illuminarle al neon. Ma io mi sono un po' persa, mentre mamma sciorinava appassionatamente il suo breve discorso, perché tra poco davvero toccherà a me e mentre papà mi stringe le spalle, bisbigliandomi 'vai, amore mio', io sento di percorrere quei pochi passi tra la piazza e il palco come se avessi un immenso peso sulle spalle e faticassi a trascinarlo, le gambe tremanti, l'incedere incerto.

Passo accanto a una famiglia di origine cinese, i genitori seduti compostamente, i bambini piccolissimi che guardano con occhi stupefatti le bandiere che sventolano, allungando la manina come volessero acchiapparle. Poco più avanti intravedo un gruppo di ragazzi della comunità senegalese in piedi: fissano verso il palco a braccia conserte. E mentre salgo quei tre gradini, queste persone sembrano sfiorarmi per sussurrarmi parole che abbraccino me e loro, insieme.

Il mio compito era quello di esprimere poche giovanili parole sul valore attuale della Resistenza nella nostra costituzione, ma d'un tratto io non sono più Rachele e neppure la piccola Dunyazad che pone domande: ora assumo il ruolo della narratrice, per pochi istanti sarò come la fiabesca Sharazad, così spero che almeno un briciolo di quel suo talento meraviglioso si trasfonda in me, e io riesca, davanti a tutta questa gente, a trasmettere la storia di ragazzi che vivono qui e sono nati altrove, in paesi lontani, o i cui genitori o i nonni provengono da un mondo che né io né quelli sul palco conosciamo. Questi valori che oggi celebriamo e su cui mia madre si è infervorata, la resistenza contro il fascismo, non appartengono loro, ma in questo momento, io, che sono nata a tanta distanza dalla guerra, mi sento forse più simile a quei ragazzi senegalesi che non al partigiano dal viso scolpito dal tempo seduto accanto a mamma. Io e questi ragazzi ascoltiamo ricordi tramandati, leggiamo pagine di storia, e se vogliamo calarci in quell'esperienza dobbiamo fare un salto temporale e visivo, provare a immaginarla.

Dovrei fare il mio discorsetto di poche parole, ma di colpo mi suona assurdamente distaccato dalla realtà, così retorico che straccio mentalmente quel panegirico e lascio che la mia voce segua un pensiero che si è formato lentamente nella mia testa, in questi lunghi mesi, e insieme esorcizza il sogno che mi ha spaventato, stanotte.

Quella fuga notturna a perdifiato somigliava al classico scenario di un thriller: chi erano quelle persone senza volto che inseguivano me e Taisir per una strada deserta, e poi dentro un luogo abbandonato, una specie di capannone dismesso? Nel mio incubo c'erano tutti i più triti luoghi comuni di certi film polizieschi, ma in quel momento era in pericolo la mia vita e non quella di eroi di cellulosa, e quando arrivavano i colpi di pistola mi accorgevo con orrore che ero morta.

Svegliati, svegliati, mi sono gridata, *è solo un sogno,* e con il cuore in tumulto sono balzata a sedere, sbattendo gli occhi nella penombra della mia stanza. Eppure quelle immagini continuavano a volteggiarmi intorno come uccelli neri, aumentando il senso di allarme con paure infantili che non provavo più da secoli: qui, sotto il letto c'è un nemico, dietro la porta se ne nasconde un altro, e dietro i vetri della finestra non vedi quell'ombra? Sudavo, paralizzata dal terrore, finché di scatto ho allungato la mano verso la lampada sul comodino e la luce è esplosa nella stanza, rivelandone la solitaria quiete.

Chissà se avevo davvero gridato nel sonno: di sicuro avevo pianto per la mia morte violenta, e il pigiama si era incollato alla schiena, per il sudore. Mi sono alzata, sono andata a bere un bicchiere d'acqua in bagno, mi sono cambiata e ho girato il cuscino. Ho lasciato la luce accesa e solo così mi sono riaddormentata, perché con quel chiarore oltre le palpebre potevo dissipare l'immagine di una notte d'assassinio e piombare senza timori in un sonno lucente.

Non ho raccontato ai miei questo brutto sogno, malgrado loro ascoltino sempre con grande interesse quelli che considerano racconti e messaggi notturni, attribuendo a questi segnali inconsci una grande importanza come se di colpo da gente moderna quali sono, i miei genitori ripiombassero nell'antica Grecia delle precognizioni e degli oracoli divini.

Non c'è bisogno di essere la famosa Pizia, quella che parlava per bocca del dio Apollo, per capire che questo sogno mi dice quanto sia in ansia per Taisir e per me, e non tanto per quella pericolosa confusione che ci circonda fatta di appartenenze e differenze, ma perché lui sembra non fidarsi di me, non volermi riconoscere.

Mi avvicino al microfono e le prime parole che dico sono soffiate da quel pensiero che circola dentro di me: come quando canto, la voce prende campo, cresce e si sviluppa con potenza. Il maestro mi ha sempre detto che prima di tutto non dovevo averne paura, ma imparare a controllarne la potenza e indirizzarla. Non sto cantando, ma è la stessa cosa: il pensiero finalmente fluisce libero, e inizia dalla storia che c'è su questo palco, e dice che la prima cosa che fecero i nazisti agli ebrei fu di togliere ferocemente l'unicità di ciascuno, la personalità e il nome proprio, sostituendolo con un numero progressivo che marchiavano a fuoco sulla pelle.

Mentre sto parlando, ho in mente il viso amabile di Fatema

a cui qualcuno sputa addosso con disprezzo le parole: 'araba, marocchina'. Per pigrizia o paura o rabbia, per conformismo o per compiacere, tutti ci abbandoniamo prima o poi alla trappola del pregiudizio, ci ritroviamo a ridere in una brutta compagnia di iene.

Forse ci esalta quel briciolo di potere che ci illudiamo di assumere sugli altri, disprezzandoli: noi siamo migliori, superiori, noi possediamo la chiave della bontà e della giustizia. Ma noi siamo loro, siamo l'uno lo specchio dell'altro: possiamo disprezzare la nostra immagine riflessa o guardarla e conoscerla. Io vorrei riuscire sempre a guardare in faccia una persona e provare a riconoscere in quel viso il mio viso, parlare a cuore aperto e non a occhi chiusi.

Ho il dubbio di aver fatto confusione, ho parlato seguendo un pensiero emozionato più che logico, vorrei poter essere più chiara e razionale, parlare dell'orrore dell'indifferenza, denunciare l'ignoranza, dire quelle bellissime frasi a effetto che anche mia madre sa usare molto bene, appellandosi a quei principi luminosi che sono l'uguaglianza e la libertà. Ma io non sono un'oratrice e mi stupisce l'applauso della gente, mi confondo sul palco perché ora che lascio il microfono non ricordo da che parte ero salita e scappo in fretta verso sinistra, scendendo le scale, mentre mia madre spalanca le braccia perché mi vorrebbe lì accanto a lei.

Così, mentre scendo a testa bassa per le scale laterali del palco, quasi inciampo su qualcuno che si è messo lì davanti. Alzo lo sguardo e mi trovo faccia a faccia con gli occhi amati di Taisir. Mi accorgo di arrossire come un metallo arroventato e penso subito a che figura ho fatto, proprio davanti a lui. Allora strillo, come chi salta su alla vista di un topo, e gli chiedo con un tono isterico: «Che ci fai qui?»

«Tuo padre» mi dice, e la sua voce morbida mi fa tremare le

gambe, così gli cado addosso senza più ritegno, mi aggrappo a lui che mi stringe. Solo più tardi vengo a sapere che ha chiamato a casa, per la prima volta in vita sua, e ha parlato con papà che lo ha informato di tutto, tenendo però la bocca accuratamente cucita con me. Per un attimo sono punta da un vago senso di tradimento: papà non mi ha detto niente. Lo cerco tra la folla, e lo scopro che sta puntando l'obiettivo su me e Taisir, abbracciati.

9

Il parco si è rivestito di un verde squillante come una mano di vernice fresca, ma è probabile che questo colore abbagliante sia l'effetto della ventosa giornata di sole: l'aria strappa la pellicola grigia che di solito uniforma i toni, spegnendoli. Ecco perché il cielo appare di un azzurro laccato, come sul mare.

Guardo il cielo, le fronde degli alberi che si scuotono, mentre aspetto Taisir. Non ho la più pallida idea di cosa significasse quello che mi ha detto a scuola, ma da quel momento provo strane fitte d'ansia miste a curiosità.

La solita ora di ricreazione, io ero fuori della classe a sbocconcellare il panino e ascoltavo Gabriella che raccontava qualcosa di cui non ricordo, ma probabilmente qualcosa di poco importante, una chiacchiera come un'altra.

Siamo di nuovo riunite, anche con Ludovica, perché se le cose non te le dicono le amiche non so proprio chi te le deve dire, e poi io non sono una che serba rancore. Dopo il dramma di quella mattina, avevo deciso di metterci una bella pietra sopra, e lei pure. Fin dal mattino dopo avevamo ripreso a chiacchierare e ridere come sempre, soprattutto con Gabriella che all'inizio mi guardava con l'espressione mesta e un po' timorosa di un cagnolino che ha paura di essere sgridato.

Eravamo tornate a fare quadrato e stamani ci eravamo disposte proprio come un piccolo quadrato appoggiato al muro: Gabriella che raccontava, Erica che beveva la cioccolata calda della macchinetta, Ludovica che mangiava una mela e io con il mio panino in mano (sono quella che non arriva a fine mattinata se non mette nello stomaco qualcosa di molto sostanzioso). D'un tratto, a Erica era andata di traverso la bevanda, perché aveva sobbalzato ed esclamato: «Oh accidenti...»

L'avevamo guardata preoccupate, convinte che ci fosse qualcosa nella cioccolata, ma lei stava scuotendo la testa e indicava con gli occhi sbarrati un punto dall'altra parte del corridoio, tanto che ci eravamo voltate tutte e tre insieme, come un'unica testa.

Anche in mezzo alla massa di gente, avevo riconosciuto il passo inconfondibile di Taisir. Allora, mi era successa la stessa cosa che a Erica: mi era rimasto il boccone in gola e avevo preso a tossire, pensando con orrore che stavo facendo la figura più meschina del mondo proprio l'unica volta in cui lui era sceso dai piani superiori per passare di qui. Anzi, non stava passando, si stava proprio dirigendo verso di me che cercavo di deglutire il boccone rimasto a metà e darmi un contegno, mentre sulle mie amiche era sceso un silenzio carico di attesa, come se Taisir non fosse stato lui ma una specie di messaggero divino che appariva fendendo masse di capelli, magliette colorate, camicie a fiori, enormi pantaloni, sneakers sporche e slacciate, grida, braccia levate, piedi che si muovevano incessantemente strusciando il pavimento.

A pochi passi da me, mentre cercavo di controllare la tosse e di ricacciare le lacrime che mi erano salite per via di quel mezzo strozzamento, mi aveva sorriso: «Ciao.» Si era tuffato le mani in tasca.

«Ciao» avevo gorgogliato io, gettando alla svelta il panino nel cestino poco lontano con un'inconsueta abilità da giocatrice di basket. Le mie amiche erano rimaste impietrite come nel gioco delle belle statuine.

Taisir aveva aggrottato la fronte: «Non ti senti bene?»

Allora avevo deciso di rompere l'incantesimo che ci aveva immobilizzate: avevo mosso un paio di passi e allungato la bocca verso la sua guancia, stampandogli un rapido bacio. Questo gesto aveva rianimato di colpo le mie amiche che si erano messe a parlare tutte e tre insieme, un po' frenetiche, con una grande abbondanza di sorrisi.

Mi aspettavo che lui si ritraesse, perché addirittura un bacio sulla guancia in pubblico, proprio nel cuore della scuola, avrebbe potuto considerarlo un autentico affronto alle sue idee di riservatezza, ma Taisir non si era ritratto. Piuttosto, era rimasto lì in piedi, le mani in tasca, e di colpo avevo capito che aveva compiuto un grandissimo gesto, aveva fatto tutto quello che poteva. Tenerlo ancora qualche istante lì in piedi a sentire chiacchiere e risate che servivano solo a riempire un vuoto sarebbe stato un po' troppo, perciò avevo mosso due passi, dicendo alle altre: «Ci vediamo dopo.»

Loro tre avevano alzato le mani sfarfallando le dita, mentre sui visi si erano dipinti sorrisetti di complicità: a vederle così sembravano la parodia di un serial americano. Mentre mi stavo allontanando, avevo piegato di lato la testa indirizzando loro un palese 'sceme' sottovoce. Le avevo sentite scoppiare a ridere, ma sapevo che erano felici per quello che mi stava succedendo: il trionfo di Rachele che passeggiava per il corridoio della scuola accanto al brusco Taisir!

Se non avesse tenuto le mani in tasca avrei potuto anche

prendergliene una, ma mi ero resa conto che camminare mano nella mano era decisamente chiedere troppo, soprattutto per la prima volta. Così, mi accontentavo di camminargli vicinissima, in mezzo al flusso di ragazzi che si muovevano su e giù, finché siamo arrivati al cortiletto interno, quello dove al solito se ne stanno seduti gruppi di ragazzi più grandi e soprattutto ragazze, che stamani avevano i visi rivolti verso il sole, come se ci trovassimo nella terrazza di un albergo di alta montagna.

Finora, non ci eravamo detti nulla. Ora che ci trovavamo in mezzo a quelli delle classi superiori, Taisir sembrava rianimarsi e mi chiedeva che fine aveva fatto il mio panino.

Poi, eravamo seduti anche noi sul pavimento del cortile, al riparo di un alberello stento. Questi tre alberi della scuola non dimostrano una gran voglia di darsi da fare con i rami e le foglie: sarà per via del pavimento di cemento che non fa per loro, ma danno l'impressione di essere gli svogliati della classe, mentre appena fuori dell'edificio, nella piazza qui accanto, svettano piante secolari e rigogliosissime.

«I tuoi amici?» stavo chiedendo a Taisir, ma lui aveva alzato le spalle. Era seduto con le ginocchia piegate, le mani che circondavano le ginocchia. Ci eravamo detti pochissimo, e avevo parlato soprattutto io.

Ma a un certo punto, Taisir si era sollevato quasi di scatto, facendomi prendere un colpo. Mi ero accorta che proprio vicino a noi c'era uno dei ragazzi della comunità ebraica, Simone. Sembrava ignorarci volutamente, mentre un suo compagno ci stava scoccando una lunga occhiata; allora ho alzato una mano scioccamente, come gli lanciassi un saluto. L'altro era rimasto sorpreso, e Simone si era voltato verso di noi. Non aveva affatto l'aria di voler salutare Taisir, eppure aveva mosso la testa in un cenno rapido di saluto, come un gesto istintivamente educato di cui sembrava non essersi neppure reso conto. Ma quello che di sicuro non si aspettava, era che Taisir gli passasse così vicino, perché l'espressione si era tramutata in sorpresa sfiorata da un senso di allarme.

«Non ti si vede spesso in cortile» aveva detto in modo neutro, accennando un sorriso ironico.

«Già.» Taisir lo guardava come se lo misurasse. Aveva pesato le parole, ma stava usando un tono gentile: «Non capita spesso.»

Allora Simone aveva fulmineamente capito che Taisir non era lì per provocarlo o sfidarlo, ma che per qualche motivo stava tentando un approccio e mi aveva lanciato un'occhiata, perché quel motivo non era poi così insondabile, quel motivo ero io.

«Ciao» mi aveva detto allora

«Ciao» avevo risposto.

«Vi conoscete, vero?» aveva detto Taisir e sembrava che svelasse finalmente un mistero.

Io non avevo il coraggio di aprire bocca ma Simone aveva intuito che dalla sua risposta dipendevano molte cose; alcune potevano riguardarlo direttamente, come quello sforzo di Taisir, ma anche altre che non lo riguardavano potevano avere una conseguenza molto più ampia che non dentro i suoi e i miei orizzonti. La ragazza sconosciuta e dall'aria visibilmente a disagio che ero io assumeva ai suoi occhi un aspetto singolare: perché ci tenevo a passare per amica sua? Non era casomai controproducente dichiararmi tale agli occhi di Taisir?

«Ci si conosce un po' tutti, in questa scuola» aveva pronunciato con calma, e quella frase suonava abbastanza ambigua da lasciar credere che io e lui fossimo intimi amici oppure perfetti sconosciuti. Taisir pareva deluso e annuiva poco convinto. Lo vedevo riflettere dietro la fronte un po' aggrottata: ero sicura che avrebbe tirato fuori una delle sue domande trappola, e ho deciso di intervenire in maniera un po' spavalda: «Credo ti stia chiedendo se io sono una dei vostri. Ha bisogno di una conferma diretta, credo.»

Simone mi aveva fissato per un istante con molta intensità e in quell'attimo mi era sembrato che calasse su di lui la millenaria saggezza ebraica. Poi, socchiudendo gli occhi, aveva osservato: «Come no. Una di noi... cioè una coraggiosa.» Il viso si era aperto in un sorriso pieno di comprensione prima di salutarci.

Sono sicura che fosse la prima volta che quei due, che si erano sempre platealmente evitati, si scambiavano un autentico saluto. Stava per finire la ricreazione e la prima campanella d'avvertimento stava già suonando.

Anch'io stavo per avviarmi, ma Taisir mi ha trattenuta ancora un momento. «Ti aspetto al parco alle quattro, c'è qualcosa che devi fare assolutamente.»

«Qualcosa... che cosa?»

Tutti stavano già sciamando verso le aule, avevamo a disposizione appena una manciata di secondi. Lui si è messo a correre per il corridoio: «Siamo d'accordo, allora, alle quattro.»

Mi ero seduta al banco ancora stordita pensando a cosa Taisir si aspettasse da me.

Sono seduta sulla panchina, il busto piegato in avanti, il gomito su un ginocchio e il viso poggiato sulla mano aperta: il ritratto della vera pensatrice. In effetti sto meditando su cosa dovrò fare sopra questo prato smeraldino che non sembra neppure terreno di città, ma pura campagna.

Sto guardando verso il solito posto da cui sbuca sempre Taisir, ma per il suo gusto di sorprendermi e come la prima volta allo skatepark, mi arriva alle spalle come un falco, planando sulla sua tavola. In spalla, ha un altro skate dall'aria un po' malmessa, dev'essere quello vecchio.

Mi sollevo, sbattendo le palpebre per lo stupore: «Che ci fai con due tavole?» chiedo ingenuamente, ma lui non risponde. Si limita a sorridere, posando sul cemento lo skateboard logoro. La mia domanda è superflua, perché è chiaro che lui non usa due tavole alla volta: una è per me.

«È ora che tu impari» mi dice, e scende dal suo skateboard per allungarmelo. D'istinto vorrei rifiutare: salire su quella tavola non è uno scherzo, potrei anche rompermi l'osso del collo. Ma invece di protestare che non ne ho voglia e non me la sento, alzo uno sguardo felice verso Taisir, come se salire sullo skateboard, il suo, fosse proprio il mio desiderio più grande.

«Userai la mia tavola,» mi sta dicendo «è più sicura.» Lui terrà per sé quella vecchia e sbreccata. Non è un gesto commovente? Lo abbraccio d'impulso, soffiandogli tra i capelli: «Grazie!»

Poi, con un po' di cautela poggio un piede sul suo skateboard, immaginando di salire sul cavallo bianco del principe azzurro: chissà se anche Biancaneve si sentiva così, spaventata ed eccitata insieme, visto che era la prima volta in vita sua che saliva su un cavallo. Ma qui non c'è il mio principe a guidare un destriero, con me comodamente seduta tra le sue braccia: qui c'è un gioco d'equilibrio che devo trovarmi da sola, un piede sulla tavola e l'altro a terra che imprime una spinta, e poi tutti e due su, le ginocchia piegate, la schiena in avanti. Taisir mi è accanto, sull'altro skateboard. Sta su drittissimo, a spalle larghe, sembra incollato alla tavola. Allunga una mano verso di me e mi dice: «Attaccati a me, stai su, non così piegata.»

«Ma cadrò!» mi esce una vocetta acuta.

«No, ti tengo io, fidati!»

D'accordo: mi raddrizzo sulla schiena, prendo la sua mano e mi ci attacco con forza. Sono sempre tesa, il busto si piega di lato, le gambe si flettono, tremano, ma lui mi afferra con forza, mi riporta dritta, intanto imprime maggiore velocità al suo skateboard e insieme scivoliamo via sulla strada.

E finalmente non ho più paura di cadere. Sento le gambe sciogliersi e i piedi bloccarsi sulla tavola; raddrizzo le spalle, alzo la testa e sento la gioia di scivolare nel vento, come un uccello. Mentre voliamo mano nella mano, istintivamente gli grido: «Devo dirti una cosa, Taisir!»

«Dimmi.» Lui si volta tranquillamente, come se stessimo facendo una semplice passeggiata. Ma io ho lo sguardo fisso avanti, concentrata sull'equilibrio che ho appena trovato.

«Non sono ebrea» dico a voce bassa, come se mi confessassi e lui mi chiede, girato verso di me: «Cosa? Non ho sentito!»

Allora tiro fuori tutta la voce: «Non sono ebrea!» Ma il mio sembra un grido di gioia, mentre ripeto: «Non sono ebrea né cristiana né musulmana e neppure buddista.»

Ho accennato un'occhiata laterale verso di lui, e subito perdo la compostezza, ho uno sbandamento pericoloso che si trasmette alle braccia: comincio ad annaspare nell'aria, le gambe mi tremano di nuovo. Ma lui continua a tenermi saldamente per mano, rallenta un po' la corsa e mi fa tornare dritta, stabile.

«E cosa sei allora, sentiamo?» Il tono è ironico, e anche se non posso vederlo in viso immagino il suo sguardo divertito, così capisco al volo che mi ha fatto questa domanda nel suo solito stile socratico, perché sa già quale sarà la mia risposta: «Io sono Rachele!»

Lui apre l'altro braccio in fuori e davvero è come se prendessimo quota, mentre anche lui dice a voce spiegata: «Io sono Taisir!»

Urliamo insieme, mentre i nostri skateboard prendono maggiore velocità e corrono lungo il viale di cemento: così, stretti per mano, gli occhi al vento, le bocche aperte in un lungo grido, corriamo via senza una direzione precisa, solo per il gusto, la gioia di andare, la certezza di trovare strade che non abbiano già etichette e targhe, sensi unici o interruzioni, solo strade con i nomi tutti da inventare.

Nota sull'autrice

Paola Zannoner vive a Firenze. Scrittrice ed esperta di narrativa, ha sempre alternato il mestiere di autrice con quello didattico, tenendo seminari per docenti e bibliotecari e conferenze sulla scrittura e la letteratura. Ha iniziato la sua attività come bibliotecaria e critico letterario collaborando con importanti riviste, e nel 1998 ha pubblicato il suo primo racconto. Sono oltre 25 i titoli al suo attivo, soprattutto romanzi dedicati ai giovanissimi che hanno ricevuto molti premi e sono tradotti in numerosi Paesi. Tra gli scritti più noti e premiati vanno ricordati *Il salto più lungo* (1998, Premio Cento), *Il vento di Santiago* (2000, Premio Nazionale Sardegna, Miglior libro del 2000) e *La linea del traguardo* (2003, Premio Bancarellino). Con Fanucci Editore ha pubblicato *Matilde la ribelle, La settima strega* e *Il confine d'Ambra.*

In libreria

Loredana Frescura

Elogio alla bruttezza

192 pagine
6,50 euro

"Io sono brutta. Lo sono sempre stata, e non c'è speranza di avere il medesimo destino del brutto anatroccolo che poi era un cigno in realtà. Una favola con la fregatura: ecco cos'è, a dirla tutta." Questo pensa di sé Marcella, quindici anni, due genitori alle prese con i propri problemi e un fratello maggiore bellissimo, baciato dalla fortuna, che si vergogna di lei e non le rivolge la parola. Ma le fregature a volte si trasformano in occasioni di rivincita, per riscrivere la storia dalla parte di chi baci non ne ha mai ricevuti, né dalla sorte né dal principe di turno. Così, Marcella sceglie di dedicare la sua tesina di fine anno a un Elogio alla bruttezza, e insieme alla sua migliore amica Giorgia – chiamata 'Enterprise' per il mega apparecchio che porta fisso ai denti –, riversa sulle pagine tutto il suo desiderio di rivalsa e il suo senso dell'umorismo. E ci sono anche altre sorprese in arrivo: tra gli amici di suo fratello, i belli senz'anima, c'è qualcuno capace di guardarla con occhi diversi, e farle scoprire l'amore...

Un romanzo da leggere d'un fiato, per sognare e scoprire che nonostante le delusioni e i rifiuti della vita l'amore prima o poi torna a bussare alla nostra porta.

Per consultare il nostro catalogo
visita il sito www.fanucci.it
e iscriviti alla newsletter
per essere continuamente aggiornato
sulle nostre pubblicazioni

Finito di stampare nell'aprile 2011 presso
Puntoweb - via Variante di Cancelliera snc - Ariccia (RM)
Printed in Italy